KB040535

이세계약국

3

Takayama Liz

타카야마 리즈 지음

팔마
Falma de Médicis

로테
Charlotte Soller

세드릭
Cédric Luneau

Character
등장인물

엘렌
Eléonore Bonnefoi

살로몬
Salomon

멜로디
Mélodie Le Roux

"팔마, 네가 가족을 지켜야 해.

상대가 몇 명이든 너 혼자서 말야…"

팔레
Palle de Médicis

Contents

1화 제국 약학교의 의뢰

산 플루브 제국 수도에서 터지기 직전이었던 흑사병을 시민들과 함께 종식시키고, 평온을 되찾은 사람들이 대로를 오가는 떠들썩한 소리가, 오늘도 이세계 약국에서 환자의 진료와 조제를 하고 있는 팔마의 귀에 들어와서 일상을 느끼게 한다.

"고맙습니다. 몸조리 잘하세요."

약국 카운터에 서서 약 봉지를 환자에게 건네는 로테의 쾌활한 목소리도 여느 때의 밝은 소프라노 톤을 되찾은 상태였다.

번성한 제국 수도에서도 일류 상점이 즐비한 대로에서 많은 사람들이 약국으로 빨려 들어간다.

팔마가 여느 때처럼 약국의 오후 영업을 시작했을 무렵, 브루노의 제자 약사 몇 명이 팔마를 찾아 말을 타고 왔다. 아무래도 급한 용무인 듯하다.

"팔마 선생님, 업무 중에 소란스럽게 해서 죄송합니다. 오늘 저녁 산 플루브 제국 약학교에 와주실 수 있습니까? 총장님의 호출입니다."

"귀가한 후에 용건을 듣는 건 늦습니까?"

브루노는 평소라면 늦어도 아침에는 저택에서 팔마에게 예정을 전한다. 그런데 이렇게 갑자기 호출한 걸 보면 시급한 용건이라도 있는 건가?

"예. 시급한 일입니다. 엘레오노르 님도 함께 오시라는군요."

"나도? 뭐 잘못한 거라도 있었나…? 으음, 짚이는 게 없네."

남의 일처럼 이야기를 듣고 있던 엘렌도 당사자라는 말을 듣자 진지한 표정을 지으며 긴장감에 휩싸인다. 스승의 호출은 1급 약사라고 해도 무서운 모양이다.

"원래 오늘은 저녁에 캐스퍼 교수의 방사균 연구 진척을 보러 갈 예정이었기에 어찌 됐건 대학에는 갈 겁니다."

팔마는 수첩을 펼치고 예정을 확인했다. 약국의 영업. 그리고 캐스퍼 교수에 대한 연구 협력, 마세일령 제약 공장의 시공 공정 확인 등으로 팔마의 일정은 빼곡하다. 네델국 출장도 드문드문 들어가 있다. 그리고 약학 교과서 집필 등의 서류 작업도 있다.

"그거 다행이군요."

제자들은 안도한 표정이었다.

"새로운 병이 발견된 겁니까? 환자라도?"

팔마는 약을 준비해서 가져가야 할지를 제자들에게 물었지만 소지품은 아무것도 필요 없다고 했다. 점점 더 소집 의도가 짐작되지 않아서 팔마와 엘렌은 상상의 날개를 폈다.

"나쁜 이야기가 아니면 좋겠는데 어떤가요?"

팔마가 떠보자 엘렌도 어깨를 으쓱했다.

"소생에게는 좋은 이야기처럼 들렸습니다."

제자는 시선을 이리저리 돌리면서 대답하기 곤란한 듯 그렇게 말했다.

"더욱 모르겠군요. 대체 뭐지?"

팔마는 일말의 불안과 꺼림칙함을 느끼면서 그날은 약국 영업을 일찍 마치고 산 플루브 제국 약학교로 말을 타고 가기로 했다.

브루노가 총장을 맡고 있고 광대한 부지 면적을 자랑하는 이 제국 최고 수준의 약학교는 제국 전역 1급, 2급 약사의 양성 기관이다.

제국에서 인정하는 궁정 약사는 현재 네 명. 필두 궁정 약사인 브루노 드 메디시스, 위고 드 라 트레무일, 프랑수아즈 드 사부아, 그리고 팔마이다.

왕후귀족을 진찰할 수 있는 1급, 2급 약사를 합쳐도 소수 정예이다. 제국에서 상급 약사의 합격 기준은 엄격해서 약학교의 졸업생들은 제국 수도에서 무자격 영업을 하며 상급 약사 시험을 준비하고 있거나 국외의 느슨한 기준으로 상급 약사를 하는 게 보통이다.

총장 브루노의 수제자이자 신술과 약학의 재능을 겸비한 재원으로 알려진 엘렌은 1급 약사 시험에 불과 15세에 합격했다. 하지만 1급 약사 자격을 취득한다고 끝이 아니고, 자격 취득 후에도 브루노와의 사제 관계는 이어진다. 그녀는 연구보다 환자를 진료하고 싶은 타입으로, 최근에는 이세계 약국에 전념하고 있긴 하지만 전에는 브루노에게 온 귀족 환자들의 진료를 주로 맡고 있었다.

"설마 스승님께서 대학으로 돌아오라고 말씀하시는 건 아니겠지?"

엘렌은 머릿속에서 여러 가지 상상을 하며 안절부절못했다.

◆

대학 부지 안에는 약초원, 연구동, 강의동, 신술 실험동, 식당, 학생 기숙사 등의 으리으리한 건물들이 즐비하다. 팔마와 엘렌은 말을 맡기고 대형 분수가 시원한 소리를 내는 아름답게 정비된 중정을 걸어서 지나갔다.

엘렌을 아는 듯한 약학생 몇 명이 엘렌의 이름을 부르며 환성과 함께 그녀 뒤를 쫓아왔다. 엘렌과 악수를 하고 떠나간 학생도 있었다.

"인기가 많네, 엘렌."

이야기를 들어보니 재학 중에는 엘렌의 팬클럽 같은 것도 있었다고 한다.

"이미 졸업한 지 2년이나 지났는데 말야. 그나저나 모교는 오랜만이야."

엘렌은 오랜만에 찾은 모교를 즐기듯 구석구석까지 관찰하며 눈을 가늘게 떴다.

"기다리고 있었습니다. 드 메디시스 선생님, 본푸아 선생님, 이쪽입니다."

두 사람은 연구동 현관에서 나온 브루노의 제자에 의해 연구동 대회의장으로 안내받았다. 안내된 곳이 총장실이 아니라는 것에 팔마는 의문을 품었다.

"교수들뿐이야. 교수회가 시작되는 것 같네."

방에 들어가기 전에 엘렌은 대회의장 문 틈새로 안을 확인하고 팔마에게 보고했다. 팔마도 틈새로 들여다보니 대회의장은 천장이 높은 홀에 샹들리에가 환하게 빛나고 있는 가운데 많은 신사숙녀들이 줄줄이 앉아 있었다. 팔마는 그들 대부분과 면식이 없었다.

"회의가 끝난 후에 다시 올까요? 방해가 될 것 같으니 밖에서 기다리고 있겠습니다."

팔마는 타이밍이 안 좋았나 싶어 제자에게 그렇게 물었다. 총장인 브루노가 교수회의 진행도 맡고 있기에 지금부터 회의가 시작된다면 개인적으로 브루노를 불러내는 것도 송구스럽다. 학교 구경이나 하고 있을까. 팔마가 그렇게 생각하고 있을 때,

"그대로 들어가십시오. 다들 두 분을 기다리고 계십니다."

"네? 나중에 할게요."

엘렌은 내키지 않는 표정이다. 졸업생인 그녀도 교수진 앞에 속 편하게 얼굴을 내밀 배짱은 없는 듯하다.

"자, 자. 들어가십시오. 드 메디시스 선생과 본푸아 선생이 오셨습니다."

제자는 큰 소리로 말하고 회의장의 문을 기세 좋게 열어버렸다. 일제히 시선이 쏟아진다.

어쩔 수 없이 입장한 팔마와 엘렌은 심상치 않은 분위기에 긴장했다.

"왔나."

브루노의 목소리가 들렸다. 완만한 아치를 그리는 일류 교수진이 앉은 긴 책상 맨 뒤에 브루노는 앉아 있었다. 총장의 관록이 있다.

"회의 중에 실례합니다. 선생님들."

팔마와 엘렌은 교수진에게 인사를 했다. 어서 용건을 듣고 싶다. 팔마가 그렇게 생각하면서 방구석에서 우물쭈물하고 있자니 브루노는 말하기 거북한 듯 입을 열었다.

"실은 말이지…. 어흠, 저기, 그게."

"총장님! 아드님에게 말씀드리기 곤란할 거라 생각하므로 여기선 제가 말씀드리도록 하죠."

배가 많이 나와 터질 것 같은 백발의 개성적인 부총장이 더 이상

지켜보지 못하고 자리에서 일어났다. 갑자기 끼어든 부총장이 무슨 말을 할까 싶어 팔마는 자세를 바로잡았다.

"잘 오셨습니다. 서론은 접어두고 단도직입적으로 말씀드리면 우리 학교에서는 내년부터 총합 의료학부를 신설하게 되었습니다. 팔마 선생께서 주임 교수로 교편을 잡아주셨으면 해서 급히 호출한 겁니다."

"네…? 교수요? 제가 말입니까?"

팔마는 여러 가지 예상했던 것들이 다 빗나가는 바람에, 두뇌 회전이 멈추기 일보 직전의 얼빠진 목소리를 내고 말았다.

"알기 쉽게 말씀드리면 제국 약학교의 교수를 맡아달라는 겁니다."

다른 교수가 고쳐 말했다. 그렇게 분명히 말하지 않아도 이미 팔마는 당혹스러웠다.

"그리고 본푸아 여사는 같은 연구실에서 바쁜 선생의 보조를 부탁드리고 싶군요. 강사 자리를 비워두었으니 둘이서 맡는 게 좋을 겁니다."

엘렌도 입을 크게 벌린 채 경직해 있었다. 두 사람에게 기대에 찬 시선이 쏟아져서 팔마는 어떻게 해야 할지 고민했다.

"저는 미성년자입니다. 기대에 부응해드리긴 힘들 것 같군요. 대학의 규칙도 잘 모르고 말이죠."

그리 효과적이지 않은 변명을 반복하고 있다는 것은 팔마도 안다. 하지만 팔마가 지금 바로 대학에 취직해서 본격적으로 교편을 잡을 수 있는가 하면 대답은 노였다.

하지만 부총장은 물러서지 않았다. 거절할 것은 예상하고 있었던 모양이다.

"그럼요. 그럼요. 젊다는 것은 잘 알고 있습니다. 하지만 지금까지의 공적을 돌이켜보면 당연하다고 할 수 있을 겁니다. 당신은 현미경이라는 것을 발명했고, 백사병의 특효약을 개발했어요. 뿐만 아니라 흑사병의 만연조차도 그 신약 발명으로 막았습니다. 불치병을 잇달아 치료해낸 팔마 선생은 정말 칭찬받아 마땅합니다."

황제가 백사병을 앓고 있었다는 것은 이 자리의 교수진들에게는 알려지지 않았을 테지만 그 치료약을 팔마가 만들었다는 것은 은연중에 소문이 퍼진 모양이다.

부총장이 혼자서 박수를 치기 시작하자 교수진들도 그 뒤를 따라 박수 갈채를 터뜨렸다. 브루노는 헛기침을 하고 언짢다는 표정으로 그들을 차가운 눈으로 보고 있었다.

"예. 당신은 신동입니다. 팔마 선생. 취미라고밖에 할 수 없었던 저의 연구에서 약이 만들어질 거라고 누가 생각했겠습니까."

캐스퍼 교수도 흥분한 듯 빠른 어조로 팔마의 칭찬에 가세했다. 캐스퍼 교수의 연구에는 팔머가 직접 조언했기에 그녀가 감사하고 있다는 것은 알고 있었다.

"아니, 저기… 그게, 난처하군요."

교수진의 뜨거운 시선을 받는 가운데 칭찬받는 것에 익숙하지 않은 팔마는 점점 몸 둘 바를 모르게 되었다. 지금까지 팔마가 만든 신약은 브루노의 공적으로 해왔는데 교수진들이 뒷사정을 알고 있는 걸 보면 브루노가 실수로 흘려버린 것일지도 모른다.

'당했다…. 앞으로 움직이기 힘들어질 것 같네. 이래선 포섭당하고 말아.'

팔마에게 마련된 교수라는 직책은 사회적으로도, 학계에서도 너무 튄다는 의미에서 결코 고맙지 않았다. 지금까지 팔마를 전면적으로 지원하며 자유롭게 행동하게 했던 브루노가 마침내 존작과 대학 총장이라는 사회적인 지위를 이용해서 팔마의 포섭에 들어간 거라고 팔마는 받아들였다.

"이곳에 있는 본 대학의 교수진은 국내 최고의 두뇌라고 자부하고 있습니다만 한심하게도 이들의 능력으로는 당신의 지식과 창약 기술을 당해낼 수 없습니다."

부총장은 항복했지만, 그 말에 아연실색하고 발끈하는 사람도 없는 듯했다.

"참으로 멋대로 된 결정이지만 본 대학 교원 일동은 당신의 지식을 배우고 싶은 겁니다. 아직 당신이 11세이고 미성년자라는 비학문적인 문제는 지금은 도외시할 생각입니다."

'무슨 속셈이지? 브루노 씨의 뜻이 아니라 부총장이 주도하고 있는 건가?'

팔마는 브루노를 보며 진의를 캐려고 했지만 브루노 또한 책략가였다.

"본 대학에 흥미가 없으십니까? 창약 연구와 개발에는 안성맞춤인 학문의 자리인데."

그러고 있는 사이에도 부총장은 향학심을 자극하며 팔마에게 잽을 날린다.

'나도 전생에서는 대학에서 일하고 있었고 학문의 세계와 연구 생활이 싫은 것은 아니지만 아직 그럴 시기가 아닐 뿐이야…. 지금은 곤란해. 할 거면 어른이 된 뒤라고.'

약국 경영을 하며 대학에 소속되어 연구 생활을 하는 것은 나쁘지 않다. 후진의 교육도 팔마로선 바라는 바이지만 어린아이의 모습으로는 너무 튀어 보인다는 생각이다.

'너무 찍혀버리면 직원에게도 위험이 미칠지 모르고 약국의 영업 방해도…. 나는 괜찮지만 주위에 폐를 끼치게 돼.'

그래서 아직 소년인 그가 지금 할 수 있는 대규모 사회 공헌이라고 하면 익명으로 약학 교과서를 집필하는 것이었다. 그것을 읽으면 누구든, 100년 후에 약학을 지망하는 사람도 이해할 수 있도록 학교에서의 기초 교육에라도 써주길 바랐다.

'그리고 솔직히 지금은 연구실에 틀어박혀 있는 게 아니라 인간관계를 소중히 하고 환자들을 대하고 싶어. 하지만 브루노 씨와 교수진 입장에서는 눈앞에 미지의 지식이 있다면 어떤 수를 써서라도 전모를 알고 싶다고 생각하겠지. 그게 학자의 본질이니까.'

"억지로 강요할 생각은 없다. 결심이 서지 않는다면 나중에 회답을 하도록."

침묵해버린 팔마에게 동조 압력을 가하며 브루노가 온화하게 말했다.

"본푸아 여사의 생각도 들어보지. 어떻게 할 건가?"

브루노가 엘렌에게 눈짓을 하는 게 팔마에게는 보였다. 엘렌은 스승 브루노 앞에서 완전히 위축되어 있었다.

"저는 스승님의 명령이라면 무, 물론 받아들일 생각이에요."

"들었지? 팔마. 네 대답은 나중에 할 건가?"

브루노가 다음에는 팔마의 대답을 재촉했다.

"음…, 비상근 강사라면 받아들이겠습니다."

교수는 너무 갔다며 팔마는 주저했다. 하지만 브루노는,

"안됐지만 강사 자리는 지금 다 차 있군. 비어 있는 것은 교수 자리뿐이다."

신설 학부의 자리인데 그럴 리 없잖아, 팔마는 지적하고 싶었지만 지금으로선 어쩔 수 없었다. 강사는 강의만 하면 되지만 교수는 연구에 더해 연구실의 운영, 강의, 그리고 학생 지도까지 해야 한다. 당연히 부담은 늘어난다.

"저는 이세계 약국의 점주이기도 하고, 맡고 있는 환자도 있습니다. 약국 업무를 소홀히 하는 것은….."

"학생들에게 강의만 해주시면 됩니다. 근무 시간은 자유롭게 결정하시길. 하루에 몇 시간만이라도 상관없습니다."

부총장이 곧바로 유연 근무제라는 절충안을 제시했다. 이런저런 핑계로 팔마가 도망치려고 하면 곧바로 부총장에게 차단당한다. 부총장은 수완가였다.

팔마는 끝이 나지 않을 것 같아서 체념 모드에 들어갔다.

'뭐, 직접 학생을 육성하면 그들이 나중에 전문가가 되어줄 테고 결과적으로는 그쪽이 더 좋을까…?'

팔마는 마지못해 결심했다. 대학에서 우수한 학생을 육성해두면 여차할 때 이세계 약국의 대리 진료를 맡길 수 있을지도 모른다. 장기적인 안목으로 보면 서로에게 장점은 있다.

"그럼… 받아들이겠습니다. 다만 비상근 교수로 해주세요. 그리고 발령을 내년 가을로 해주시길. 준비가 필요합니다. 계획을 짜고 교재를 준비할 필요가 있으니까요."

팔마는 최소한의 조건을 덧붙였다. 부총장은 만면의 미소로 승낙

했다.

"다행이군요. 그럼 내년 가을부터 잘 부탁드리죠, 팔마 드 메디시스 교수. 그리고 엘레오노르 본푸아 강사. 두 분의 우수한 교원을 초빙할 수 있어서 영광입니다. 본 대학 학문 수준의 견인을 부탁드립니다."

"아, 예…. 저야말로 잘 부탁드립니다. 기대에 부응할 수 있을지는 모르겠습니다만…."

어어 하는 사이에 이야기가 마무리되고 말았다.

 ## 2화 건초염과 등사기

"역사는 되풀이된다."

1년 후까지 예정이 꽉 들어찬 일정표에 절망하면서 팔마는 침울한 표정으로 격언 비슷한 것을 중얼거렸다. 가루약의 무게를 잰 후 고속으로 분포(分包)하고 있던 엘렌이 손놀림을 멈추고 안경을 고쳐 썼다.

"무슨 역사? 약학사 말야? 되풀이된 적이 있었나? 오히려 진보하고 있는 것 같다는 생각이 드는데 대체 무슨 의미야?"

'내 과로사(過勞死)의 역사, 줄여서 과로사(過勞史) 말야….'

눈덩어리를 굴리는 것처럼 일의 양을 점점 늘리는 팔마의 체질은 이번 생에도 변함이 없는 듯해서 그로서는 머리가 아팠다. 개선이 되기는커녕 전생과 달리 다른 사람에게 맡길 수 없는 만큼, 악화되고 있다고 해도 좋다.

'아니, 자업자득이야. 스스로 일을 늘려가고 있으니. 큰일이군.

지금도 스케줄이 꽉 찼는데 교수 같은 걸 맡다니 죽을 것 같아. 교재를 잘 만들어서 수업의 부담을 줄여야겠다.'

지나치게 열심히 일하지 않는 슬로 라이프. 여유 있는 생활과 가능한 범위에서의 인명 구조라는 것을 모토로 하려고 했던 그의 이번 인생. 하지만 환생 후 1년 남짓 만에 벌써 오버워크 기미라서 당초의 계획이 좌초될 것 같다는 위기감을 느끼고 있었다. 실패는 다시 반복하고 싶지 않다.

'다음에 죽으면 더 이상 환생 같은 건 못 할 테고 말야. 또 죽고 싶지는 않다고.'

다행히 산 플루브 제국 약학교에서 교수로서 교편을 잡는 것은 내년부터였다. 준비 기간 중 대학에서는 신학부 개설 준비와 연구실, 실험실 설비 마련, 학생 모집 등을 한다고 한다. 특히 우수한 학생을 제국 전역, 그리고 전 세계에서 모으기 위해 학비 무료 특기생으로 입시를 치른다고 한다.

그동안 팔마는 지금 하고 있는 일들을 어느 정도 마무리해야겠다고 결심했다.

'일을 줄이자. 일단 흑사병 위기는 사라졌으니 지금 그렇게 크게 할 일도 없어.'

모두의 건강도, 자신의 건강도 소중하다며 팔마는 크게 심호흡했다. 전생에는 없었던 발상이다.

"엘렌은 과로사라는 걸 알고 있어?"

"무슨 뜻이야? 일을 너무 많이 해서 죽는다는 거? 일 안 하면 되잖아."

엘렌이 안경을 닦으면서 어이가 없다는 듯 빙글 고개를 비틀었다.

"그렇구나…. 국민성이 달랐어. 보통은 있을 수 없는 일이지."

생각해보면 노동 시간은 일몰 때까지라는 국민성이기에 과로사라는 개념이 없는 모양이다. 피곤하면 쉬는 게 당연하고, 연료가 귀중하므로 밤샘 근무도 않는다. 당연히 과로사라는 게 없을 수밖에.

"확실히 팔마 군은 너무 일을 많이 하긴 하네…. 하지만 팔마 군이 죽긴 하는 거야?"

엘렌은 약신의 힘을 쓰는 팔마를 신격화하고 있기에 죽지 않는다고 생각하는 모양이다.

"내가 알기로 벼락을 맞고 난 후로 넌 놀랄 만큼 건강해졌어. 그전의 팔마 군과는 천지차이야."

원래의 팔마 소년은 물 계통 신술의 훈련으로 흠뻑 젖어서 그런지 1년에 몇 번씩 감기에 걸렸고 곧잘 다치기도 했다고 한다. 몸 상태가 안 좋아서 수업을 못 받는 일도 있는 등 별로 무리는 안 시켰다는 것. 그런 이야기를 엘렌은 팔마에게 들려주었다.

"지금의 너는 병에도 안 걸리거니와 다치지도 않아. 훈련에서도 다소의 찰과상 정도만 입을 뿐 피도 안 흘리잖아. 이제 와서 과로따위로 죽을까?"

"죽을지도 몰라. 확실히 나는 병에 안 걸리고 잘 안 지치긴 하지만 그래도 말야."

아무튼 팔마 소년의 몸은 혹사하지 않고 소중하게 쓰자고 다짐하며 고개를 돌리며 스트레칭을 하고 있자니 엘렌이 팔마의 손을 잡고 촉촉한 시선으로 약간 뺨을 붉히면서 쑥스러운 듯 "그렇구나"라고 중얼거렸다. 뭐야? 하고 팔마는 당황했다.

"그래. 우리들도 팔마 군의 힘 덕분에 병에 잘 안 걸리게 되었지. 감사하고 있어. 고마워. 우리들까지 지켜줘서."

"어, 엘렌? 왜 그래? 오늘은."

그는 엘렌이 갑자기 어울리지 않는 말을 하는 것에 당황했다. 평소에 동료로서 대하기에 그렇게 의식하지 않았지만 오늘은 요염해 보인다. 자각이 있는지 없는지 엘렌은 갑자기 접근해왔다.

'엘렌, 전에는 이렇게 방심한 얼굴을 보여주지 않았는데 말야…. 꽤 많이 변했구나.'

환생 후의 팔마를 엘렌은 두려워하고 있었지만 함께하는 시간을 늘려가는 사이에 마음을 허락하고 신뢰를 해준 것일까? 팔마는 다행이라는 기분이 들었다.

"팔마 님 덕분이에요! 신세를 지고 있다고요! 저희들의 컨디션 관리까지 해주셔서."

로테도 기운 넘치는 목소리로 엘렌에게 동조했다.

"왠지 제 무릎도 좋아졌습니다. 기분 탓이 아닙니다."

세드릭도 감사의 말을 했다.

팔마는 갑자기 모두에게서 칭찬을 듣자 쑥스러워졌다.

"벌써 교수라니 팔마 님은 대체 어디까지 출세하실지. 아직 젊으신데 굉장하기도 하죠. 천재일까요? 아닐까요? 역시 천재겠죠?"

두 주먹을 불끈 쥐면서 로테의 극찬이 이어졌다. 흥분 때문인지 목소리도 점점 커졌다.

"저는 학교에 다닌 적이 없습니다. 하지만 훌륭한 선생님들에게서 주목을 받고 인정을 받고 있는 팔마 님은 훌륭하다고 생각합니다. 아직 이렇게 젊으신데!"

"팔마 님의 대출세는 정말 이례적이군요. 더욱 바빠지시겠지만."

"그래…. 그랬지. 어째서 이렇게 되어버린 걸까."

엘렌과 세드릭도 걱정스러워졌다.

"이래선 모두에게 걱정을 끼칠 수밖에 없겠어. 스케줄을 다시 조정해볼게."

하지만 목숨에 관련된 일의 양은 줄일 수 없다. 필요한 것은 효율화라고 팔마는 가슴에 새겼다.

◆

오후 진료 시간이 되자 가면을 쓰고 모자를 깊이 눌러쓴 수상하기 짝이 없는 남매가 들어왔다.

목소리를 듣고 10대 후반이라고 팔마는 추측했다. 무언가 사정이 있을 것 같다고 보고서 개인실로 안내했다. 개인실에 들어온 후에도 그들은 경계를 풀지 않았다. 내심 한숨을 쉰 팔마는 정체를 밝히려 하지 않는 그들에게 말을 걸었다.

"가면을 벗어주시겠습니까? 저희들은 공적인 자격을 가진 약사입니다. 환자분의 개인 정보를 지킬 의무가 있으니 안심하시길. 그리고 가면을 벗지 않으면 진료를 할 수 없습니다."

"그, 그건…. 죄송합니다. 하지만 약사님께도 얼굴은 알릴 수 없습니다."

두드리면 먼지가 나는 사람이려나? 진안(診眼)을 쓰면 진료를 못 하는 것도 아니지만 불편하다.

"얼굴을 들키면 안 되는 직업인가 봐. 얼굴을 보지 않고 진료할 수밖에 없겠어.”

엘렌은 팔마에게 속닥속닥 귓속말을 했다. 엘렌은 환자가 무엇을 꺼리는지 읽는 데 능한 약사였다. 팔마는 그도 그런가 싶어서 마음을 고쳐먹고 새로운 차트를 펼쳤다.

“그래서 오늘은 무슨 일로 오셨는지?”

“약사님, 저희들은 손목뼈가 아파서 견딜 수 없습니다. 무언가 약은 없습니까?”

‘협착성 건초염.’

진안으로 볼 것까지도 없었지만 일단 확인해본다. 진안은 명백히 병명과 치료법을 알 수 있는 경우에도 보조적으로 쓴다. 다른 병이 숨어 있을 수 있기 때문이다. 엄지의 뿌리 부분이 염증을 일으키고 있는 듯했다. 증상의 경중은 다르지만 두 사람 모두 건초염이다.

“손을 혹사하셨군요. 두 사람 모두요. 이건 건초염이라고 합니다.”

“건초염? 처음 듣는 병이로군요.”

남매는 똑같이 얼빠진 목소리로 되물었다. 팔마는 손목 근육의 개략도를 그린 후 설명했다.

“엄지의 힘줄이 염증을 일으키고 있어요. 진통제를 드리도록 하죠. 서포터도 쓰면 좋을 겁니다. 그리고 손을 쉴 수는 없습니까? 그게 가장 좋은 약입니다만.”

“그건 어렵군요. 생계가 곤란해지고 맙니다. 저희들은 거액의 빚을 지고 있어서⋯.”

“음⋯ 두 분께서 무슨 일을 하고 계신지 물어봐도 되겠습니까?”

두 사람은 속닥속닥 무언가를 이야기하다가 밝혀도 된다고 생각했는지 입을 모아 말했다.

"저희들은 수기로 신문을 만들고 있습니다."

"수기로 신문을?! 한 장 한 장 손으로 기사를 쓰는 겁니까?"

'뭐야? 그 직업은…. 왜 인쇄를 안 하는 거지?'

듣기만 해도 건초염에 걸릴 것 같다고 팔마는 엘렌을 보았지만 엘렌의 표정에 놀라움은 없었다.

"일의 내용을 자세히 들어봐도 되겠습니까? 이야기하고 싶지 않은 부분은 하지 않아도 됩니다."

"모은 정보를 종이에 써서 필요로 하는 사람들에게 파는 일입니다. 내용은 말씀드리지 못합니다만…."

'후우… 그렇군.'

얼굴을 가려야 할 정도의 기밀 사항을 팔고 있는 거겠지, 팔마는 추측했다. 위험한 취재 활동을 하고 있어서 일개 마을 약사에게도 얼굴을 보일 수 없는 것이리라. 혹시 뒷거래 정보나 군사 정보를 다루고 있는 건가… 팔마는 그렇게 추측했다. 빚을 지고 있어서 그런 위험한 일을 하는 것인지도 모른다.

"통증이 심해지면 스테로이드 주사나 수술을 해야 할 경우도 있습니다만 기본적으로는 안정이 제일입니다. 그런데 신문 업자들은 혼자서 몇 부를 필사하는 겁니까?"

"한 사람당 50부는 씁니다. 몸 상태가 좋을 때에는 좀 더 쓰고요…. 잘못 쓰는 경우도 있는데 그것은 팔 수 없고, 고객에게 필요한 정보는 각각 다르므로 실제로는 좀 더 쓸 수밖에 없습니다."

"신문을 50부?! 확실히 그건 건초염이 될 만하네요…. 흠, 쓰면 쓸수록 이익이 올라가는 거죠? 베끼고 있는 것은 똑같은 정보인가요? 완전히 똑같아도 상관없습니까?"

"예. 완전히 같은 정보로 해도 상관없습니다. 그만큼 더 세세히 써야 합니다만."

손목을 어루만지면서 남매는 고개를 끄덕였다. 어지간히 아픈 듯하다. 참는 데 한계가 온 것이리라.

"그 신문은 꼭 수기가 아니어도 됩니까?"

문득 팔마는 떠올리고 확인했다. 수기 외에 또 뭐가 있는 거지? 하고 서로 얼굴을 마주 보는 남매.

"정보를 상대가 읽을 수 있다면 신문은 팔립니다. 오보가 있다면 배상해야 합니다만."

여동생이 어깨를 떨구자 오빠는 허둥지둥 여동생의 말을 끊었다. 들으면 안 되는 이야기였던 듯하다.

"이봐, 그만둬. 하하, 방금 그 말은 잊어주시길."

'추측 기사를 쓴 적이 있는 건가? 사실 확인도 큰일이로군. 정보 업자는.'

빚을 지고 있어서 신문을 계속 내는 것밖에 방법이 없는지도 모른다. 팔마에게는 해결책이 떠오르고 있었다.

"참고로 묻겠습니다만 목판이나 동판 같은 것은 안 쓰시나요?"

그들은 갈피를 못 잡고 신음 소리를 냈다.

"음…, 판을 만드는 데 시간이 걸리잖아요. 신문은 속보성이 중요해서 너무 늦어지고 맙니다."

"활판 인쇄는 안 쓰는 겁니까?"

"그림이나 표 작성에는 약해서요. 저희 신문과는 안 맞습니다."

이 세계에 인쇄라는 개념이 없는 것은 아닌 듯하지만 그것은 신전의 성전 등을 인쇄할 경우에 쓰지, 정보 수정이 많은 신문에서는 일장일단이 있었다. 그리고 판이 남으면 처분하기 곤란하다고 한다. 팔마는 이야기를 듣고 신문 업자에게 파스를 처방했다. 그들은 기쁜 얼굴로 받아 들었다.

"자, 1주일분의 처방입니다. 케토프로펜을 주성분으로 하고 있고, 염증 물질인 프로스타글란딘의 합성을 저해하는 약이 파스에 배합되어 있습니다. 참고로 신문 배달은 낮일 경우가 많습니까?"

"아뇨, 이른 아침이나 야간이 많습니다."

광과민증 부작용이 있지만 그리 심각한 것은 아니므로 낮에 배달하지 않는다면 문제는 없다.

"취재 활동 등이 있을 테지만 낮에도 너무 오래 햇볕을 쬐지 않도록 하세요. 피부에 이상을 느낀다면 붙이는 것을 중단하고 바로 오십시오. 그리고 1주일 후에 진찰도 하겠지만 일이 더 편해지도록 해드릴 테니 꼭 와주시길."

"아, 네⋯. 그럼 다시 오겠습니다. 신세를 졌군요."

"약을 처방해주셔서 고맙습니다. 이로써 편해질 수 있겠네요."

남매는 반신반의하는 표정으로 약국에 있는 손목 서포터를 구입해서 돌아갔다.

"무슨 뜻이야? 진찰과는 별개로 또 뭔가 서비스를 해준다는 거? 설마 신문을 대신 써준다는 건 아니겠지?"

남매가 돌아간 후 엘렌은 팔마가 슬쩍 덧붙인 말의 의미를 물었다.

"그럴 리가. 그냥 등사기를 만들면 될 거라고 생각한 거야."

일본에서도 1960년대까지 교육 현장 등에서 곧잘 쓰였다. 전기가 필요 없는 인쇄법이다. 아무리 팔마라도 실제로 써본 적은 없지만.

"또 팔마 군은 스스로 일을 늘리고 있네. 게다가 '등사기'라는 건 또 뭐야? 또 새로운 발명? 너, 사람이 아무리 좋아도 무한정 일을 늘리면 안 돼. 신문 업자는 손목이 아프면 다른 일을 찾아보면 돼. 혹은 진통제를 먹으면서도 계속 할 수 있고."

"가업은 그리 쉽게 바꿀 수 있는 게 아니잖아. 가령 내가 약사를 그만둔다고 하면 허락될 것 같아?"

"당연히 허락 안 되지. 팔마 군은 약사 집안인걸. 하지만 평민은 바꿔도 돼."

"그럴 수 없으니까 온 거겠지. 빚도 지고 있다고 했으니 말야. 그리고 기구 제작 자체는 멜로디 존작에게 부탁하려고 해."

팔마의 스케줄 속에서 무엇이 가장 시간을 압박하고 있느냐 하면 진료 업무, 그리고 교과서 집필, 약학 강의 자료 준비였다. 전생에서는 강의 슬라이드를 만들어 몇 년씩 약학부 수업에서 재활용한 바 있다. 그 덕에 떠올린 것이 교과서와 강의 자료를 동시에 만드는 방법이었다. 하는 김에 신문 업자에게도 도움을 줄 수 있을 거라고 팔마는 생각했다.

필사의 문제점은 그 속도도 속도지만 인위적인 실수와 의도치 않은 해석이 삽입될 가능성이다. 팔마의 교과서는 그림과 그래프, 화학식을 많이 쓰는 까닭에 필사를 되풀이하는 사이에 그림이 부정확해지면 미묘한 뉘앙스가 잘 전달되지 않는다. 팔마가 쓴 대로 복사하는 것은 앞으로를 생각하면 필요한 기술이다.

"약국의 약 설명에도 이용할 수 있겠군."

환자에게 약을 설명하는 데에 상당한 시간을 소비하는데 약 설명을 프린트할 수 있다면 그것을 읽게 하면 되므로 정보도 환자에게 정확히 전달되고 시간도 절약할 수 있다. 그만큼 많은 환자를 진료할 수 있고 다른 약사에게 설명을 맡길 수 있으므로 진료 시간을 단축할 수 있다고 그는 생각했다.

며칠 후 의뢰를 맡아준 의료 화염 기술사 멜로디 존작이 조현병 치료약을 받을 겸 왔다.

팔마의 사양서를 바탕으로 인쇄에 필요한 기구를 제작해서 가져온 것이다. 팔마는 물질 창조는 할 수 있지만, 소재 가공은 멜로디에게 맡기는 게 확실하다. 멜로디는 밝고 기뻐 보이는 표정을 지었다. 의뢰품 납품 전에 팔마가 진찰을 시작했다.

그녀는 조현병 긴장형 발작도 약으로 잘 제어되고 있어서 상태가 좋아 보였다. 팔마는 멜로디에게 문진과 진찰을 한 후 동행한 가령(家令)에게도 평소의 모습을 물었다. 그러자 가령은 기쁜 듯 멜로디의 평소 상태를 보고하기 시작했다.

"예. 멜로디 님은 정말 상태가 좋아지신 것으로 보입니다. 일도 충실하게 잘하고 계시고 낮에는 산책과 영지 시찰, 그리고 의뢰품 제작을 하시며 최근에는 저녁 모임에도 참가하고 계십니다."

조현병 치료 과정에서 무기력해지거나 인지 기능 장애가 나타날 때도 있지만 멜로디는 그런 증상도 없는 것 같다. 이 병은 완치 직전에 재발한다든지 다른 타입의 정신 질환으로 발전하기 쉽다.

"그렇습니까. 괜찮은 것 같군요. 약을 줄이도록 하죠."

약의 조합도 바꾼다. 그리고 가령에게 뭐 이상한 게 있으면 가르쳐달라고 전해둔다. 조현병은 주위의 관심도 필요한 병이다.

"완전히 약을 끊어도 될 가능성은 있습니까?"

"지금 상태가 계속될 것 같으면 끊어도 됩니다."

안도한 표정을 짓는 멜로디. 이로써 겨우 '평범한' 생활을 할 수 있게 된다는 기대로 가슴이 부푼 것이리라. 하지만 팔마는,

"하지만 이 병은 갑자기 약을 끊으면 상당한 확률로 재발합니다. 아직 약은 끊지 마시길."

"알겠습니다."

모처럼 좋은 경과를 보이고 있으니 조금만 더 참아야 한다고 팔마는 설명했다.

"이제 우리 안에서 지내는 생활로 돌아가고 싶지 않습니다. 팔마 님의 약 덕분에 저는 이렇게 평온하게 살 수 있습니다. 당신이 저의 정신을 정상으로 돌려주셨습니다."

"조금씩 일상생활로 돌아가면 좋겠군요."

팔마가 그렇게 말하자 멜로디는 수줍어하면서 의뢰품을 책상 위에 올려놓았다.

"예, 노력하겠습니다. 그럼 주문하신 것을 가져왔으니 확인해보시길."

"죄송합니다. 재촉한 셈이 됐나요. 이렇게나 빨리…."

"아뇨, 그럴 리가요. 팔마 님은 중요한 고객이고 저도 빨리 완성을 보고 싶었기에 어떻게 쓰는 건지 설레고 있답니다."

멜로디가 납품한 것은 줄판, 철필, 롤러, 등사기 여러 세트다. 물론 신문 업자 몫도 두 세트 발주했다. 멜로디에게 대금을 치르고 바

로 시험 인쇄에 들어간다. 그는 그날까지 얇은 원지에 촛농과 바셀린을 바른 종이를 종이 가게에 특별 발주해놓았다. 잉크도 고급품을 주문해두었다.

엘렌과 로테가 흥미진진한 얼굴로 다가왔고 세드릭도 궁금한지 의자에서 일어났다. 세드릭은 인쇄를 이용한 사무 업무의 효율화는 원하는 바라고 이야기했었다.

"시험 인쇄를 해보고 싶군요. 글자는 좀 시시하니까 그림을 그려보죠."

"우왕! 하고 싶네요! 저 그림 그리는 거 정말 좋아해요!"

로테가 기쁜 듯 손을 들고 떠들었다. 그랬었나? 팔마는 로테의 새로운 일면을 알았다.

"팔마 님, 그리고 여러분도. 철필은 이겁니다. 쓰는 느낌은 어떻습니까?"

멜로디가 가공한 철필을 줄판 위에 올려놓고 원지를 긁듯이 그림을 그린다. 그러면 원지에 상처가 생긴다. 그 원지를 바닥에 펼친 나무틀에 고정하고 롤러에 잉크를 묻혀 인쇄지에 인쇄한다. 이 도구들은 원지의 흠집 부분을 통해 잉크를 스며들게 해서 종이에 전사하는 것이다.

"멜로디 님, 고맙습니다. 훌륭하네요."

"아아, 이렇게 되는 거였군요. 제 작업실에도 하나 장만하고 싶어졌습니다."

멜로디는 인쇄된 것을 들고 완성도를 확인한 후 만족한 듯 미소 지었다.

"멜로디 님 덕분에 깔끔하게 인쇄할 수 있어요!"

엘렌은 롤러가 맘에 들었는지 인쇄하는 것 자체가 즐거운 모양이었다. 흥이 나서 몇십 장이나 인쇄하고 있다.

"엘렌, 그건 뭘 그린 거야?"

팔마는 엘렌이 그린 전위적인 예술 작품을 보면서 물었다. 실례라고 생각하지만 사람인지 동물인지도 판별할 수 없었다.

"팔마 군이야! 어때?"

엘렌은 자신만만하게 내보였다.

"그렇구나. 음… 어? 나?!"

"뭐야? 그 반응은!"

엘렌에게는 그림 실력이 없었던 반면, 로테는 일러스트레이터 못지않은 그림을 그려냈다. 약국에 장식된 부케를 모사한 그것은 아르데코풍 장식화로, 말 그대로 예술 작품이었다.

"로테, 아름다운 꽃 그림이야! 화가가 되는 게 어때? 이거 잘 팔릴 거야!"

"네? 그런가요? 이거 정말 재밌네요. 즐거워요!"

콧노래를 부르며 천진난만하게 롤러를 굴려 열심히 프린트를 계속하는 로테를 보고 팔마는 너무 귀여워서 치유되는 느낌이었다. 로테는 단순 작업을 하더라도 맘을 비우고 즐기는 타입인 듯하다.

"로테, 너무 많이 찍었어. 팔 생각이야?"

눈 깜짝할 사이에 로테 화백의 작품 무더기가 만들어졌다.

"참고로 잉크 색을 바꾸면 다색조로도 가능해."

만약 판화를 하고 싶다면 아이디어를 짜내보는 것도 좋을 거라며 팔마는 로테에게 권했다. 로테는 몹시 마음에 든 눈치다. 팔마는 모처럼 로테가 그린 그림을 효과적으로 활용하기 위해 약국에서 처방하는 약의 첨부 문서를 등사기로 작성하고 삽화를 첨부하기로 했다.

1주일 후 약속대로 신문 업자 남매가 찾아왔다. 이번엔 베네치안 마스크 같은 가면을 쓰고 있었다. 얼굴을 가려야 하는 사정은 여전한 듯하다. 그런 마스크를 쓰고 있으면 더 튀어 보일 것 같다고 생각했지만 입 밖에 내지는 않았다.

"손목 통증은 어떻습니까?"

"약 덕분에 통증은 없더군요. 이야, 덕분에 살았습니다."

그래도 지난 1주일간 신문을 계속 쓰는 작업량은 변하지 않은 듯하다.

"그럼 약속한 물건이 완성되었으니 오늘부터 이것을 써보십시오."

팔마는 어리둥절한 표정의 그들에게 사용법을 가르쳐주었다. 가르쳐준 대로 등사기를 실제로 써본 남매는 그 간편함과 만들어진 인쇄물의 퀄리티에 경악했다.

"너무나 쉽게 인쇄가 됩니다! 획기적이에요! 이 등사기의 발명만으로도 내일 신문 기사가 될 겁니다!"

오빠가 극찬했다. 글자도 잘 읽을 수 있고 세밀한 묘사와 그림도 그대로 프린트해준다.

"이것은 당신이 발명한 겁니까?!"

위대한 지구의 발명가 토머스 에디슨 씨의 발명이라고 팔마는 말하고 싶었지만, "아뇨, 제가 아닙니다"라고 얼버무렸다.

"이, 이, 이제부터는 한 부만 작성해도 된다는 건가요?!"

여동생이 머뭇머뭇 팔마에게 물었다. 아마 가슴을 기대로 부풀리며.

"그렇군요. 둘이서 한 부만 작성하면 될 겁니다. 그러니까 건초염도 조금은 좋아질 거고 빚을 갚는 데 도움도 되겠지요."

"우오오오?!"

오빠는 기성을 지르고 주먹을 높이 치켜들었다. 어지간히 기뻤나 보다고 팔마는 생각했다.

"아아, 이런 일이 있을 수가. 믿기지 않아요! 오빠."

"해냈구나…. 고, 고맙습니다, 약사님. 아니, 단순한 약사님이 아니시군요!"

남매는 손을 맞잡았다. 너무 심하게 기뻐하는 것 같지만 그들에게는 문명의 이기일 것이다.

"도움이 된 것 같아서 다행이군요. 그 뒤의 작업은 글을 쓰는 손이 아니어도 가능합니다. 다른 사람에게 맡겨도 되고 말이죠."

팔마는 잉크와 원지를 싸게 그들에게 팔기로 했다. 그들은 기뻐하며 대량으로 구입했다.

"이거라면 한 부 작성하면 100부든 200부든 찍어낼 수 있겠네요!"

믿기지 않아요, 하며 남매는 감동해서 오열했다.

"너무 대량으로 찍을 수는 없을 겁니다. 원지가 닳아서 손상되니까요. 100부 정도라면 괜찮을 거라 생각합니다만…."

그렇게 말하자 남매는 그래도 수입이 대폭 올라간다며 기뻐했다. 빚도 갚을 수 있을 것 같다, 전망이 밝아졌다며 팔마에게 이야기했다.

"하지만 추측 기사는 조심하시길."

많이 찍은 만큼 많은 빚을 지게 된다고 팔마는 못을 박았다. 이번엔 대량 인쇄이기 때문이다.

"예, 취재에 시간을 더 들일 수 있을 것 같습니다. 지금까지는 마구 휘갈겨 썼지만 깔끔한 기사로 만들 수 있습니다. 좋은 일뿐이네요. 어떻게 사례를 해야 할지."

"저기… 그 신문, 이세계 약국에도 한 부 팔아주실래요? 비밀 정보라 어렵습니까?"

"정보를 밖으로 흘리지 않는다고 약속해주신다면 무료로 배달해드리겠습니다."

남매는 복면과 모자를 벗었다.

"얼굴도 보이지 않고 실례했습니다. 앙드레 미테랑입니다."

"동생인 에메예요, 약사님."

남매는 꽤 수척한 상태였지만 머리카락과 눈동자가 녹색인 미남미녀로 몹시 튀어 보였다.

이세계 약국은 수기 신문 '제도 비보'를 무료로 구독하게 되었다.

◆

"우와, 이런 것까지 새어나가고 있는 건가. 폐하께서 신분을 숨기고 수도를 시찰하셨다니."

그 뒤로 팔마는 약국에 출근하면 '제도 비보'부터 읽는 것이 일과가 되었다. 구독하고 나서 알게 된 것인데 이 신문은 귀족 사회의 뒷정보, 군사 정보, 결코 외부에는 노출되지 않는 비밀의 상업 정보를 가득 싣고 있는 유익한 신문이었다. 그쪽 계열 사람들이 원할 만 했다. 두 사람은 비싸게 팔릴 만한 정보를 수기로 적어 소수의 부호들에게 파는 것이 영업 방침이었기에 아무리 생각해도 알아내기 힘들 것 같은, 아슬아슬한 정보도 다루고 있었다.

그들의 건초염을 줄여주기 위해 개발한 등사기는 이세계 약국에도 도입되었다. 그리고 업무의 흐름은 엄청나게 능률적이 되었다.

우선 팔마가 환자의 진찰을 하고 처방전을 적는다. 엘렌과 그 제자이자 임시 아르바이트생인 1급 약사가 약을 조합한다. 엘렌이 완성된 약을 다른 창구에 맡기면 로테가 환자를 호출한다.

"15번 환자분, 약이 완성되었습니다! 1번 창구로 와주세요."

엘렌 등이 만든 약을 엘렌의 제자 약사들이 맡아 설명하게 되었다. 그들은 팔마가 쓴 복약 지도서와 약의 설명서 복사본을 참고로 환자에게 꼼꼼하게 설명을 한다. 즉, 일본에서 약제 정보 문서를 첨부하는 방식과 같다. 환자 상태의 세세한 카운셀링도 설명을 전담하는 약사가 맡고, 의문이 있으면 정리해서 팔마에게 넘겨 도움을 받는다. 설명서는 환자에게 그대로 건넨다.

이 방법은 업무의 효율화뿐 아니라 환자와 팔마, 그리고 약사들 전원에게 큰 장점이 있었다. 지금까지 고령자는 잘 잊어먹었고, 고령자가 아니어도 복약 지도를 적당히 흘려 넘기는 사람도 있었다. 몇 번이고 되묻거나 잊어버리는 경우도 있다. 그래서 미리 설명서에 약을 먹는 법과 그 효과, 약의 효능 원리 등을 써두면 환자에게도 편리했다.

"어머, 알기 쉬워서 좋네? 지금까지 금방 금방 까먹곤 했는데 말야. 점주님, 고마워."

약 설명서를 처음 받은 환자들은 만족한 얼굴로 돌아갔다.

"이런이런. 이런 부작용이 있었군. 몰랐네. 조심하기로 할게."

"어? 이 약은 하루 두 번 먹는 거였어?! 한 번밖에 안 먹었는데!"

이런 식으로 지금까지의 실수를 깨닫는 사람도 있었다.

등사기의 발명은 이번에도 제국 기술국에 등록했다.

얼마 후 신문 업자 미테랑 남매가 재진을 겸해 약국을 찾았다. 이번에 묘한 가면을 쓰지 않은 채, 약국 직원들에게 작은 선물을 가지고 맨얼굴로 찾아왔다. 상황이 변한 건가? 팔마는 추측하며 인사를 했다.

"안녕하세요. 손목은 좀 어떠신가요?"

"통증은 진정되었습니다. 그리고 등사기 덕분에 빚도 다 갚았군요."

"빚은 상당히 많지 않았나요?"

"예. 하지만 눈 깜짝할 사이에 다 갚았습니다! 발행 부수를 늘렸거든요."

보다 대중적인 정보도 팔린다는 것을 알고 수도 시민들을 위한 '주간 제도'를 창간했는데 이것도 궤도에 오르기 시작했다고 한다. 그래서 위험한 정보 취재에서는 서서히 손을 떼려 한다고 했다. 팔마로서는 '제도 비보' 쪽이 희소가치가 높았지만 그들이 기밀 정보를 다루지 않게 된다고 해도 신문 업자의 정보 네트워크는 도움이 될 것 같았다.

"그거 잘됐군요."

빚을 다 갚았다고 하니 팔마도 일단 안심이 되었다. 전에는 상당히 야위었지만 지금은 꽤 개선되었고, 끼니를 굶는 궁핍한 생활에서 벗어난 모양인지 피부 윤기도 좋아졌다.

"손목 통증은 좋아졌습니다만 이번엔 롤러질을 너무 열심히 하다 보니 어깨 결림이."

"하하, 파스를 구입하고 인쇄 부수를 줄이든지 임시 작업원을 고용하시길."

팔마가 말하자 그들도 함께 웃었다.

"말씀하신 대로 임시 직원도 고용할 수 있을 것 같습니다. 앞으로는 너무 욕심을 내지 않게 조심하도록 하죠."

 # 3화 테르마이와 미완성의 화신문

"기술국에 또 새로운 발명이 익명으로 등록되었다고 하는데, 그자는 폐하께 완성품을 헌상했으려나? 잊은 것은 아닐까 싶은데 꽤 씸한 일이로군. 안 그러냐? 팔마."

그것은 어느 날 가족이 다 모인 아침 식사 자리에서 일어난 일이었다. 브루노는 명백히 사정을 알고 있는 눈치로, 비꼬듯이 팔마에게 물었다. 팔마는 이번에도 자신이 저지른 큰 잘못을 떠올렸다. 식은땀을 흘리기 시작한 팔마를 의아하다는 얼굴로 블랑슈가 바라보면서 빵을 씹었다.

"그, 그건 물론… 그렇다고, 생각합…."

"역시 너였군. 어서 헌상하고 오거라. 이걸로 몇 번째지?"

"예. 깜빡하고 있었습니다. 바로 폐하께 헌상하러 가겠습니다."

브루노는 모두 다 꿰뚫어 보고 있는 듯하다. 팔마는 그런 배려가 완전히 부족했다.

'과로사(過勞死)뿐 아니라 실패사도 되풀이되는… 건가.'

"발명도 좋지만 일을 너무 많이 맡아서 무리하지 말도록 하거라. 너는 약사이지 발명가가 아니니까."

브루노는 출근 전에 가령의 도움으로 코트를 입으면서 팔마에게 충고했다.

'아니, 당신도 일을 늘리는 원인 중 하나인데요. 대학 교수라든지 …. 벌써 잊으셨는지?'

그런 말을 할 자격이 있는 거냐고 팔마는 반론하고 싶은 기분이었지만 그만두었다. 그리고.

"그 건에 대해서 말인데요, 아버님께 한 가지 여쭙고 싶은 게."

이것도 좋은 기회다. 그렇게 생각해서 팔마는 물었다. 식탁에서는 좀처럼 묻지 못했던 것이다.

"어째서 저를 대학 교수로 추천하신 건가요? 그런 일을 하시면 저도 곤란하다고요."

"으음… 그것에 관해서는 내가 추천한 게 아니고, 교수들이 네가 약국에서 일하는 게 못마땅한 눈치라서 말이지. 나는 네가 생각하는 것처럼 시기상조라고 생각한다."

브루노는 말문을 흐렸다. 어린아이가 교수 일을 하는 것은 상식에서 벗어난 것이고, 최소한 성인이 된 후에 추진해주었으면 했다고 팔마도 잔소리를 하고 싶어졌다. 대학의 격을 낮추는 일이 되기도 한다.

"허나 나에게도 책임은 있군. 네가 언제까지나 그 '상태'를 유지할 수 있을지 감안하고 최종적으로 추천한 것은 나이니 말이지."

'그렇게 된 건가…. 살로몬 씨도 같은 말을 했었지.'

팔마가 언제까지 전생의 기억을 가지고 이 세계에 있을 수 있을 지. 이세계의 지식을 잃어버리면 난처해진다고 브루노는 말하고 싶은 거겠지. 그는 그렇게 추측했다.

신관장 살로몬이 말했던 것처럼 '신들과 그 화신이 현세에 나타나는 것은 한순간'이라는 전례가 있으니 브루노는 일을 서두른 것이리라. 팔마는 대답을 할 수 없었다.

언제까지? 그런 것은 확신할 수 없기 때문이다.

내일이라도 팔마의 자아가 사라져버릴지 모른다.

"만약 시간이 유한하다면 너는 중요한 일에 전념하거라. 환자 한 명 한 명을 보는 것은 시간을 잡아먹는다. 그 시간에 연구에 전념해서 많은 신약을 세상에 내보내고 약학 체계를 완성시켜 우수한 후계자를 많이 남겨주길 바란다. 나의 기대가 너무 커서 부담이 되겠지만 내 본심은 그렇다."

브루노의 합리적인 사고가 엿보였다.

참으로 학자다운 발상이라고 팔마는 납득했다. 팔마 소년의 아버지 입장에서 말하면 비인도적이지만 공익을 위해 그렇게 할 수밖에 없는 것이다. 최대한의 성과를 남기고 죽으라고 말하고 있다.

"지금 세계에 살아 있는 눈앞의 천 명을 구하는 것보다, 시대를 초월해서 남을 위업을 남겼으면 한다. 그편이 눈앞에 있는 사람을 구하는 것보다 결과적으로 많은 사람을 구할 수 있지. 나는 그렇게 생각한다."

'이해해요, 브루노 씨. 나도 그런 마음은 있었으니까…. 나도 전생에서 직면했던 딜레마였어.'

브루노는 다시 말해 팔미에게 선생의 야쿠타니처럼 살아주길 바란다고 말하는 것이다.

전생의 팔마는 그가 평생 만날 수 있는 환자보다 미래에 목숨을 건지는 수만, 수백만 명을 위해 신약을 개발해왔다고 해도 과언은 아니다. 그 결과 그는 연구실에서 생활하며 데이터를 상대했을 뿐 환자와는 마주하지 못했다.

그런 삶이 잘못되었다고는 생각하지 않는다. 다만 과로사한 것만은 잘못이었다. 그가 조금이라도 건강에 신경을 썼다면 좀 더 많은 사람들을 위해 일할 수 있었을 거라 생각하니 안타까워서 견딜 수 없다.

'하지만… 이번엔 그것만으로 끝내고 싶지는 않아. 사람과 사람의 관계를 소중히 하고 싶은 거야.'

"저는 자신의 손으로 환자를 구하고 싶습니다. 환자에게 다가가서 그 삶과 죽음을 똑똑히 지켜보면서 살고 싶은 겁니다."

그 말을 들은 브루노는 팔마의 눈을 바라보며 천천히 고개를 끄덕였다.

"네 인생이다. 내 희망은 둘째치고 네 좋을 대로 살도록 해라. 아직 어린 몸에 큰 부담을 주고 있어서 미안하게 생각하고 있다."

브루노는 고개를 숙였다. 그리고 "허나"라며 말을 잇는다.

"만약 네가 효과를 알 수 없는 신약을 만들고, 그것을 인체에 시험하는 것 외에 방법이 없다면 아무리 위험하더라도 부디 내 몸을 이용해서 시험하도록 해라. 그게 약사로서 나의 마지막 책무니까."

'인체 실험을 자원하다니. 브루노 씨, 하나오카 세이슈(주1)의 일족 같아….'

주1) 하나오카 세이슈: 일본 에도 시대의 외과의. 세계 최초로 전신 마취를 이용한 유방암 수술을 성공시킨 것으로 알려져 있다.

목숨을 내던지는 방향성이 잘못되었다고 생각하면서도 팔마는 브루노의 진지한 제안에 감명을 받았다. 마취약 개발을 위해 인체 실험을 자원한 하나오카 세이슈의 가족 같은 각오였다.

"사람을 위해 만든 신약은 결국 사람에게 실험할 수밖에 없을 터."

그는 그저 팔마에게 책임과 일을 떠넘긴 것은 아니었다. 브루노는 등을 돌린 후 뒤도 돌아보지 않고 턱을 까딱해서 가령인 시몬을 불러 함께 마차에 탔다.

그 또한 대학 총장이면서 매일의 진료를 위해 환자에게 가는 것이리라.

현관에 홀로 남겨진 팔마는 전생의 기억, 브루노의 마음 같은 여러 가지 감정이 가슴을 때려서 멍하니 그 자리에 서 있었다. 그런 그를 향해 탁탁탁, 작은 발소리가 들려왔다.

"오라버니! 이쪽을 보세요!"

여동생 블랑슈가 불러서 돌아보니 그녀는 예상과 달리 열심히 이상한 표정을 짓고 있었다.

"픕, 아하하하."

설마 존작 영애가 그런 얼굴을 하고 있을 것이라고는 생각하지 못해서 팔마는 무방비하게 있다가 완전히 허를 찔려 웃음을 터뜨렸다. 베아트리스가 보았다면 '어머, 천박해! 그만두세요!'라고 꾸짖을 게 분명했다. 그녀는 팔마가 맘껏 웃는 것을 보고 기쁜 듯 함께 웃었다.

"아버님과 함께 어려운 것만 생각하는 건 좋지 않아요. 머리가 화끈 달아오른다고요. 머리가 화끈 달아오르면 좋지 않다고 생각해요. 아버님을 봐요. 여기에 주름살이 있잖아요? 오라버니도 주름살이 생겨버려요. 아직 어린데!"

블랑슈는 얼굴을 찡그려 미간에 생긴 주름을 가렸다. 브루노를 가리키고 있는 듯했다.

"그래. 주름살이 생기면 안 되지."

팔마는 잠시 치유된 기분이 들어서 블랑슈를 안아 들었다. 그러자 블랑슈는 손을 뻗어 팔마의 입꼬리를 양손 검지로 스윽 치켜 올리려 했다.

"자, 오라버니, 미소."

"응, 고마워, 블랑슈."

블랑슈는 안긴 채 팔마를 끌어안고 뺨을 비볐다. 그 모습을 로테가 흐뭇하게 바라보다가 조용히 식기를 치우기 시작했다.

◆

산 플루브 제국 궁정에서 황제 엘리자베트 2세는 공손하게 헌상된 발명품을 확인해보고 있었다. 로테의 디자인에 의한 초미려 다색 인쇄 일러스트 카드와 등사기 일습을 헌상한 팔마 앞에서….

"거듭 헌상이 늦어져서 죄송합니다. 부디 용서를…."

팔마는 식은땀을 흘리며 열심히 사죄했다. 일에 쫓기다 보면 여제에 대한 헌상을 금방 잊어버리기 때문에 발명품 헌상계를 전속으로 고용하고 싶을 만큼 진력이 났다. 허나 여제는 팔마가 직접 설명하러 오지 않으면 용납하지 않을 것이다.

여제는 일러스트 카드를 번갈아 살펴보면서 잠시 침묵을 지켰다. 헌상이 늦었기에 목이 날아가는 건 아닐까 팔마가 조마조마해서 살펴보고 있자니.

"흠, 훌륭한 발명품과 인쇄 품질이로군. 그전에 누구지? 이 샤를로트라는 화가는. 짐은 들어본 적 없는데. 아직 데뷔하지 않은 화가인가?"

등사기의 발명도 그렇지만 여제는 여성들이 좋아할 만한 로테의 그림에 흥미를 보였다. 로테의 원래 작품인 듯한 아르누보, 아르데코풍으로 그려진 미려한 인물 일러스트 5매 세트가 정말 맘에 든 모양이다. 팔마가 봐도 상당한 실력이라고 생각한다.

여제의 비위를 맞추기 위해 로테에게 일러스트 제작을 의뢰했더니, 로테는 콧노래까지 불러가며 즐거운 표정으로 슥슥 제작했다. 그 보수는 이번에도 달콤한 음식으로 충분했다.

"저희 약국 직원이 취미로 그린 작품으로, 화가가 그린 게 아닙니다."

"음, 보면 볼수록 깊은 맛이 나는 그림이로군. 마음에 들었다. 그 화가는 평민인가?"

"예. 평민입니다."

"평민이라도 상관없다. 가까운 시일 내에 데리고 등성해라. 알았나?"

여제는 로테를 화가로 맞이하고 싶다고 말했다.

여제는 맘에 들면 물건이든 사람이든 토지든 모두 손에 넣는다는 소문이었다.

'우와, 의외의 전개가 벌어지고 말았네. 로테가 앞으로 큰일이

야!'

사실적인 화풍이 전성기인 시기에 디자인화에서 가치를 발견하는 것을 보면 여제의 미적 감각, 유행 감각은 첨단을 달리고 있다. 여제의 영향으로 아르누보가 제국 수도에서 유행할 것 같은 낌새가 풍긴다.

'로테의 인생에서 최대의 사건, 아니, 미술사에 중대 사건이 일어났어….'

로테는 존작가 저택에서 어릴 때부터 예의범절을 배우기는 했기에 설령 여제 앞에 나오더라도 무례는 범하지 않을 거라 생각하지만 여제 전속 화가로 맞아들인다고 하면 기절해버릴지도 모르겠다 생각하니 팔마는 골치가 아팠다.

"이 그림을 바탕으로 스테인드글라스를 만들게 하겠다. 물론 공짜로는 아니다. 그자는 어떤 보상을 바랄 것 같은가?"

일단 전속 유리 장인에게 스테인드글라스를 한 장 만들게 하겠다고 했다. 성미가 급한 여제이니 며칠 안에 착수할 것이다.

"그자라면 과자가 좋을 거라 생각합니다."

본인에게 묻지 않아도 틀림없을 것이다. 여제와 황자가 가끔 먹는 고급 과자, 초콜릿 같은 걸 먹는다면 승천해버릴 거라 팔마는 생각했다. 반응이 기대된다.

"음, 그럼 최고급 과자를 만들라고 요리장에게 명령해두지. 그리고 그대에게 좋은 소식이다."

여제는 본론을 이야기하기 시작한 듯하지만 팔마는 짚이는 게 없어서 어리둥절했다.

"무엇입니까?"

"그대가 보상으로 바랬던 테르마이 하나가 완성되었다!"

팔마가 바랐다고 했지만 직접 요청한 일은 없다. 온천에 가고 싶다고 했을 뿐인데 노아가 고자질한 것이다. 노아는 고자질한 공로로 종기사(에스콰이어)가 되었기에 이제 시동(페이지)이 아니지만 여제의 측근으로서 아직 이런저런 심부름을 도맡아 하고 있다. 그것이 출세의 지름길이라는 것을 알고 있기 때문일 것이다. 지금도 이 헌상식장에 태연한 얼굴로 참여하고 있었다.

여제는 제국 수도에 다섯 개의 테르마이 건설을 명령했지만 그중 하나가 벌써 완성되었다고 한다. 아직 한 달여밖에 지나지 않았는데 조명을 아끼지 않고 밤낮을 가리지 않고서 만들게 했다고 한다. 엄청난 강권 발동이다. 정말 남자답고 무식한 여제라고 팔마는 경외심을 품었다.

"빠, 빠르시군요…. 과연 폐하이십니다."

"그렇지? 그렇지? 제국의 공로자에 대한 포상을 서두르는 것은 당연한 일이다."

아핫핫핫. 호쾌하게 웃는 여제는 팔마의 놀란 얼굴을 보고 기뻐하는 눈치다.

"짐은 그대에게 새로운 욕탕을 제일 먼저 보여주고 싶어서 말이지!"

여제는 팔마를 위에서 내려다보았다. 아랫사람은 그저 황송해할 수밖에 없다.

'아, 혹시 헌상이 늦은 것을 비꼬는 건가…? 정말 면목이 없네.'

"그렇게 된 거다. 지금부터 욕탕으로 갈 테니 팔마는 따라오도록."

옥좌에서 일어서는 여제를 신하들도 뒤따랐다.

"지, 지금부터 말입니까?!"

팔마가 헌상식을 위해 궁정에 온다고 하니 놀라게 만들어주려고 욕탕을 준비시켰다고 한다. 아직 욕탕은 개장하지 않았지만 여제가 제일 먼저 사용한다. 오늘 하루 욕탕은 그녀를 위해 대절된 상태다. 귀족이나 서민의 목욕은 여제가 한 뒤에. 참고로 로테의 요망이 받아들여진 건지 어땠는지 모르지만 평민도 귀족과 마찬가지로 이용할 수 있게 되었다고 한다.

"자, 가자. 팔마."

신하들이 여제의 행차 준비를 하기 시작했다. 마차와 기마대가 도열하며 소란스러워진다.

"퍼, 퍼레이드입니까?!"

"뭘 그리 놀라는 건가? 그대는 참 유쾌하군."

황제가 공식적으로 궁전에서 나오는 것은 오랜만이기에 욕탕까지 성대한 행차가 거행되었다. 기마대에 보호되며 호화로운 백마 열 마리가 이끄는 마차가 보인다. 궁정의 정문이 열리고 여제가 민중 앞에 모습을 나타냈다. 그리고 팔마는 여제와 마찬가지로 백마가 이끄는 특별한 황실 마차에 동승했다. 여제의 마차에는 민중의 뜨거운 시선이 쏠린다. 날씨가 좋기에 덮개도 열려 있어서 안이 훤히 보였다. 폐하 옆에 이세계 약국의 어린 점주가 있다고 대소동이 벌어지는 게 보였다.

"폐하! 폐하!"

열렬히 폐하를 부르는 민중들의 목소리에 팔마는 귀가 아플 정도였다. 그는 어색한 미소를 떠올리고 자세를 바로 했다. 얼굴을 새빨갛게 물들이며 여제 옆에서 황송해하는 팔마지만 여제는 전혀 개의치 않았다.

"평민들이 보고 있다. 당당하게 행동하도록."

"아, 네."

민중의 시선과 박수를 받으며 겨우 마차는 '제도 욕장'에 도착했다.

"와, 굉장해! 장관이네요! 이렇게 훌륭한 테르마이를 이런 단기간에!"

여제가 팔마를 놀라게 만들고 싶어서 욕장에 데려왔다고 했기에 팔마는 너무 노골적이지 않은 범위 내에서 최대한 놀라는 반응을 보이려고 애썼다. 여제도 욕장이 맘에 드는 듯했다.

"음, 제법 괜찮군."

새로 만든 공중목욕탕은 대귀족의 저택을 개장해서 조성된 것으로, 상당한 부지 면적을 가지고 있었다. 외관은 궁전으로밖에 보이지 않는다. 그 구조는 여제가 친히 여러 가지 주문을 했다고 하는 일대 오락 시설이다. 욕장 직원들이 밖에 죽 도열해서 황제의 도착을 기다리고 있었다. 그것만으로도 황제는 권세를 자랑하고 있었다.

팔마가 여제와 함께 마차에서 내려 비싼 유리를 아낌없이 쓴 으리으리한 출입구 로비를 통과하니 탈의장 입구가 보였다. 입구는 두 개다.

"저기, 혹시나 해서 여쭙습니다만… 저 욕탕은 남탕과 여탕으로 나뉘어 있습니까?"

"음, 당연히 나뉘어 있다. 풍기가 문란해지면 안 되니 말이지."

'다행이다…. 그렇다면 남녀별, 신분별로 네 개의 욕탕이 있다는 말이겠군.'

안도하며 팔마가 신사 문양이 있는 남탕으로 보이는 입구로 가려고 하자 여제가 불러 세웠다.

"어디로 가려는 건가? 그대는 짐과 함께 황제 전용 욕탕이다. 여탕으로 가도록."

"어, 어째서 여탕입니까? 폐하?!"

황당해서 목소리가 뒤집어진 팔마였다.

"모처럼 만들게 한 건데 따로따로 들어가면 반응을 못 보니 시시하지 않나."

"너, 너무 황송합니다…. 폐하와 함께 목욕이라니…."

지금 이 욕탕 손님은 따르는 시녀를 제외하면 황제와 팔마 두 사람뿐이다. 여제는 목욕은 물론이고 팔마의 경탄과 칭찬도 듣고 싶은 듯하다.

"핫핫핫, 그대는 아직 11세, 남녀 구분이고 뭐고 없지 않은가. 조숙한 소리를 하는군."

여제는 힘껏 팔마의 팔을 붙들고는 억지로 여탕 입구로 끌고 갔다. 탈의장은 상당히 넓은 공간이 확보되어 있어서 수백 명은 수용할 수 있을 것 같다. 휴식 공간, 마사지 룸도 있다.

"이쪽이다."

여제는 아무런 망설임도 없이 알몸이 되더니 그 모습 그대로 성큼성큼 걸어서 욕조로 향했다. 탱탱하고 아름다운 엉덩이가 눈에 들어와서 팔마는 눈길을 둘 곳이 없었다.

'뭐야? 이게. 폐하의 무자각 서비스인가?'

옷을 입은 시녀 몇 명이 그 뒤를 따랐다. 팔마는 탈의장에 홀로 남겨지는 것도 곤란하기에 천으로 앞을 가리면서 허둥지둥 욕장으로 향했다.

대욕장의 완성도는 탄성이 나올 정도였다. 넓은 돔 안에 원형과 장방형의 대욕조가 여러 개. 그 모두가 따뜻한 물로 채워져 있고 각각 온도가 다르다든지 디자인이 다르다든지 분수가 있다든지 입욕제가 들어 있다든지 했고, 내장도 화려해서 대욕장 안에는 대리석 조각상과 관엽 식물 등이 센스 있게 배치되어 있었다. 높이 솟은 두꺼운 흰색 기둥들이 로마를 연상시킨다.

여제는 그것들을 슥 보며 중정에 있는 황제 전용 욕장으로 향했다. 욕장으로 들어가자 투명한 더운물을 채운 욕조에 향긋한 진홍색 장미 꽃잎이 아낌없이 뿌려져 있다.

"우와…, 호화롭네요."

팔마가 엄청난 장관에 할 말을 잃고 있자니 여제는 허리에 손을 얹고 빙글 뒤를 돌아보았다.

'아아, 폐하! 그렇게 갑자기 돌아보면 보, 보이고 말잖아요!'

팔마는 얼굴을 가리려고 했지만 걱정할 필요 없었다. 시녀들이 곧바로 실크 천으로 여제의 앞을 가렸기 때문이다.

'고마워요, 시녀들! 직무에 충실해주셔서.'

위험할 뻔했다. 아이가 있다고는 해도 25세밖에 안 된 여제의 피부는 아직 고왔고 허리는 잘록했으며 가슴은 풍만해서 몸매는 완벽했다. 여제는 부끄러워할 부분이 없기에 아랫사람들처럼 몸을 가리지 않는 것이리라. 그래서 여제의 성체를 누군가가 보지 못하도록 시녀들이 필사적으로 아랫것들의 시선으로부터 가리고 있는 것이다.

팔마는 몸을 씻은 후 더운물을 끼얹고 나서 황송하게도 대제국의 황제와 같은 장미 욕조에 몸을 담갔다. 물소리가 실내에 울려 퍼지며 김이 피어오르자 시녀가 천천히 부채로 두 사람을 부친다.

"어때? 맘에 들었나? 그대의 요양을 위해 만들게 했으니 느긋하게 쉬도록 해라."

'황제의 권력은 정말 대단하군요….'

섣불리 온천에 가고 싶다고 말해버린 탓에 이렇게 되어버린 걸 생각하면 너무 황송한 팔마였다. 앞으로 함부로 말하면 안 되겠다며 위축된다. 노아는 요주의다.

"저기, 고맙습니다. 상상했던 것보다 훨씬 대단한 시설이었습니다."

"음, 그대 맘에 들었다면 짐도 만들게 한 보람이 있지."

여제는 루비색 눈을 가늘게 뜨며 싱긋 미소 지었다. 장미 꽃잎들로 장식된 그녀의 피부는 성인 여성의 요염함을 느끼게 한다. 드문드문 금색이 섞인 은발을 대충 쓸어 올린 그녀는 맨몸으로도 엄청난 미인이다. 황제의 의상을 벗어 던지자 그곳에 있는 것은 가련한 한 여성이었다.

여제는 과부라고 한다. 엘렌이 말하길, 남편은 결혼한 지 얼마 안 되어 전쟁터에서 유행병으로 죽었다고 했다. 그 이후 가냘픈 여성의 몸으로 왕자를 키우고 훌륭하게 제국도 유지해온 것이다. 여성의 몸 이전에 훌륭하다고 팔마는 마음을 고쳐먹는다.

여제와 나란히 앉아 시간을 잊고 멍하니 욕조 밖 뜰의 경치와 작은 새가 노니는 모습을 지켜보고 있자니 문득 여제가 팔마의 팔을 바라보고 있었다. 팔마는 여제에게서 거리를 벌린다.

"저기? 폐하?"

하지만 여제는 조금씩 조금씩 거리를 좁혀오며 뚫어져라 바라보았다. 방심했다.

"수수께끼가 풀렸다. 그러했군."

여제는 팔마의 팔에서 무언가를 발견한 듯 눈을 크게 부릅떴다. 그 시선은 선망의 빛을 머금고 있었다. 이제 와서 숨길 수 있을 것 같지도 않다.

"잘 보여보거라. 음, 이건 약신의 성문 아닌가. 양팔에 다 있는 건가?"

'이런⋯!'

"둘 다 완전한 약신 문이다. 호오, 이것은⋯⋯ 처음 봤지만 놀랍군."

여제는 확인하듯 크게 고개를 끄덕였다. 팔마의 약신 문이라 불리는 오랜 상처는 어둠 속에서 희미하게 빛을 내뿜는다.

"저기, 이건 무엇입니까?"

팔마는 여제가 성문의 정체를 알고 있는 듯했기에 체념하고 물어보았다. 그녀는 제국 최강의 신술사이기에 이제 와서 숨겨봤자 다 꿰뚫어 볼 것이다.

"이것을 보도록 해라. 어중간한 것이다만."

여제는 오른발을 물 밖으로 슥 들어 올렸다. 그녀의 장딴지 안쪽에는 타오르는 불꽃과도 같은 붉은 자국이 있었다.

"아! 혹시 성문입니까?!"

팔마는 여제에게 친근감을 느꼈다. 아무튼 자신 이외에 성문을 가진 인물과 처음 만난 것이다. 그런 팔마의 기대 섞인 시선으로부터 도망치듯 여제는 시선을 떨구었다.

"그래, 화신의 성문이……. 완성되었다면 말이지. 허나 윤곽이 모자란 실패작이다."

여제는 가녀린 손가락으로 매끈한 곡선을 그리는 장딴지를 가리켰다. 확실히 그녀의 다리에 있는 문양을 화신의 엠블럼으로 본다면 모자란 것 같다는 생각도 든다.

"짐은 열 살 때 화상을 입었는데 그곳에 성문의 실패작이 나타난 거야. 그리고 신력을 입었지."

그때부터 그녀는 신전에 발탁되어 황제로서의 길을 걷기 시작했다고 한다. 그런 그녀의 앞을 막을 수 있는 자는 없었다. 그녀는 다른 신술사들을 압도하며 제위에 올랐다.

"저도 열 살 때 벼락을 맞고 이렇게 되었습니다."

팔마도 자백했다. 그녀와 팔마의 경우에는 기묘한 일치가 있었다.

"흠, 그랬군. 성문의 일부가 몸에 새겨져 있는 것만으로도 파격적인 신력을 얻는다고 일컬어지고 있다."

그래서 황제가 될 수 있었던 거라고 그녀는 냉정하게 분석했다.

"성문이 완성되면 신이 깃드는 것으로 알려져 있다. 아직 짐이 어렸을 때, 짐은 완성되지 못한 성문이 아쉬워서 견딜 수 없었다. 완성되었다면 얼마나 좋았을까 싶어서 말이지. 당시 짐은 성문 외엔 가치가 없다고 생각했다. 허나 지금은 불완전해서 다행이라고 생각한다. 만약 문양이 완성되었다면 짐의 의식은 사라져버렸을지 모르니 말야. 역시 죽음은 두렵다."

팔마는 그녀의 말을 가슴에 새겼다. 지금은 그녀도 제국민들에게서 숭앙받는 훌륭한 여제지만 마음까지는 강철이 아니었던 것 같다. 여제는 연민이 담긴 시선으로 팔마를 보았다. 팔마는 그녀의 말을 가슴에 새기고 자신을 돌아보았다.

"지금 그대의 몸에는 두 개의 약신 문이 있고 그 모두가 완전하다. 위대한 약신이 깃들어서 엄청난 힘과 지혜를 얻었겠지. 하지만 팔마 드 메디시스의 마음은 과연 이전 그대로일까?"

여제의 손가락이 팔마의 팔에 있는 문양을 부드럽게 더듬어간다. 사람의 것이 더 이상 아닌 소년의 몸을 위로하듯.

"만약 약신의 제물이 된 거라면 짐은 그릇이 된 그의 희생을 잊지 않겠다."

'날카롭군. 팔마 소년의 의식은 사라져서 다른 사람이 되었으니 말야. 나처럼 되지 않아서 다행이라고 말하고 싶은 건가…? 그런 의미라면 나도 복잡한 심경이네.'

여제는 소박하지만 잔혹한 말을 팔마에게 한 후 "너무 오래 있었으니 먼저 나가겠다"라는 말을 남기고서 탕을 나갔다. 팔마는 여제가 떠난 욕실에서 유리창 너머로 비치는, 지구에서와 다름없는 광채를 가진 햇빛에 몸을 맡기고 생각을 방치하고 싶어졌다.

언젠가 몸이 빛으로 변해 자아까지 분해되어버릴 것 같은 착각에 빠졌기 때문이다.

그 뒤 팔마는 마음을 비운 채 모든 욕조를 돌며 한껏 즐겼다. 어려운 것은 생각하지 않는다는 블랑슈의 말을 떠올린다. 어느 탕이

든 기분 좋고 개운해서 과로로 굳어 있던 그에게는 좋은 휴식이 된 것은 분명했다.

"후우… 개운하다. 이제 그만 나가볼까."

팔마가 욕조 밖으로 나가려고 했을 때 왠지 탈의장이 시끄러워졌다. 그러다 대욕장에 여성 손님 수십 명이 들어왔다. 이세계 약국 관련의 1급 약사, 그리고 엘렌과 로테의 목소리도 들려왔다. 팔마의 머리에 얹혀 있던 수건이 툭 떨어졌다.

"어?"

"꺅! 엘레오노르 님의 가슴은 역시 크네요!"

로테의 흥분된 목소리가 쑥낭 안에 울려 피졌다. 그들은 천으로 앞을 가리고 있긴 했지만 몸의 라인은 멀리 있는 팔마에게도 뚜렷이 보였다. 관엽식물들 때문에 그녀들 쪽에선 팔마가 잘 보이지 않았다.

"얼렐레? 로테도 제법 부풀었잖아?"

"꺅, 그러지 마세요! 간지럽다고요!"

"어? 로테 혹시 핑크색?"

'엘렌, 뭘 하는 거야?! 그보다 어디가 핑크색이라는 거야?! 머, 머리카락 색깔이겠지? 그렇지?'

궁금하지만 엿보기는 범죄, 엿보기는 범죄라고 스스로를 타일렀지만 팔마는 긴장과 흥분으로 혈압이 올라갔다. 점점 혈류가 빨라지고 있다.

"폐하도 참 통이 크시다니까. 개장 전에 우리들만 특별히 초대해 주시다니."

그들의 이야기를 듣자하니 여제가 약국 직원들을 위로하기 위해 초대한 모양이다.

"팔마 님도 초대받았을까요?! 입구에서는 모습이 보이지 않았는데."

"폐하와 함께 입장했다고 해. 남탕에서 느긋하게 목욕하고 있겠지."

메딕뿐 아니라 조제 약국 길드의 여약사의 목소리도 들리는 걸 보니 남탕에도 초대객은 있을 것이다.

'그보다 이러고 있을 때가 아니라 얼른 나가야 돼.'

현실에서 도피하고 있었지만 지금은 여탕 안에 팔마가 홀로 남겨진 채 출구가 막힌 형태이다. 비상구의 위치를 물어두었어야 했다고 생각했지만 뒤늦은 후회다.

'폐하, 어째서 나만 홀로 내버려두고 나가서 여성 손님들을 들여보낸 거야! 일부러인가?!'

맞닥뜨리면 여성들에게 몰매를 맞는다. 아니, 몰매까지는 아니더라도 어떻게 될지 알 수 없다. 곤란하게 되었다고 생각하며 팔마는 조각상 뒤로 몸을 숨겼다.

허나 그렇다고 탈의장으로 나갈 수도 없는 노릇이라 어쩔 수 없이 그녀들의 눈을 피해 황제 전용 욕실 안으로 다시 도망쳤다.

욕조 안으로 뛰어들어 얼굴만 물 밖으로 내밀자 장미 꽃잎이 그의 존재를 가려주었다.

"이곳에서 시간을 보낼 수밖에 없나…. 후우, 마지막에 이게 무슨 꼴이람."

그리고 욕조 밖으로 나갈 수 없게 된 팔마는 결국 정신을 잃고 장미 욕조에 떠올라 있다가 청소인에게 발견되었지만, 여탕을 엿보았다는 오명을 뒤집어쓰는 것만은 피할 수 있었다.

◆

정식으로 황제 욕탕이 개장한 지 어느 정도 지났을 무렵,

"좋은 소식을 들었어. 제도 욕장은 여탕이 효능이 있대!"

휴식 중 엘렌이 사교계에서 입수한 소문을 약국 직원들에게 들려 주었다.

"요통, 어깨 결림, 기타 병들이 낫는 모양이야. 여탕에만 비싼 포션과 약초를 배합하는 걸까? 아니면 솜씨 좋은 신술사가 생성한 물이라든지! 안됐네, 세드릭 씨와 팔마 군도 가보고 싶을 텐데. 나는 오늘 밤에 다시 한번 가볼까 해. 피부가 매끈매끈해질지 모르잖아."

"저도 가고 싶어요! 탱탱한 피부를 가지고 싶어요!"

"로테는 이미 매끈매끈하고 탱탱하잖아! 이 녀석, 이 녀석!"

"엘레오노르 님도!"

둘이서 사이좋게 티격하고 하고 있을 때 팔마는 안 좋은 기억을 떠올리고 말았다.

"으, 응…. 그래, 여탕 말이지…."

특별히 효능이 있다고 엘렌이 말하는 욕조는 팔마가 오래 몸을 담갔던 탕과 일치했다.

'기분 탓이겠지…? 우연의 일치겠지? 내가 가진 신력이 우러나온 건 아닐 거야. 물도 갈았을 테고 계속 흘러넘치는 방식이었는데.'

"그거 흥미롭군요. 제 무릎에도 좋을 것 같은데…. 여탕 한정이라니 아쉽습니다."

"세드릭 씨, 다음에 우리들도 남탕에 가볼까요? 개장한 이후로는 안 가봤으니."

세드릭도 개장 전에 초대를 받고 목욕했지만 벌써부터 욕탕이 그리워진 모양이다.

"그렇군요. 꼭 다시 가봅시다."

그의 무릎을 위해 시험 삼아 남탕에도 들어가볼 생각이 든 팔마였다. 그리고 그들이 목욕을 마친 후로 남탕에도 효능이 있다는 소문이 돌기 시작했다는 이야기를 엘렌에게서 듣게 되었다.

 ## 4화 궁정 화가 달레와 결여된 세계

황실을 나타내는 금색 문장과 함께 귀엽게 포장한 보석함이 긴장으로 딱딱하게 굳어 있는 로테 앞에 툭 놓였다. 이세계 약국에 파견된 궁정 사자의 말에 따르면 어느 고귀한 인물이 로테에게 주는 선물이라고 한다. 팔마는 궁정 사자의 모습에 위축된 로테의 어깨를 툭툭 두드렸다.

"폐하께서 보내신 거야. 열어보지그래?"

밀봉된 호화로운 봉투에는 어제의 직필 사인이 있었다.

"폐하께서?! 그게 대체 무슨 소리죠?!"

"엘리자베트 2세 폐하께서 로테에게 보내신 거야."

완전히 다리에서 힘이 풀린 듯한 로테가 떨리는 손으로 새빨간 리본과 포장을 풀자 보물 상자는 2단 서랍으로 되어 있었다. 그녀는 긴장된 표정으로 상단 서랍을 당겨서 내용물을 꺼내 보았다.

"이, 이건! 소문으로만 듣던 그?!"

로테는 신대륙이라도 발견한 듯 경악한 표정이었지만, 곧 테헷하고 어깨를 으쓱해 보이더니,

"소문으로만 듣던 그것인 줄 알았는데 아니었네요. 이건 뭐죠? 팔마 님."

"어떤 소문을 말하는 거야? 보는 바대로 로테가 좋아하는 과자야."

"보는 바대로라고 해도 전 일개 시녀에 지나지 않아서 이런 비싼 과자는 본 적도 없다고요!"

로테는 고급 과자와는 인연이 없는 삶을 살아왔다. 드 메디시스 가문의 팔마와 블랑슈에게 과자를 내올 때, 눈앞에 있는 고급 과자를 선망의 시선과 함께 코를 벌름거리며 운반한 정도라고 팔마에게 역설했다. 그리고 드 메디시스 가문의 요리장은 보수적이기에 그다지 최첨단의 고급 과자는 만들지 않는다. 로테가 먹는 과자라고 하면 팔마가 나눠준 것과 약국 직원이 된 후 자신의 급료로 구입할 수 있게 된 서민들이 사 먹는 과자 정도였다. 귀족 전용 고급 과자는 상점에서 팔지 않는다.

"어? 로테. 이건 프랄리네 쇼콜라야. 맛있지만 달라고는 안 할게. 로테가 아껴서 먹도록 해. 응, 이건 전부 로테 거야."

엘렌이 로테의 어깨 너머로 보석함 내용물을 들여다보았다. 다른 사람의 소중한 과자를 빼앗을 만큼 엘렌은 탐욕스럽지 않은 듯했다.

"프랄리네! 모르는 단어예요, 엘레오노르 님!"

프랄리네 쇼콜라란 한입 초콜릿을 말한다. 지구에서는 밸런타인 데이 때 주고받는 모 고급 초콜릿과 비슷하다.

"아래 서랍도 열어볼게요."

로테가 하단 서랍을 당겼다. 그러자 원반 모양의 알록달록한 과자가 가지런하게 얼굴을 내밀었다.

"오, 이건 마카롱이네. 달콤하고 푹신해서 맛있어."

엘렌의 설명이 로테의 입맛을 자극했다. 로테는 침을 삼키면서 살며시 소중한 보물이 든 서랍을 닫았다. 후우… 하고 잔향을 즐긴다.

"에헤헤, 프랄리네와 마카롱, 처음 보는 과자예요."

로테는 완전히 얼굴이 풀려 있었다. 로테의 환심을 사는 데는 과자가 제일이라고 진언하길 잘했다고 팔마는 가슴을 쓸어내렸다.

"하지만 이거 먹을 수 있나요? 아까워서 먹을 수 없어요. 보석 같은데!"

"과자는 얼른 먹는 편이 좋아. 마카롱은 금방 상하기도 하고."

팔마가 쓰게 웃자 그녀는 보석함을 붙잡고 고개를 좌우로 흔들었다.

"이런 귀여운 과자를 먹는 건 무리예요~!"

"그보다 로테, 폐하의 편지부터 읽는 게 좋지 않아?"

로테는 엘렌의 말에 편지를 읽기 시작했지만 미간에 주름이 잡히기 시작했다.

"무슨 내용이야? 로테. 심각한 표정인데."

"폐하의 말씀은 격식이 너무 높아서 읽기 어려워요. 모르는 단어가 너무 많으니까 세드릭 씨가 좀 가르쳐주세요!"

"궁정에서 쓰는 표현은 서민에게 익숙지 않고 고전 관련 지식이 필요하니까 샤를로트에게는 아직 어려운 모양이군. 내가 번역해주도록 하지."

황제 특유의 고풍스럽고 격조 높은 문법으로 쓰인 편지에 고전하면서 세드릭의 도움으로 겨우 다 읽은 로테는 편지를 떨구었다.

"제가, 구, 구, 궁전에 초대를?! 그림이 맘에 드셨대요!"

로테는 목소리가 뒤집어져서 그대로 뒤로 쓰러져버릴 것 같았다. 일개 시녀인 그녀의 입장에서 세계 제일의 대국, 산 플루브 제국 황제는 말 그대로 최고 권위자이고 구름 위의 존재이다. 그 황제에게 초빙되었다는 영예는 그녀에게는 엄청난 것일 거라 팔마도 추측했다.

"어째서 폐하께서 저 따위를⋯⋯? 무슨 착오가 있었던 것 아닐까요?"

"로테의 그림이 맘에 드셨던 거야. 작품 제작을 의뢰하고 싶으신 듯해. 착오 같은 게 아니야."

"폐하를 알현? 로테, 정말 영예로운 일이야."

엘렌이 눈을 크게 떴다. 대귀족인 엘렌조차 황제 알현이 허락된 적이라곤 없다고 한다.

"틀렸어요. 너무 무서워요~. 폐하는 화염신술을 쓰시니까 무례를 범하면 잿더미가 된다고요."

"폐하는 그런 무서운 분이 아니야. 그리고 요청을 거절하는 게 더 무서울 것 같은데. 만약 거절할 거면 이 과자는 안 먹는 편이 좋을 거야."

"히익! 안 먹고 그대로 돌려보내는 건 불가능해요. 과자도 먹고 싶다고요~!"

과자와 편지를 번갈아 보며 로테는 괴성을 내질렀다. 그리고 로테의 소중한 과자는 도난당하지 않도록 세드릭이 금고에 보관해주기로 했다.

후일 로테에게서,

"맛보세요."

한 개씩 약국 직원들에게 지급되었다.

◆

며칠 후 여제 배알을 위해 팔마는 로테와 함께 궁정으로 향했다.

로테는 새 드레스를 장만했다. 배알에 어울리는 드레스를 입으라며 로테의 모친이 무리해서 고급 재봉점의 비싼 옷을 구입한 듯했다.

궁전에 도착한 두 사람은 여제의 집무실로 안내되었다. 유능한 여제는 수북하게 쌓인 서류와 격투하면서 국무경 등 대신을 곁에 두고 엄청난 속도로 사인과 지시 사항을 쓰고 있었다. 또한 검토가 불충분한 안건에 관해서는 가차 없이 담당 부서로 되돌려 보냈다.

"폐하, 팔마 드 메디시스 선생과 샤를로트 소렐 양이 도착했습니다."

여제는 시종의 말에 집무를 보던 손길을 멈추고 미소를 지으며 긴장으로 딱딱하게 굳어 있는 로테를 맞이했다.

"오오, 그대가 샤를로트 소렐인가. 가까이 오라."

로테는 치마를 양손으로 살짝 들어 올리고 고개를 숙이며 자세를 낮췄다. 커티시라 불리는 인사이다. 평소 저택에서 볼 수 있는 그녀의 인사보다 한층 더 깊은, 보다 경의를 표하는 정중한 모습이다.

소녀면서 대귀족의 시녀인 로테의 예의 작법은 완벽하고 세련된 것이었다.

"예, 황제 폐하. 샤를로트 소렐이라고 합니다. 이번에 궁정 화가로 지명해주셔서 정말 영광입니다. 그리고 그렇게 훌륭한 선물을 하사해주셔서 감사할 따름입니다."

"음, 그대의 작품은 누구도 따라올 수 없는 무구함과 곡선미의 매력이 응축되어 있다."

"칭찬해주셔서 황송할 따름입니다."

여제의 말에 따르면 궁정 전용 미술 공방 출입을 허락할 테니 도자기, 태피스트리, 스테인드글라스 등의 원화를 제작해서 장인들로 하여금 그것을 만들게 해달라는 것이었다.

"그대는 약국에서도 일하고 있다고 했던가? 무리는 하지 않아도 된다. 마음이 내킬 때 디자인을 가져가도 좋고 작품 제작은 공방에서 하지 않아도 된다."

할당량은 없고 재택 근무도 가능하다는 말이었다. 상당한 우대조치다.

"폐하께서 기뻐하실 만한 작품의 제작에 착수하도록 하겠습니다."

로테는 여제로부터 견습 궁정 화가를 나타내는 교차된 붓 모양의 배지를 하사받고 가슴에 달았다. 이후엔 자유롭게 공방에 출입할 수 있지만 임시 신분증 같은 거라고 한다.

"긴장했습니다! 폐하는 정말 아름다운 분이셨네요. 여신님 같았습니다! 거기에 자상하시기까지 하고."

"음? 정말 긴장했던 것 맞아? 제법 훌륭한 대응이었어."

집무실에서 나온 로테는 후우~ 한숨을 쉬고 가슴을 억누르며 손수건으로 이마의 땀을 훔쳤다. 심장이 두근거려서 쓰러질 뻔했다고 한다. 팔마는 문제없이 알현이 끝나서 안도했다. 황제 앞에서도 부끄럽지 않은 태도였다며 국무경도 그녀를 칭찬했다.

그 뒤 로테는 궁정 부지 안에 있는 궁정 공방 안내를 받게 되어 팔마도 동행했다.

안내역을 맡은 젊은 공방장에게서는 열심히 해보라며 환영받았다. 공방 안에서는 많은 궁정 화가와 장인들이 가구, 장식품 등의 의뢰품 제작에 여념이 없었다. 그중 한 노화가가 진지한 표정으로 왕가의 초상화 제작을 맡고 있었다. 공방장이 로테에게 그 인물을 소개한다.

"우리 공방의 필두 초상화가인 달레 남작이다."

팔마와 로테는 조금 떨어진 곳에서 제작 광경을 견학하게 되었다. 로테는 달레 남작의 압도적인 회화 기량과 단정한 터치에 겁을 먹었는지 팔마의 코트 자락을 붙잡았다.

"음? 무슨 일인가? 아, 그리고 보니 견습 궁정 화가가 온다고 들었군."

달레 남작은 로테의 뜨거운 시선을 깨닫고 말을 걸어왔다. 로테는 흠칫 몸을 떨었다.

"샤를로트 소렐이라고 합니다. 마치 살아 있는 것 같은 작품이라 놀랐습니다."

"뭘, 초상화가는 다 이렇다네. 개성이고 뭐고 없는 그림쟁이지."

미화하는 기량이 조금 있을 정도라며 그는 찬사에는 익숙한 표정으로 대답했다.

　신경질적인 노인이라는 게 팔마가 처음 받은 인상이었다. 하지만 로테는, 제국 최고 화가로서의 지위를 얻었기에 여제의 초상화를 그리는 걸 허락받은 초상화가겠지, 하며 존경의 시선을 보냈다.

　"자네가 샤를로트인가. 자네 그림을 보았네만 흥미롭더군."

　"예. 송구스럽습니다."

　"분명히 말하지만 자네 그림은 빈말로라도 훌륭하지 않아."

　기법이고 뭐고 공부한 게 아닌 로테는 반박하지 못하고 완전히 위축되어 있었다.

　"마, 말씀하신 대로입니다."

　"깎아내릴 생각은 없네. 잘 그린 건 아니지만 사람을 끄는 내력이 있더군. 좋은 공부가 되었어."

　그는 모멸하는 듯한 어조가 아니라 밝은 목소리로 달관한 듯 그녀에게 말했다.

　"나는 오랜 기간 실력 향상에 힘써왔네. 실물과 다를 바 없는 그림을 추구해왔지. 그래서 자네 작품을 보고 힘이 쫙 빠지더군. 예술은 기교나 우열을 경쟁하는 것이 아니라 자유로운 것이야."

　여제의 마음을 사로잡고 매료한 것은 노화가가 그려온 '실물의 복제'와 정반대의 작풍이었다. 로테의 그림은 추상적이고 두루뭉술해서 있는 그대로를 그리는 것이 아니다. 그것은 그의 인생을 전부 부정하는 것처럼 느껴져서 오히려 초심으로 돌아갈 수 있었다고 그는 자조 섞인 말투로 이야기했다.

　"하지만 이 나이에 새로운 도전은 할 수 없네. 나는 이제 그만 은퇴할까 해."

"네? 어째서죠? 너무 아까워요."

공방장도 은퇴 이야기는 처음 들었는지 놀라 당황했다.

"결정적으로 나는 악령이 씐 것 같아서 말이지."

악령이 씌고 만 사람이 그린 그림을 폐하께 헌상하면 재앙을 부를지도 모른다. 그러니까 은퇴해야 한다고 그는 말했다.

묵묵히 듣고 있던 팔마가 끼어들었다.

"자세한 이야기를 들을 수 있을까요? 달레 남작."

예전이라면 설마 그럴 리 없을 거라 한 발짝 물러선 채 듣고 있었을 팔마였지만 카뮤와 만난 이후 이 세계에는 정말로 악령 같은 것이 있다는 것을 알았기에, 그의 이야기를 그냥 부정하지 않고 자세한 내용을 듣기로 했다.

"아, 자네는 궁정 약사 소년이었지. 악령을 물리칠 수 있는 약도 있는 건가?"

하지만 악령이 씌었다고 자칭하는 것치고는 남작에게서 안 좋은 낌새라고는 느껴지지 않았다. 진안까지 써보았지만 딱히 이상은 보이지 않았다. 그래서 설명을 듣기로 했다.

"어떤 악령으로 고민하고 계십니까?"

◆

팔마는 달레 남작의 이야기를 들은 후 산 플루브 제도 교구의 신관장 살로몬을 찾았다.

살로몬은 팔마의 내방을 열렬히 환영했고 신관들은 우르르 팔마 주위로 몰려들었다. 살로몬이 "너희들은 자기 자리로 돌아가" 하고 명령하자 마지못해 해산한다.

살로몬은 팔마를 별실로 안내한 후 차를 준비하면서 용건을 물었다.

"소란을 피웠군요. 잘 오셨습니다. 오늘은 무슨 용건이신지?"

"살로몬 씨와 의논할 게 있어서요. 소박한 의문이라고 할까."

"저와 의논할 게 있는 겁니까! 아아, 정말 황송하군요. 뭐든 물어보십시오."

살로몬의 감사 기도가 시작되었기에 오래 있지 않고 짧게 이야기를 마치기로 했다.

"궁정 화가 남삭 밀입니다만, 인체가 사라지거나 나타나고, 잘린 목이 떠오르거나 공간이 일그러져 보이는 현상에 시달리고 있다고 합니다. 그런 짓을 하는 악령이 있습니까? 남작에게서 검은 그림자는 보이지 않았습니다만…."

간이 기도가 끝났는지 살로몬은 차로 입을 적시고 나서 이야기를 시작했다.

"아뇨, 악령이라는 것은 그런 존재가 아닙니다. 악령이라는 것은 씐 사람의 의식을 유지한 상태에서 장난을 쳐서 난처하게 만들지 않습니다. 악령이 씐 사람의 의식은 대개의 경우 악령에게 빼앗겨서 사라집니다. 그러니까 다른 원인이겠지요."

살로몬은 곧바로 부정했다. 보지도 않았는데 아니라고 말할 수 있는 걸 보면 역시 전문가였다.

"다소의 악령이라면 약신님의 성역으로 날려버릴 수 있을 테고, 흉악한 대악령일 경우, 신술사라면 그 누구의 눈에도 보입니다. 그 화가도 눈치챘겠지요."

"그렇다면 악령은 아닌 거군요."

상대가 악령이라면 팔마는 자신의 전문 분야가 아니라 대처법을 알 수 없지만 살로몬의 말은 믿음직했다.

"직접 보면 알 수 있겠지만 저의 경험과 지식으로는 아닐 거라 생각합니다."

살로몬의 의견은 많은 참고가 되었다.

◆

'그럼 무슨 일이 일어나고 있는 거지? 뇌의 병도 아니었으니 단순히 남작의 환각?'

팔마는 고민하면서 신전을 나와 약국 쪽으로 백마를 몰았다.

"아, 맞다. 눈의 질환일지도."

약국으로 돌아온 팔마는 거기에 생각이 미치자 손뼉을 짝 쳤다. 눈의 질환이라는 말에 로테가 반응한다.

"하지만 눈의 질환으로 그런 일이 일어나는 건가요?"

"사람의 뇌는 보이지 않는 부분을 무의식적으로 보완하는 법이야. 실험해볼래?"

"뭘 하실 건데요? 저도 눈에 병이 있는 건가요?"

"로테는 아니지만 누구나 체험할 수 있는 거니까 한 번 해보도록 해."

팔마는 무늬가 있는 손수건에 팔마의 궁정 약사 배지와 로테의 견습 궁정 화가 배지를 나란히 꽂고는 로테의 눈앞에서 팔랑 펼쳐 보였다.

"한쪽 눈을 감은 채 눈을 움직이지 말고 로테의 배지를 보고 있어. 손수건을 천천히 로테 쪽으로 가져갈 텐데 내 배지가 사라지는 곳이 있을 거야."

"네? 그런 일이…. 아, 큰일이에요! 팔마 님의 배지가 사라졌어요!"

로테는 믿기지 않는지 눈을 깜빡거렸다.

"그게 맹점이라는 거야. 그리고 배지가 있었던 부분은 지금 어떻게 되어 있지? 구멍은 뚫려 있어?"

"손수건의 무늬가 있어요! 어째서?! 없어야 하는데!"

"말 그대로 그 현상이야. 로테는 보이지 않는 부분이 있는 게 이상하다고 생각해서 주위 무늬로 배지 부분의 구멍을 메운 거지."

"엣?! 전 절대 그런 짓 안 했어요!"

"로테의 뇌가 무의식적으로 하는 일이거든. 평소에 두 눈으로 물체를 보고 있을 때에는 서로의 눈이 맹점을 보완해서 완전한 상을 만들고 있는 거야."

"그렇다면…?"

로테는 숨을 삼켰다. 눈치챈 모양이다. 시야가 결여되지 않은 로테가 이 정도니까….

"달레 남작도 아마 뇌 속으로 같은 일을 하고 있을 거야. 다만 그 시야의 결여가 커서 인식에 장애가 일어나는 거겠지. 뇌가 정보를 다 처리하지 못하는 거야. 어디까지나 상상이지만 말야. 눈의 질환이 아닌 경우엔 다른 검사를 해봐야겠지."

"그렇군요…! 그렇게 설명해주시니 알기 쉬워요! 악령이 씐 게 아니라 병이었던 거군요."

"그래. 현시점에서는 억측이지만 바로 약국에 불러서 치료를 시작하는 편이 좋겠어. 내가 편지를 쓸 테니까 내일 남작에게 편지를 건네줄래? 로테, 궁정 공방에 갈 거지?"

"아, 알겠습니다! 긴장되지만 꼭 전할게요."

로테도 진지한 표정으로 고개를 끄덕이고 심부름을 맡았다.

◆

다음 날 저녁, 달레 남작이 약국에 찾아왔다.

"이건 뭔가? 샤를로트에게서 편지를 받았네만."

편지와 함께 격자무늬 그림이 동봉되어 있었는데, '이 격자 부분 어딘가가 일그러져 보이거나 빠져 보인다면 이세계 약국으로 오십시오'라고 쓰여 있어서 온 거라고 달레 남작은 약국에 온 이유를 설명했다.

"대체 뭘 알 수 있다는 건가? 최근 약사는 악령이 씐 것도 봐주는 건가? 그건 신전이 하는 일 아니었나?"

그런 것치고 신전에는 가지 않은 듯했다. 이단으로 지정받고 끔찍한 제령 의식을 치러야 하지 않을까 무서웠던 것이리라. 팔마는 그런 그의 심경을 간파했다.

"그것도 포함한 진찰입니다."

투덜대면서도 약국을 찾아온 달레 남작에게 팔마는 정면에서 진안을 발동시켰다. 그러자 그의 두 눈에 희미한 붉은색 빛이 일었다. 빛이 너무 작아서 팔마가 궁정에서 했던 정기 검진 때에는 누락된 모양이다.

팔마는 병명을 찾기 시작했다.

'원발 개방각 녹내장.'

나왔다. 안압 상승에 의해 시신경이 손상되어 시야가 좁아지는 안질환이다. 지구에서는 실명 원인 2위에 해당한다. 팔마는 남작에게 다가가서 눈 상태를 확인했다. 그리고 자신의 예상을 말했다.

"남작, 이건 녹내장이라는 안질환인 건 같습니다."

"뭐라고? 그런 병은 들어본 적도 없네. 그리고 검사도 하지 않고 알 수 있는 건가?"

팔마는 미리 준비해둔 도구와 확대시를 써서 안저 검사, 시야 검사를 했다. 안압 검사 등은 장치가 없어서 할 수 없지만 최소한의 확인은 할 수 있다. 시야 검사에는 상당한 시간이 소요된 탓에 남작도 지친 모양이다. 그래서 로테가 차를 권했다.

"수고하셨습니다. 차와 과자를 드세요."

"아, 배려해줘서 고맙네."

한 모금 마신 후 팔마는 눈의 모식도를 그리고 남작에게 설명했다.

"왼쪽 시야는 절반 정도이고 오른쪽은 상당히 좁아져 있군요. 겁을 주는 것 같아서 죄송합니다만 방치하면 계속 시야가 좁아져서 최종 단계까지 진행되면 실명합니다."

"뭣? 실명은 곤란하네! 고칠 수 있나? 약은 있는 건가? 사례라면 얼마든지 하겠네!"

자존심 강하고 신경질적인 달레 남작이지만 이때만은 겁에 질려 있었다. 실명하면 폐업 정도가 아니라 일상생활도 여의치 않게 된다. 엘렌도 안쓰러운 듯 귀를 기울이면서 팔마 대신 조제를 하고 있다.

팔마는 고개를 가로저었다.

"유감스럽게도 치료는 곤란합니다. 지금 상태보다 좋아질 수는 없군요."

팔마는 고칠 수 없다는 걸 솔직히 전했다. 진안으로도 치료 불능의 붉은색 빛이 떠올라 있다. 한번 죽은 시신경은 회복되지 않는다. 인공 줄기 세포 등을 쓰면 아직 가능성은 있고 팔마도 전생이었다면 그것을 시도해봤을지도 모르지만 이 세계에는 실험 환경과 안과의가 없기에 무리다. 조기 발견과 대증 요법이 열쇠가 된다.

"나는 앞으로 암흑 속에서 살아야 하는 건가…. 아아, 너무나 가혹한 벌이다."

남작은 나락 끝으로 떨어진 듯한 절망을 얼굴에 떠올렸다.

"하지만 약을 쓰면 병의 진행을 늦출 수는 있습니다. 그 약은 이제부터 평생 써야 합니다만."

"정말인가?!"

"평소 폐가 답답하거나 가래가 나오거나 심장이 아프거나 맥박이 빠르거나 하진 않습니까?"

천식과 심장병이 없는지를 확인한다.

"폐와 가슴은 튼튼하니 문제없네."

"그렇다면 쓸 수 있는 약의 종류가 늘어납니다."

팔마는 조제실로 들어가서 녹내장의 진행을 막고 안압을 낮추는 안약을 조제하기 시작했다. 녹내장에 쓸 수 있는 치료약은 여러 종류 있다. 방수 배출을 촉진하는 프로스타글란딘 계열의 약과 방수(房水) 생산 억제하는 베타 차단제라 불리는 티몰롤을 유효 성분으로 갖는 약이다. 달레 남작은 녹내장이 진행된 상태였기에 두 개의 약을 배합해서 하나의 약제로 만들었다. 멸균한 후 이물질을 깨끗하게 제거한 용액에 녹여 멸균한 유리 점안 용기에 담으면 완성이다.

"하루 한 번, 아침에 한 방울씩 눈에 넣으십시오."

"많이 넣으면 안 되나? 한 방울로는 효과가 있을지 불안한데."

"기분은 이해합니다만 많이 넣는다고 효과가 있거나 하는 건 아닙니다. 한 방울 분량밖에 효과가 없고 부작용도 늘어납니다."

"그, 그런가? 부작용이라면 어떤 건가? 실명하는 것보다는 낫겠지만 일단 들어는 보겠네."

"비교적 많은 것은 눈의 충혈과 통증, 가려움 등이군요. 천식이나 심장병이 악화되기도 합니다만 지병이 없다고 하시니 그건 문제없겠죠. 그리고 속눈썹이 길어지기도 합니다."

"속눈썹이 길어진다고? 그건 좋은 부작용이네."

이야기를 듣고 있던 엘렌이 옆에서 끼어들었다. 엘렌이 몰래 녹내장용 점안액을 넣지 못하게 나중에 주의해야겠다고 생각했다. 그리고 다른 하나의 부작용을 덧붙였다.

"그리고 피부 색소를 검게 만들기에 눈 주위가 검어질지도 모릅니다."

엘렌과 로테는 피부가 검어진다는 말에 서로의 얼굴을 쳐다본 후 흥미를 잃은 듯했다.

팔마는 진안으로 약이 듣는지를 확인할 수 없었다. 이 병은 낫지 않기 때문이다. 그래서 점안 방법을 지도한 후 그에게 약을 건넸다. 실명을 막을 수 있을 거라 생각하지만 치료를 시작해보지 않으면 시야 협착이 진행되는 것을 막을 수 있을지 어떨지, 부작용 등이 생길지 어떨지는 알 수 없다고 팔마는 덧붙였다.

"매일 잊지 않고 넣어서 남아 있는 시야를 지키시길."

"고맙네. 나는 여생을 시골에서 조용히 살기로 하지."

"1주일 후에 다시 오십시오. 약이 맞는지 어떤지 볼 테니까요."

"음, 알았네. 앞으로 신세를 지도록 하겠네."

달레 남작은 약봉지를 들고 일어나서 팔마에게 고맙다는 인사를 전했다. 그 초췌한 뒷모습을 바라보며 팔마는 말했다.

"저기, 남작. 약으로 진행은 억누를 수 있으니까 굳이 은퇴는 하지 마시고 있는 그대로의 세계를 그려보시는 건 어떨까요? 녹내장 때문에 시야가 좁아졌을 뿐 악령이 씐 건 아니니까."

"하지만 있는 그대로의 세계가 보이지 않는데 어떻게 초상화 같은 걸 그릴 수 있나? 있는 그대로를 그리는 게 초상화인데."

화가 생명은 이제 끝나버렸다고 스스로의 가능성을 체념해버렸는지, 입을 열면 나오는 것은 탄식뿐이다.

"초상화가 아니라 당신 마음속에서 변용된 세계를 그리면 되지 않을까요?"

팔마는 문득 떠올리고 제안해보았다. 로테는 놀란 듯한 표정을 짓고 있다.

"당신이 손에 넣은 새로운 세계를 캔버스에 그려보면 어떨까요? 다른 사람은 본 적 없는 세계를…. 그것은 분명 새로운 예술의 형태일 거라 생각합니다."

"약사인 자네가 예술에 대해 뭘 아는가?"

달레 남작은 불쾌한 듯한 표정을 지었다. 자신의 일에 참견하지 말라는 듯하다.

"말씀하신 대로입니다. 하지만 그게 새로운 표현법이라는 것은 저도 알 수 있습니다."

초상화는 그릴 수 없더라도 현대 미술로서 가치가 있는 것 아닐까 팔마는 생각한 것이다.

"그게 과연 미술일까? 예술을 우롱한 시시한 것 아닌가?"

달레 남작의 질문은 철학적이어서 팔마는 침묵할 수밖에 없었다. 허나,

"적어도 폐하는 재미있다고 생각하실 겁니다. 만약 그것으로 꾸짖으실 경우, 저의 제안이었다 말씀드리면 폐하께서도 이해해주실 겁니다."

팔마는 여제의 성격을 떠올리고 제안해보았다. 여제는 아무튼 기발한 것을 좋아한다.

"다른 화가의 말에 따르면 폐하께서는 자네를 총애하시는 모양이더군. 그런 자네가 그렇게 말한다면 눈이 멀기 전에 한번 해보도록 하지. 폐하께서 기뻐하신다면 그것으로 만족이니까."

팔마의 말에 격려를 받고 남작도 한번 시도해볼 가치가 있을지도 모른다고 생각을 고쳐먹은 듯했다. 잘됐으면 좋겠네요, 로테가 팔마에게 말했다.

◆

완성된 달레 남작의 전위적 아트 작품은 궁정 화가들 사이에서 한바탕 물의를 빚었다고 한다. 새로운 예술이라고 말하는 사람이

있는가 하면 눈살을 찌푸리는 화가도 많다고 달레 남작 본인에게서 들었다. 하지만 팔마의 추천 등에 힘입어 작품은 결국 여제에게 헌상되었다.

"폐하께 헌상해도 좋은 건지 고민되지만 지금의 나로선 이것밖에 그릴 수 없다네."

남작은 완성된 상태를 보고도 그 그림에 가치가 있다고는 생각하지 않는 듯했다. 혼을 담아서 지금 자신이 표현할 수 있는 최대한의 작품을, 회가 인생의 집대성이라고 할 수 있는 작품을 여제에게 바칠 뿐이라고 남작은 팔마에게 말했다. 기합이 들어가 있다. 팔마는 로테와 함께 그를 응원했다.

"좋은 작품이라 생각해요."

발안자로서 책임을 지기 위해 팔마도 문제작의 헌상식에 참가했다. 졸작으로 매도받을 공포에 떨면서 남작은 여제의 말을 기다리고 있었다.

작품과 대치한 여제는 얼마간 묵묵히 감상하고 있다가 마지막으로 한 번 신음했다.

"예술성 같은 것은 잘 모르겠지만, 보면 볼수록 재미있군. 심오한 맛이 있다."

그것은 찬사인지 매도인지 알 수 없는, 뜬구름 잡는 코멘트였다.

"이 그림은 이해할 수 없지만 마음을 흔드는군. 어딘가에서 본 적 있는 듯하면서도 참신한 세계관이다. 싫지 않아. 아니, 오히려 맘에 들지 않는가. 세계가 바뀐 것 같은 생각이 든다."

여제는 작품에 매료된 듯했다.

캔버스 안에 있는 것은 현실이 문득 비현실과 연결되어버린 듯한 임팩트를 가진, 현실에는 있을 수 없는 대상들을 조합한, 지구에서는 데페이즈망이라 불리는 기교에 의해 그려진 작품. 아마 새로운 예술이라 불러도 좋을 만한 것이었다.

그 뒤 궁정 초상화가직에서 은퇴하고 일반 궁정 화가로 계속 일하게 되었다는 정보를 진찰을 받으러 온 달레 남작에게서 들었다. 그는 궁정의 돈독한 비호를 받으며 캔버스 안에 꿈의 세계 같은 이 공간을 그려내는 비현실적인 아트 제작에 착수했다. 그것은 때때로 일그러진 공간이기도 했고 왜곡된 인체이기도 했으며, 완전히 이질적인 개념을 조합한, 상식을 깨뜨리는 아트였다.

그 참신한 표현 수법은 신기한 매력이 있어 국제 살롱을 석권해서 달레 운동이라 불릴 정도가 되었다.

개인전은 연일 관람객이 밀려들어 대성황을 이루었다고 팔마에게서 안약 봉지를 건네받으며 남작은 기쁜 얼굴로 이야기해주었다. 그리고 그의 개인전에는 협업 작품으로 로테가 디자인해서 장인들에게 만들게 한 도자기, 공예품 등도 함께 전시되어 마찬가지로 호평을 받았다.

그런 보고를 팔마가 달레 남작과 로테로부터 드문드문 듣게 된 어느 날, 달레 남작이 큰 짐을 든 인부를 대동하고 드 메디시스 저택을 찾아왔다.

"남작 아니십니까? 무슨 일이신지?"

"팔마 선생에게는 정말 신세를 졌네. 이 성공도 다 선생 덕분일세. 부디 이것을 받아주게."

전시회에서 엄청난 가격이 붙었다는 300호 사이즈의 유채화가

드 메디시스 저택에 배달되었다.

천을 벗겨보니 누군가의 꿈속 세계를 그대로 그려낸 듯한 공상적인 그림이 그려져 있었다.

말 그대로 초대작이다. 상당한 시간을 들여 제작한 것을 알 수 있다.

"고, 고맙습니다. 아버지도 기뻐하실 거예요."

특대 사이즈이므로 현관에 장식할 수밖에 없다.

"으음, 이 느낌은… 기분 탓인가?"

'왠지 본 적 있는 듯한 화풍이네. 마그리트인가 달리인가 하는.'

드 메디시스 저택 현관에 장식되게 된 달레 남작의 초현실적인, 상당히 그로테스크하지만 남작이 마음 가는 대로 그린 소박한 작품을 바라보면서 어쩌면 그는 이 세계에서 초현실주의적 화법의 선구자인 게 아닐까 하고 생각하는 팔마였다.

그날부터 매일 밤 팔마의 방을 블랑슈가 빈번히 찾게 되었다.

"오라버니! 현관에 있는 그림이 무서워요! 그 앞을 지나갈 수 없으니까 함께 와줘요! 목욕하러 갈 수 없다고요!"

"또니? 블랑슈. 너무 의식하지 마. 그림이 덮쳐올 리 없으니까 로테랑 같이 가면 되잖아."

글을 쓰고 있던 팔마의 손을 블랑슈는 눈물 맺힌 얼굴로 잡아당겼다.

"하지만 로테도 무섭다고 하는걸."

"뭐? 로테까지?"

"다른 세계로 빨려들 것 같은 생각이 들어!"

너무나 개성이 강한 탓인지 로테와 블랑슈는 밤에 현관 그림 앞을 지나갈 수 없게 되었다.

 ## 5화 카레와 장내 플로라

화창한 어느 가을날. 드 메디시스 가문이 소유한 강에서 이세계 약국 총본점이 주최하는 가을 파티 이벤트가 개최되었다. 약국 직원과 단골들이 초대된 야외 비밀 이벤트이다. 하지만 수호신전의 살로몬과 신관들도 잽싸게 단골 티켓을 확보해서 참석했다.

그 파티에서는 초대객에게 미지의 요리가 제공되었다.

카레다.

팔마가 4층 연구실에서 조합하던 카레 레시피로 먹을 수 있을 만한 것이 완성되었기에 드 메디시스 가문의 요리사로 하여금 재현하게 해서 제공하게 되었다. 팔마는 북적이는 사람들을 보면서 식은 땀을 흘렸다.

'이렇게 대대적인 파티가 될 줄은 몰랐네…. 비공식 파티인데.'

카레를 못 먹는 사람, 입에 안 맞는 사람을 배려해서 일반적인 요리도 오픈 테이블에 잔뜩 진열해놓았다. 악단의 야외 연주가 흐르는 가운데 우아한 대규모 파티가 되었다.

"팔마 군, 정말 맛있어. 미지의 매운맛이 자극적이네. 약국 4층에서 이상한 냄새가 났을 때에는 어떻게 될까 싶었는데!"

귀한 집 따님답게 로코코풍 스카이블루 드레스를 차려입은 엘렌은 귀중한 향신료를 듬뿍 사용한 카레에 입맛을 다시고 있었다. 나이프와 포크로 난을 잘라서 카레에 찍어 먹고 있다.

"입에 맞는 것 같아서 다행이야. 하지만 드레스에 튀지 않도록 조심해. 잘 튀니까."

"꺅! 듣자마자 튀었어! 어째서 튀는 거야?!"

팔마의 충고에도 불구하고 바로 드레스에 튀고 말았는지 엘렌은 당황했다. 이럴 줄 알았지, 하며 팔마는 쓰게 웃었다.

"이 커리의 노란색은 안 지워지는 거야? 이거 아끼는 드레스였는데!"

"빨아서 햇볕에 말리면 지워져. 노란색을 내는 성분은 햇살을 받으면 분해되니까."

팔마는 이럴 줄 알고 검정색을 기본으로 한 정장 차림으로 이 자리에 참석했다.

"그래? 그럼 다행이야. 신경 쓰지 않고 먹을 수 있겠네."

"오픈 파티는 기분이 홀가분해서 더 맛있는 것 같아."

밖에서 먹을 일이 별로 없는 이 세계 사람들에게는 조금 참신한 모양이다.

"팔마 님, 정말 맛있군요. 이 새로운 요리를 신전에서 성찬으로 제공해볼까 검토하는 중입니다."

살로몬이 새하얀 신관복 옷깃에 카레 국물을 묻힌 채 팔마에게 인사하러 왔다.

하얀 옷에는 카레가 튄다는 징크스가 있는 모양이네. 팔마는 쓰게 웃었다.

"냄새가 강하니까 신전에 참배하러 오신 신도분들이 깜짝 놀랄 거라 생각합니다…."

가능하면 음식 테러는 삼가줬으면 한다고 생각하는 팔마였다.

살로몬을 밀쳐내듯 장 제독이 찾아왔다.

"이 레시피를 가르쳐주지 않겠나? 선상에서 먹고 싶은 기분일세."

평소의 셔츠 한 장 차림이 아니라 정장 차림으로 온 제독은 이 카레를 선원들의 식사로 채택하고 싶은 모양이다. 팔마는 등사기로 복사해둔 레시피를 건넸다.

"향신료는 오래가니 선원들의 식사로 적합하다고 생각합니다."

언젠가 해군 카레 같은 것이 만들어지지 않을까 싶어 기대가 된다.

"팔마 님, 이건 미지의 요리예요! 여러 가지 맛이 있어서 다 먹을 수가 없네요!"

로테는 테이블 매너를 지키면서도 모든 카레를 제패하며 맛을 비교하는 데 바쁘다.

준비한 카레는 다진 닭고기 카레, 시금치 감자 카레, 야채와 고기, 허브, 부이용 등으로 낸 육수에 우유를 섞은 유럽풍 카레, 화이트 카레 등이었다. 취향이 갈릴 거라 팔마는 생각했지만 그들의 입에는 맞는 모양이다. 로테는 입가에 묻은 카레를 냅킨으로 기품 있게 닦았다. 그리고 아니나 다를까, 흰색 앞치마에는 카레 국물이 묻어 있었다. 로테는 만족스러운 얼굴이다.

"이 빵과 함께 먹으면 최고로군요. 이 빵은 무언가요? 에헤헤, 얼마든지 먹을 수 있을 것 같아요."

"난이라고 해."

팔마는 난에 카레를 찍어서 먹었다.

"난?"

들은 적 없는 명칭이었는지 안경을 고쳐 쓰며 엘렌이 되물었다.

"두꺼운 것이 정제 밀가루로 만든 난이고, 얇은 것이 전립분으로 만든 차파티."

"차파 뭐라고? 혀가 꼬일 것 같은 이름이네. 하지만 어느 것이든 카레랑 잘 맞는 것 같아."

엘렌 및 단골손님들과 담소하면서 천천히 식사는 진행되었다. 대부분의 손님들에겐 만족스러운 식탁이었지만 팔마는 홀로 부족함을 느꼈다.

'라이스가 있으면 좋겠는데 말야. 감자와 토마토는 있는데 어째서 이 세계에는 쌀이 없는 거시?'

팔마는 큰 접시에 담긴 카레라이스를 마구잡이로 퍼먹고 싶은 충동에 사로잡혔지만 그것은 이 세계의 매너로선 천박한 것이었고 애초에 라이스도 이 세계에는 없었다.

"이거 무슨 향신료를 쓴 거야? 우리 집에서도 만들고 싶은데."

엘렌은 레시피가 궁금한 모양이지만 팔마의 재력으로도 향신료를 물 쓰듯이 쓸 수 있을 만큼 확보할 순 없었기에 이것은 최소한의 종류를 이용한 레시피였다. 요리사의 솜씨에 의존하는 부분도 많았다.

"이 레시피에서는 양파와 야채를 잘게 다져서 잘 볶은 후 고기와 함께 터메릭으로 색을, 코리앤더로 향을 낸 다음, 레드 페퍼와 카이엔 페퍼로 매운 맛을, 커민으로 향을 더하고 생강, 마늘과 함께 끓인다는 느낌이려나."

좀 더 많은 스파이스를 쓴다면 물론 깊은 맛이 더 나지만 그런 스파이스의 조합은 잘 몰라서 활용할 수 없었기에 견실하고 실패하기 힘든 레시피로 만들었다. 카레의 매운맛은 레드 페퍼, 카이엔 페퍼

등 고추의 양으로 결정되니 잘 조절하면 자신의 취향에 맞는 매운맛을 낼 수 있기에 어린이용부터 어른용까지 순한 맛, 약간 매운맛으로 설정했다. 매운맛은 위장에 자극이 너무 강하므로 이번엔 제외했다. 이세계 약국의 파티 요리를 먹고 위장에 탈이 나는 일은 있어선 안 된다.

"카레는 건강에 좋을 것 같네요."

로테가 더워졌는지 부채로 얼굴을 부쳤다. 그러고 보니 몸이 따뜻해졌네, 말하고 상의를 벗으며 엘렌도 동의했다. 혈액 순환이 좋아진 거겠지 팔마는 생각했다.

"건강에 좋은 면도 있을 거야."

터메릭에 포함된 색소인 쿠르쿠민에는 강한 항산화 작용이 있고 암 억제 효과가 있다고 해서 지구에서는 연구가 진행 중이다. 하지만 이 식재료가 어느 병에 좋다느니 하는 식의 표현에는 주의가 필요하다. 팔마는 카레가 건강에 좋다고 떠들고 다닐 생각은 전혀 없었다. 너무 많이 먹으면 좋지 않고 개인의 건강 상태도 고려해야 한다. 향신료를 너무 많이 섭취하면 위장의 부담이 커지는 측면도 있다.

"뭐야? 그 신중한 말투는 어디서 배운 거야?"

엘렌이 팔마의 어른스럽고 두루뭉술한 단어 선택에 쓰게 웃었다.

"음, 하지만 몸이 따뜻해지고 식욕 증진 효과가 있긴 해."

"이건 만들고 나서 얼마나 오래가? 며칠간은 먹을 수 있어?"

"당일에 바로 먹는 게 좋지 않으려나?"

만들고 나서 하룻밤 숙성시킨 카레가 더 맛있는 것으로 여겨지고 있지만 하룻밤 묵혀둔 카레는 다시 가열해도 웰치균이 증식해서 식

중독의 원인이 될 수도 있다. 냉장고에 보관하면 다음 날 먹어도 좋지만 그런 게 없는 이 세계에서는 먹지 않는 편이 좋을 것이다.

식사가 끝난 후 팔마와 초대객은 약국 직원과 단골들과 담소를 하거나 죄 드 폼이라 불리는 테니스의 원류 같은 라켓 스포츠를 레크리에이션을 겸해 즐겼다. 팔마와 다른 귀족들도 신술의 훈련이 아닌 순수한 스포츠를 접할 기회는 거의 없지만 평민 손님들은 비교적 일상적으로 스포츠를 즐기고 있는 듯해서 손님들 간의 교류에 한몫했다.

"팔마 군, 한 곡 추지 않을래? 춤을 추고 싶어졌어."

경쾌한 음색의 악단 연주가 들려왔기에 엘렌이 팔마에게 댄스를 권했다. 귀족이 추는 바로크 댄스가 시작되려 하고 있었다. 댄스에 능한 초대객들이 자연스럽게 특정 공간에 모인다. 팔마 소년도 귀족의 소양으로 살롱에서 추는 댄스 레슨은 받은 적 있는 듯하다. 환생 후에는 댄스를 배운 기억이 없지만 로테의 이야기로는 그렇다고 한다.

"그래. 엘렌은 댄스를 좋아한다고 했던가."

'난 춤을 출 수 있었던가? 창피는 안 당해야 할 텐데. 뭐, 춰보면 알겠지.'

팔마가 엘렌과 함께 댄스 대열에 가세하자 팔마 소년의 몸에 기억이 있었는지 스텝과 동작을 자연스럽게 떠올렸다. 잘 차려입고 댄스를 하며 시선을 무의식적으로 교차하거나 떼는 엘렌의 모습은 우아하고 여느 때보다 아름답고 세련된 느낌이라, 소녀에서 미녀로 성장했다는 것을 알 수 있었다.

'엘렌도 이렇게 보니 어른스럽네. 최근 더욱 예뻐지기도 했고.'

전에는 그녀를 소녀처럼 생각했던 팔마도 엘렌을 여성으로 의식하기 시작한 것일지도 모른다고 생각한다. 팔마의 스텝이 어색한 부분은 엘렌이 은근하게 가르쳐주었다. 엘렌에 대한 감정의 정체를 이해하지 못한 채 몇 곡이 눈 깜짝할 사이에 끝났다.

"고마워, 팔마 군. 너와는 처음 췄는데 너무 잘 춰서 깜짝 놀랐네."

"다음에 엘렌한테서 배워볼까?"

시녀인 탓에 댄스를 하지 못하는 로테가 부러운 시선으로 돌아오는 두 사람을 박수로 맞이했다. 진심으로 찬사를 보내며 흥분하고 있다.

"후아, 멋졌습니다! 두 사람 모두 과연 대귀족이네요. 댄스도 아름다웠어요!"

"맞아~, 로테. 귀족은 말이지, 옛날부터 이런 것들을 엄격하게 훈련받아 왔거든."

엘렌이 로테의 순수한 코멘트에 미소 지었다.

"어? 그러고 보니 블랑슈는?"

하지만 그 무렵 블랑슈는 벤치에 앉아 몸을 웅크리고 있었다.

"어디 아프십니까? 블랑슈 아가씨."

"배가 아파."

로테와 함께 화장실에 다녀온 후 하천에 설치된 벤치로 돌아온 그녀는 팔마를 손짓으로 부르더니,

"오라버니, 아파서 앉아 있을 수 없어. 무릎베개를 해줘!"

팔마에게 무릎베개를 보챘다. 그 뒤 블랑슈는 팔마의 무릎 위에

서 몸을 웅크렸다.

"괜찮으세요? 아가씨의 배가 큰일이에요!!"

로테가 정성스럽게 따뜻한 음료수를 가져오기도 하고 물에 적신 천을 가져오기도 하는 등 보살폈다.

"카레가 몸에 안 맞았나 보네. 내 잘못이야."

팔마는 안쓰러워했다. 블랑슈가 먹을 것으로는 스파이스가 거의 포함되지 않은 카레를 만들었는데 그래도 어린아이에게는 자극이 너무 강했을지 모른다.

"블랑슈는 이제 카레를 인 먹는 게 좋을지도 모르겠네."

"카레, 모처럼 맛있었는데… 이제 먹으면 안 돼?"

블랑슈는 아쉬운 표정으로 입술을 삐죽거리며 검지를 물었다. 귀여운 포즈지만 안 되는 건 안 된다.

"안 먹는 게 좋겠어. 더 자란 후에 먹도록 해. 아직 블랑슈에게는 일렀던 것 같네."

"아마 카레 탓이 아닐 거야. 전부터 속이 안 좋았던 거지 카레 탓이 아니라고!"

블랑슈는 카레를 먹을 수 없게 되면 큰일 날 것 같아서 변명하며 저항했다. 전부터 속이 안 좋았다는 말을 들은 팔마는 혹시나 싶어 진안으로 블랑슈의 복부를 진찰했다. 중대한 병은 숨어 있지 않았다.

궤양성 대장염이나 크론병 같은 질환이나 감염증은 아니고 유당불내증도 아니다.

그러는 사이에 무릎 위에서 블랑슈가 곤히 잠들어버렸기에 무릎을 빌려주고 있던 팔마는 그녀의 머리가 무릎 위에 올라와 있어서 움직일 수 없게 되었다. 벤치 주위에서는 아직 로테와 엘렌이 걱정스럽다는 표정으로 모습을 살피고 있다.

"가엾기도 하지. 그렇게 잠시 쉬는 게 좋겠어."

"그래. 나도 여기 함께 있을게."

팔마도 블랑슈의 머리카락을 쓰다듬으며 위로한다. 햇볕 속에서 자고 있는 블랑슈는 투명할 정도의 미소녀이다. 팔마에게 그녀는 같은 피가 섞인 소중한 여동생이다. 어서 회복되길 바란다.

"장내 플로라의 균형이 무너진 것일지도 모르겠네."

"장내 플로라라는 게 뭐야? 꽃밭?"

플로라란 영어로 꽃밭을 의미한다. 이 세계에 영어는 없지만 엘렌은 유사어로 받아들인 모양이다.

"그래, 꽃밭이야. 장내에 세균 꽃밭 같은 게 있어."

"전혀 상상이 안 돼. 좀 더 알기 쉬운 것으로 비유해줘."

파티가 개최되고 있는 강 가운데 모래톱에서 조금 떨어진 곳에 마침 꽃밭이 펼쳐져 있었다. 그곳에는 흰색과 노란색 꽃들이 작은 군락을 형성한 채 아름다운 광경을 만들고 있었다.

"저기, 꽃밭을 보고 있으면 식생이 새로워지거나 시들거나 교체되는 등 그 광경이 항상 변화하잖아. 흰 꽃이 늘 때가 있는가 하면 노란 꽃이 늘 때가 있고 가끔 잡초가 우세해지기도 하는 식으로."

팔마는 하얀 꽃의 무리와 노란 꽃의 무리를 가리켰다.

"그래, 항상 같은 상태는 아니지. 시들기도 하고 계절에 따라 피는 꽃이 다르기도 하니 말야."

엘렌은 일목요연했기에 납득했다. 손질을 하지 않는다면 식물은 생존 경쟁을 시작할 것이다.

"그것과 마찬가지로 장 속에는 많은 세균이 있어서 끊임없이 증감을 반복하고 있어. 좋은 세균과 나쁜 세균이 언제나 서식처를 늘리거나 줄이거나 하면서 경쟁하고 있지. 이 꽃밭처럼 말야. 장내 플로라의 세균 상태는 사람에 따라 완전히 다르고 언제나 일정하지도 않아. 블랑슈는 상태가 안 좋은 것일지도."

"그전에 세균이 장 안에 그렇게 많이 있을 리 없어. 아주 조금 아냐?"

너무 과장하지 말라며 엘렌은 웃었다.

"좀 지저분한 이야기인데 대변은 음식 찌꺼기라고 생각해?"

팔마는 엘렌에게 물었다. 카레를 먹은 후에 이런 이야기를 하는 것은 피하는 게 좋을 것 같다는 생각도 들지만 이미 다들 먹은 상태니까 용서해주길 바란다.

"물론이야."

엘렌은 단언했고 로테도 "먹은 것밖에 배출되지 않잖아요! 그럴 것이 음식 외엔 안 먹으니까!" 라며 의심하지 않는다.

"그런데 그게 아니야."

팔마는 고개를 가로저으며 손가락을 하나씩 세웠다.

"수분을 제외한 대변 성분을 많은 순서로 나열하면 1위는 장 점막 세포, 2위는 장내 세균, 그리고 3위가 음식물 찌꺼기 순서야."

"음식물의 비율이 그렇게 적은 거야?!"

엘렌은 충격을 받은 듯 기분이 안 좋아진 듯한 표정을 지었다.

"음식물의 비율은 4~5퍼센트 정도지."

장내 세균의 총량은 성인 한 명당 1~1.5킬로그램이나 된다.

장내 세균이 어떤 것인지 팔마는 엘렌과 로테에게 가르쳐주었다.

로테는 자연스럽게 배꼽 근처를 응시했다.

"후, 다시 봤네. 장내 세균. 좋은 세균을 늘려야겠어. 장내 환경을 너무 쉽게 본 것 같아."

엘렌도 장내 세균에 감사하듯 배를 바라보며 손으로 쓰다듬었다.

"아름다운 꽃에 비료를 주고 잡초는 제거하듯 장 안도 마찬가지야."

"찬성이에요! 나쁜 균이 많으면 무서워요."

로테는 기운차게 손을 들었다. 엘렌과 로테는 분위기를 타서 오늘부터 바로 장내 환경의 개선에 착수할 생각인 듯하다. 의욕을 보이기는 했지만 엘렌은,

"그런데 좋은 세균은 어떻게 늘리는 거야?"

좋은 세균은 유산균과 유산간균으로 구성되므로, 장내에서 이것들을 늘릴 필요가 있다.

"눈앞의 꽃밭이 아무것도 없는 토지라고 했을 때 맨 처음 심는 꽃은 잘 자라겠지?"

"그래, 훼방꾼이 없으니까 그 식물로 뒤덮일지 모르겠네."

태어난 그날부터 갓난아기는 모친의 상재균에서 좋은 세균을 받아들인다. 그리고 천천히 다른 균도 받아들여서 균은 장 속에서 증식을 시작하고, 그렇게 장내 플로라는 완성되어간다.

"하지만 이렇게 빽빽하게 자란 상태에서는 새로운 식물이 뿌리내리긴 어렵잖아?"

"으음, 다른 식물에 비해 양분이나 일조량에서 지고 말 거야. 어떻게 해야 되지?"

복잡한 요인이 뒤엉켜서 인체는 복잡하네, 말하며 엘렌은 머리를

감싸 쥐었다.

"그래서 단순히 유산균이 많은 음식을 먹으면 되는 건 아닌 거야."

유산균이 무엇에 들어 있는가 하면 요거트나 치즈 같은 발효 식품 등이다. 하지만 이것들을 그대로 먹어도 위산 등에 의해 장에 도달하기 전에 죽고 만다. 설령 살아서 장까지 도달하는 특별한 유산균이 있다고 해도 장에 거의 정착되지 않는다. 그리고 먹는 것을 중단하면 변(사균)이 되어 배출되고 만다.

장내 플로라가 이미 형성된 상태에서는 설령 좋은 세균을 직접 섭취한다고 해도 새롭게 끼어들 공간을 확보하기가 어려운 셈이다. 하지만 장에 정착되지 않더라도 유산균 자체에는 면역력을 높여주고 나쁜 세균을 몰아내는 작용이 있다. 그러니까 유산균을 먹는 것에는 나름대로 의미가 있다고 팔마는 대략적으로 설명했다.

"그렇다면 늘어나주었으면 하는 것만 늘어나도록 비료를 주면 되는 건가? 그건 가능해?"

"좋은 착안점이야. 그럼 그에 대해 설명할게."

엘렌이 생각한 것은 프리바이오틱스라는 사고방식이다. 좋은 세균을 외부에서 섭취함과 동시에 장내 플로라에 원래부터 있는 좋은 세균의 증식을 돕는 것을 섭취하는 방법이다.

올리고당과 식이섬유가 프리바이오틱스 식품에 해당한다.

"블랑슈가 좋아할 만한 메뉴를 생각해볼게."

그래서 팔마가 생각해낸 것이 라씨였다. 요거트, 우유, 그리고 레몬과 꿀을 섞으면 쉽게 만들 수 있다. 꿀에는 올리고당이 함유되어 있고 요거트에는 유산균이 포함되어 있다.

저택으로 돌아와서 팔마는 저녁 식사 후에 올리고당이 포함된 포도와 함께 요리장에게 라씨를 레시피대로 만들게 해서 블랑슈에게 가져다주었다.

"우왕~. 우유는 싫어. 맛없다고."

블랑슈는 입을 다문 채 고개를 숙이고 완강하게 거부했다. 한번 싫다고 판단하면 절대 입을 열지 않는다. 비릿하게 느끼는 모양이다. 어지간히 싫은지 몸을 뒤로 빼고 도망치려 했다.

"그럴 줄 알고 꿀로 달콤하게 만들었어. 꿀 좋아하지?"

팔마가 끈기 있게 설득하자 겨우 먹으려고 마음을 먹어주었다.

"응…. 마셔볼게."

블랑슈는 마지못한 표정으로 라씨에 입을 댔다. 그리고 눈빛이 변했다.

"달콤하고 맛있어! 오라버니, 이건 우유가 아닌 것 같아!"

그녀의 우유 혐오는 한순간에 극복된 것 같았다.

라씨는 약국에서 로테와 엘렌 등에게도 제공되었다. 로테는 행복한 듯 마셨다.

"카레와 함께 먹으면 좋을 것 같네요! 매운맛이 중화될 것 같다고 할까, 부드러워진다고 할까. 아, 한 잔 더 마셔도 될까요? 다음엔 카레와 함께 먹는다 생각하고 먹어볼게요."

'아, 그 조합을 깜빡했네! 카레 집에서 나오는 세트인데.'

팔마는 그리운 기억을 떠올렸다.

블랑슈는 어느 틈엔가 복통과 설사도 진정되었고 다음번에는 맘껏 카레를 먹어도 라씨와 함께 먹어선지 배탈이 나는 일이 없어졌다. 그리고 카레는 드 메디시스 가문의 정식 메뉴가 되었다.

베아트리스와 브루노는 이 메뉴가 몹시 맘에 들었는지 테이블 매너로선 바람직하지 않다고 하면서도 오랜만에 한 그릇을 더 주문했다.

6화 마세일 공장의 조업 준비와 기념 촬영

이세계 약국에서 통상 업무를 보고 있던 팔마에게 기다리던 소식이 도착했다.

마세일령의 제약 공장이 완성된 것이다. 팔마는 연 단위로 기다려야만 할 거라고 각오하고 있었는데 뚜껑을 열어보니 착공한 지 반년 정도였다. 그는 곧바로 시찰하러 가기로 했다.

"벌써 완성된 건가. 조금 놀랐어. 좀 더 걸릴 거라 생각했거든."

"이렇게 빠를 줄은 몰랐어. 제국과 신전의 출자가 막대하고 팔마 군의 재력도 엄청나니 말야. 존작가의 원조에 의존하지 않고 필요한 것은 뭐든 다 조달해버리니 무서울 지경이네."

엘렌이 말했다. 그녀도 공장 견학에는 꼭 참가하고 싶다고 한다.

"그런 반면 자신의 개인적인 오락을 위해서는 거의 돈을 안 쓴다니까."

"카레 파티에는 썼잖아. 꽤 지출이 컸다고."

"그건 단골손님들을 위한 파티였으니 오락이라고는 할 수 없잖아."

"팔마 님은 욕심이 없는 분이라고 손님분들의 칭찬이 자자해요!"

로테도 자랑스러운 듯 고개를 끄덕였다.

팔마와 직접 대화를 하지 않는 단골손님은 로테와 세드릭에게 팔마를 칭찬하곤 했다.

"그런 식으로 계속 찬동자랑 숭배자를 늘리고 있는 거야. 주로 신전이라든지."

엘렌의 그런 분석에 드물게도 세드릭이 끼어들었다.

"개인적인 욕심을 채우는 것이 귀족인데 말이죠. 팔마 님은 별난 분입니다."

"너무 치켜세우는 거 아냐? 나는 취미가 적을 뿐이라고."

"저기, 팔마 님. 여쭙고 싶은 게 있는데 공장에서 무얼 만드는 건가요? 혹시 과…."

로테가 무심코 과자… 라고 말하려다 손으로 입을 막았다. 무의식적인 코멘트였던 모양이다.

"안됐지만 과자가 아니라 약이야. 과자는 공장에서 만들지 않는 편이 더 맛있어."

로테는 여전하구나 싶어 팔마는 웃음을 터뜨렸다.

"그, 그렇죠? 하지만 과자도 제약 공장 한구석에서, 저기, 초콜릿이라든지…."

로테는 부끄러운 듯 귀까지 빨개졌다.

"아, 하지만 사탕이라면 만들 수 있을지도."

"와! 고맙습니다! 지금 궁정에서는 막대기 달린 사탕이 유행하는 모양이에요. 폐하께서 한 개 주셨는데 정말 색깔이 예쁘고 계속 빨아먹고 싶을 정도였어요!"

"로테, 궁정에서도 과자를 얻어먹는 거야?"

로테는 여제에게 완전히 길들여진 듯했다. 로테가 롤리팝 같은 일러스트를 그리고 떠들어댔을 때 그는 '약용 사탕인데'라고 말하지 못하고 조금 알쏭달쏭한 심경이었다.

◆

공장 완성에 따라 실험과 제조에 필요한 기계와 도구를 멜로디 존작과 업자에게 발주하고 팔마 자신도 약신장으로 날아다니며 정밀 기기를 빠르게 운반했다. 대형 기계는 마차로 운반해서 현지에서 물질 창조를 해서 준비를 갖추었다. 공장 내부는 미완성이지만 곧바로 가동할 수 있도록 실비 조달을 되도록 앞당겼다.

또한 마세일 영주 대행인 아담에게 부탁해서 공장 근로자 200명을 현지 고용했다. 팔마는 공장 설비가 대충 갖춰지자 산 플루브 제국 약학교로 향했다.

항생 물질 생산을 위해 캐스퍼 교수로부터 방선균 균주 몇 개를 건네받고 대량 생산을 위해 운반하기 위해서다.

"팔마입니다. 균주를 받으러 왔습니다. 캐스퍼 교수."

캐스퍼 교수는 자신 있게 고른 세 개의 균주 상자를 아깝다는 듯 팔마에게 건넸다.

"잘 부탁할게요, 드 메디시스 교수. 이 애들이 환자분들에게 도움이 되었으면 좋겠네요."

아직 취임도 하지 않았는데 교수라는 호칭을 써서 팔마는 좀 어색했다. 하지만 정정하는 것도 분위기 파악 못 하는 행동이다.

"분명히 받았습니다. 캐스퍼 교수. 이 균들은 책임을 지고 관리하며 항생 물질을 만들게요. 그 약은 환자분들에게 반드시 전달하고 캐스퍼 교수에게도 돌려드리겠습니다."

"당신이 선택하고 많은 사람들의 손에 의해 배양된 균입니다. 잘 부탁할게요."

캐스퍼 교수는 자신의 자식을 맡기는 듯한 심정일 것이다. 상자는 리본으로 포장되어 있었다. 이 세계 사람들은 뭐든 포장하고 싶어하네. 팔마는 건네받으며 느꼈다.

◆

"캐스퍼 양 1번. 에릭 군 2번. 알렉시스 군 3번?"

마세일로 가는 마차 안에서 덜컹덜컹 흔들리면서 엘렌이 의아한 표정을 지었다. 캐스퍼 교수에게서 건네받은 상자를 소중하게 안고 있는 팔마는 "그래" 라며 크게 고개를 끄덕였다.

"그게 무슨 소리야?"

"방선균 균주 이름 아닐까? 발견자의 이름과 발견된 순서가 적혀 있어. 에릭 교수와 알렉시스 조교도 이번 연구의 공동 연구자이니 말야."

연구에 관여한 연구자의 이름을 떠올리며 팔마는 그럴 거라 해석했다.

"뭐?! 균에 자신의 이름을 붙이는 거야?"

별도로 첨부된 설명서를 보니 역시 캐스퍼 교수와 다른 발견자들이 붙인 균주의 이름이었다.

애교가 있는 교수들이라며 엘렌은 난처한 듯 웃었다.

"재밌는 명명법이네."

"응. 뭐 발명품이나 발견한 것에 자기 이름을 붙이고 싶은 심정은 이해해."

'명명법은 언젠가 통일하면 되지만 기왕이면 속명을 추가해줬으면 좋겠네. 캐스퍼속 같은 거라도 좋으니까.'

캐스퍼 교수 등이 모처럼 명명한 거니까 팔마는 일단 묵인하기로 했다. 발견자의 이름을 붙이는 것은 연구자의 명예이자 특권이다. 그리고 명명은 꼭 이래야 한다는 규칙 같은 것도 없다. 여기는 이세계니까 지구의 규칙에 따를 필요는 없는 것이다.

그렇게 말하는 팔마도 전생에서는 그의 이름이 붙은 몇 개의 신규 항생 물질의 균주 '바틸스 야쿠타니 균주 시리즈'를 가지고 있었다는 걸 떠올렸다. 그는 명명법에 따라 이름을 붙였지만 캐스퍼 교수를 탓할 수 없고 들뜬 기분도 이해한다.

"이 균들은 특별한 거지? 분명 찾아내서 배양하느라 엄청 고생했을 거야."

엘렌이 그렇게 말하며 캐스퍼 교수의 노고를 치하했다. 팔마는 패시브 스킬처럼 강력한 성역을 전개하고 있기 때문에 배양하려고 해도 균을 죽이고 만다. 자신은 균을 배양할 수 없기에 조언은 하면서도 배양 작업은 연구 그룹에 일임했다.

"방선균은 어디에 있는 거야?"

"잠깐만."

팔마는 장난스럽게 웃은 후 마차를 세우고 밖으로 나가 그대로 망설임 없이 길가로 향했다.

"뭐야? 용변?"

어머, 어떡하지? 라며 엘렌이 고개를 돌리려고 했을 때 팔마는 신발로 땅 표면을 착착 찬 후 몸을 숙이고 한 줌의 흙을 주워서 마차 안의 엘렌에게 보였다.

"자, 여기 있어. 내 성역으로 죽었을 테지만."

"뭐? 방선균이 이 안에 있을지도 모르는 거야?"

"있을지도 모르는 게 아니라 왕창 있어. 죽었지만."

팔마는 흙을 움켜쥔 손을 오물거렸다. 엘렌은 등이 근지러워진 듯했다.

"히익! 용케 그런 걸 가지고 왔네. 팔마 군! 기분 나쁘지 않아?"

엘렌은 기분이 안 좋아진 듯 부르르 몸을 떨었다. 팔마는 흙을 버리고 신술의 생성수로 손을 잘 씻은 후 마차에 다시 탔다.

"그러고 보니 로테가 조용하네?"

"로테라면 점심을 먹은 후 쭉 자고 있어."

마차 안에선 로테가 기분 좋게 자고 있었다. "팔마 님도 참, 전 이제 더 못 먹어요. 음냐음냐" 라고 한 후 "역시 조금만 더 음냐" 라는 잠꼬대를 되풀이했다. 그냥 내버려두는 게 좋을 것 같아서 팔마도 기지개를 켜고 마차에 몸을 맡겼다.

"흙 속에는 많은 세균과 곰팡이가 있구나."

"흙 속이랄까, 어디에나 있고, 우리들의 피부에도 셀 수 없을 만큼 많은 세균이 있어."

그러한 미생물의 작용이 있기에 토양에는 정화 작용이 있다고 팔마는 설명했다.

"하지만 캐스퍼 교수가 선별한 균주는 특별히 우수한 정예들이야."

캐스퍼 교수 등은 그 균의 유효 성분을 추출한 것이 약이 되어 실제로 환자에게 투약되기를 기대하고 있었다. 캐스퍼 교수 등이 발견한 것은 장난스러운 이름이지만 다음 세 종류였다.

'캐스퍼 양 1번'

지구에서의 학명은 스트렙토마이세스 그리세우스(Streptomy-ces griseus).

스트렙토마이신 생산균 후보. 결핵 치료제. 결핵, 한센병, 페스트 등에 유효.

'에릭 군 2번'

지구에서의 학명은 스트렙토마이세스 메디테라네이(Strepto-myces mediterranei)

리파마이신 생산균 후보. 반합성해서 리팜피신으로 만들면 결핵, 한센병 등에 유효.

'알렉시스 군 3번'

지구에서의 학명은 스트렙토마이세스 퍼시셔스(Streptomyces peucetius)

독소루비신 생산균 후보. 항종양제. 악성 림프종, 폐암, 소화기암, 유방암, 방광종양, 골육종 등에 폭넓게 쓰인다.

캐스퍼 교수 등은 정확한 약의 효과를 모르지만 팔마는 알고 있다. 엘렌에게 설명하자,

"굉장한 효능이네. 흙 속에 있는 균으로 백사병과 흑사병, 한센병, 암까지 치료할 수 있다니 거짓말 같아. 그런데 어떻게 그 균이

그 약을 만든다는 걸 알고 이 세 종류로 압축한 거야?"

어떻게 그 약제라는 것을 알았느냐면 팔마가 딱히 복잡한 분석을 한 것은 아니다. 그의 치트 능력 중 하나인 확대시로는 화합물의 구조까지 보이지 않는다.

그래서 단순히 물질 소거 능력을 썼다. 소거 능력을 역이용하면 약제의 판별에도 쓸 수 있다.

추정되는 항생 물질의 이름을 하나하나 읽어가다가 약이 사라지면 바로 그것이다. 이 고정 방법은 정확하기 짝이 없었다. 하지만 팔마는 현지인들이 약제를 구분할 수 있는 다른 방법을 찾아내야 한다고 생각했다. 엘렌은 다시 질문했다.

"어째서야?"

"음? 아, 그건 아직 비밀이야. 때가 되면 알려줄게."

"뭐야, 이런 때에만 섭섭하게. 어떻게 된 건데?"

"하하, 미안."

웃음으로 얼버무릴 수밖에 없었다.

"나, 참…. 그럼 그때가 되면 꼭 알려줘야 돼?"

"뭐 어쨌거나 캐스퍼 교수와 약학교 연구자들이 정말 단기간에 용케 발견했다고 생각해. 항생제 두 개에 항암제 하나!"

팔마는 새삼 감탄했다. 팔마와 캐스퍼 교수가 진두지휘했다고는 해도 단기간에 유용한 항생 물질이 세 개나 발견된 셈이니까.

'혹시 내가 사라진다 해도 약을 만들 수 있게 됐어. 이 세계 사람들만으로도 많은 병들과 싸울 수 있게 된 거야.'

팔마는 기뻐서 견딜 수 없었다. 이런 식으로 그가 할 일이 하나씩 줄어가면 어깨의 짐도 가벼워질 것이다.

"대학이 총력을 기울이고 일치단결해서 하나의 연구에 대량의 연구자를 투입했으니 말야. 스승님의 영단도 있었다고 생각해."

이런 건 전대미문이야, 말하며 엘렌은 신음했다. 산 플루브 제국 약학교의 명예를 건다는 브루노의 진심을 본 것 같다. 다른 항생 물질을 생산하는 균도 계속 발견하기 위해 산 플루브 제국 약학교에서 일대 프로젝트는 계속 추진 중이다. 라이벌인 노바르트 의약 대학교도 제국 약학교의 동향을 주시하고 있다고 한다.

"엘렌도 흥미가 있으면 '엘렌 양 4번균'을 찾도록 해. 방법은 알려줄 테니까."

팔마는 진지한 얼굴로 엘렌에게 권했다.

"나는 신약을 찾는 것보다 지금 있는 약을 더 효과적으로 쓰는 쪽에 주력할게. 팔마 군에게서 배울 것은 많고 아직 못 배운 것도 있으니 말야."

사람에게는 적성이 있는 법이다. 엘렌다운 대답이라며 팔마는 미소 지었다.

아무튼 이세계 약국 직원들은 마세일령으로 가서 갓 완성된 공장을 시찰했다. 이름하여 '이세계 약국 마세일 공장'이라는 말 그대로의 네이밍이다. 공장 문을 통과한 팔마, 엘렌, 로테, 세드릭을 공장 건설을 일임받은 전임 영주 아담이 차려 자세로 맞이했다.

"팔마 님. 먼 길 오시느라 고생하셨습니다."

"이것저것 수배해주셔서 고마워요, 아담 씨."

팔마는 약신장으로 제국 수도와 마세일을 오가며 완성된 공장을 확인했지만 다른 직원들에게는 첫 방문이다.

광대한 부지 면적을 자랑하는 석조 공장이 그들의 눈앞에 위풍당당한 모습을 자랑했다.

"와! 이 공장 굉장히 넓네요! 끝이 희미하게 보일 정도예요."

로테는 공장 끝에서 끝까지 달려 일주해보고 싶다고 했지만 세드릭은 금방 지친다며 말렸다. 공장을 일주하면 3킬로미터나 되니까 그런 불편한 신발로 달리는 건 팔마도 권장할 수 없었다.

"어지간한 궁전 못지않네. 굉장해! 팔마 군의 저택보다 넓은 것 같아."

엘렌도 감탄해서 소리쳤다. 드 메디시스 가문의 부지보다 넓다는 것은 상당한 일이었다.

"이건 정말 대단한 민관 일체의 대규모 생산 거점입니다. 여기서 약국, 약점포, 약 가게에 공급할 약이 만들어지는 거군요."

세드릭도 감동했다. 외관도 그가 지금까진 본 적 없는 거대한 시설이라고 한다.

"제국 전체뿐 아니라 세계 전체에 공급할 수 있다면 좋겠군요. 뭐, 그건 다음 과제려나?"

일행은 제약 공장의 앞뜰을 지나 공장 현관으로 들어갔다. 선두를 터덜터덜 걷고 있던 팔마는 현관에 들어서자마자 뿔었다. 호텔의 입구 로비로 착각할 만큼 개방적인 공간에는 창업자 팔마 드 메디시스의 등신대 동상이 있었던 것이다.

"뭔가요? 이건! 며칠 전에는 없었는데! 철거하세요, 철거!"

필사적으로 아담에게 항의하는 팔마를 보며 엘렌과 로테는 쿡쿡 웃었다.

"아, 이건 에스타크 마을에서 자금을 모아 만든 겁니다. 얼마 전 완성되었기에 기뻐하실 것 같아서 가져왔군요."

아담이 천연덕스럽게 대답했다. 에스타크 마을에서 이것으로 공장 창업자의 동상을 만들어달라며 금화를 기부해왔기에 아담은 외주로 동상을 만들게 해서 완성품을 받았다고 한다.

"역시 에스타크 마을이었나! 언젠가 저지를 것 같았어!"

그들이라면 그러고도 남을 것 같아서 팔마는 체념했다. 기념물로 약신의 황금상을 만든 마을이다.

"팔마 님, 동상 옆에 나란히 서보세요. 닮았는지 보게."

로테의 말에 팔마는 마지못해 동상 옆에 섰다. 동상은 꽤 미화되어 있고 흰 가운 자락을 늘어뜨린 채 팔짱을 끼고서 먼 곳을 바라보고 있다. 팔마도 동상을 참고로 같은 포즈와 표정을 취해보았다. 미간을 좁히고 장난 삼아 멋있는 얼굴을 하며 팔마는 세 사람에게 물었다.

"어때? 멋있어?"

"동상 쪽이 더 멋있어요, 창업자님."

엘렌과 로테가 서로 얼굴을 보며 웃었고, 세드릭은 그 모습을 싱글벙글 웃으며 지켜보았다.

"이곳이 맘에 안 드신다면 동상은 공장 뜰로 옮기도록 하죠. 그편이 더 눈에 잘 띄기도 합니다."

아담이 마음을 써주었지만 자신의 동상이 뜰에서 비바람에 노출되는 것은 좀 불쌍한 것 같았다.

"여기 두셔도 돼요."

농담은 적당히 하고 공장 견학으로 돌아간다.

석조로 된 제조 공장 내부는 공정마다 방이 나뉘어 있고 먼지 하나 없도록 철저히 청소해서 청결을 유지했다. 그리고 팔마가 '역멸성역'을 걸었기에 더욱 청정도는 향상되었다. 이번엔 방선균을 가져왔기에, 성역을 전개했을 때 방선균까지 '살균'해버리지 않도록 팔마는 은근히 신경을 써야 했다. 균을 아이처럼 귀여워하는 캐스퍼 교수가 울 테니까.

공장에 전기 계통은 없지만 이세계 약국의 소소한 연구 설비는 제국 약학교에 비해 상당히 근대화되었고, 방선균을 대량 배양하기 위해 탱크와 파이프라인으로 의약품 제조 플랜트가 소싱되었다. 파일럿 플랜트 테스트에 관해서는 제국 약학교에서 무해한 균종으로 시험한 후 장인과 기술자를 고용해서 다른 플랜트를 만들게 하고 있다. 이 플랜트들이 완성되어 본격 가동하려면 아직 시간이 걸린다.

부지 안에 있는 제약 공장 부속 연구동이 보이기 시작했다. 무균실이 있는 연구 설비였다.

"무균실에 들어가볼까?"

손을 씻고 장갑을 낀 후 클린복 차림으로 무균실 안으로 들어가자 엘렌이 캐스퍼 교수의 균을 보고 싶어했다. 로테와 세드릭은 별말 없이 견학이다.

"나도 보고 싶네. 열어볼까? 살아 있으려나?"

알코올로 상자를 닦고 핑크색 리본을 푼 후 캐스퍼 교수의 아이들이 든 상자를 연다. 성역에 의해 모처럼 가져온 균이 죽지 않도록 신력을 억제하는 살로몬의 부적을 잔뜩 팔에 감는다.

안에서 나온 것은 여섯 개의 샬레였다. 방선균 종균을 심은 플레이트, 그리고 항생 물질로서의 테스트 플레이트, 세균을 전체적으로 바른 한천 살레 한복판에 여러 종류의 방선균이 심어져 있다. 그 방선균을 에워싸듯 다른 균이 증식되지 않은 원이 형성되어 있었다.

"멋지게 큰 원이 형성되어 있네. 훌륭해."

엘렌은 그 원의 의미를 이해하고 흥미롭게 고개를 끄덕였다.

"이 주위는 어째서 아무것도 자라나 있지 않은 건가요?"

로테도 소박한 의문을 품은 듯하다. 타당한 의문이라고 생각하면서 팔마는 설명했다.

"방선균은 항생 물질을 생성해서 다른 세균의 발육율 억제하기에 다른 세균이 생육할 수 없는 항생 물질 생성 영역인 '발육저지원'이라는 원을 전개하거든."

"이 원 주위에서 말 그대로 항생 물질을 생성하는 거네요. 똑똑하네!"

항생 물질의 효과가 얼마나 강한지 눈으로 확인할 수 있어서 좋네, 엘렌은 감탄했다.

"그런 거야."

모르는 사람이 보면 곰팡이가 슨 접시를 들여다보며 감탄하는 별난 집단이지만.

"참 대단하네!"

"이 균을 대량으로 배양한 후 거기에서 항생 물질을 추출하고 정제하는 거야."

팔마의 말을 로테가 이어받았다.

"그러면 곤란한 사람들을 위해 많은 약을 만들 수 있게 되는 거네요!"

기뻐졌는지 팔짝팔짝 뛰면서 웃는 로테에게 팔마도 뿌듯함을 느꼈다.

'그래. 이제부터 많은 약을 만드는 거야. 내 치트가 아니라 이 세계 사람들의 힘으로.'

이것이 제약 기술을 이 세계에 뿌리내리게 하기 위한 첫 발판이 될 거라고 팔마는 생각했다.

◆

"신규 채용 공장 노동자 200명 중 199명을 예정대로 소집했습니다."

다음 날 아담이 신규 채용 공장 노동자의 명단을 보였다. 한 명은 몸이 안 좋아서 결석했다.

노동자 구성은 80퍼센트가 남성, 20퍼센트가 여성이다. 직종별로는 사무직, 기술직, 제조직, 즉 일반 공장 노동자들이다. 생산 관리직은 의약 지식이 없으면 안 되기에 제도에서 채용한 후 교육한 1급 약사를 쓰거나 제국 약학교에서 파견하기로 되어 있다.

"고마워요. 용케 모았네요."

"이렇게 대량으로 고용하는 고용주는 팔마 군 정도밖에 없어. 보통은 이렇게 고용하지 않는다고."

엘렌이 팔마가 벌이는 사업의 스케일과 그것을 가능케 하는 재력에 감탄했다.

"읽고 쓸 수 있고 계산이 가능한 건강한 사람이 조건이었기에 희망대로 모집했습니다. 다들 우수한 노동자들입니다. 와인 공장에서 노하우를 익힌 기술자도 있지요."

아담이 명단을 보여주면서 설명했다. 마세일령에서 모집했는데 임금이 좋아서 응모가 쇄도했기에 아담이 적성 시험을 거친 후 엄격히 선발한 우수한 인재들이라고 한다.

"와인 공장과 제약 공장에서 쓰는 기술에는 공통점이 많으니 그건 좋네요."

신규 채용자들이 모인 새로 지은 강당으로 아담은 팔마 일행을 안내했다. 강당은 초등학교 체육관 정도의 면적으로 강습회, 조례, 종례, 회의 등을 할 수 있는 자리로 쓰인다. 강당 안에서는 많은 사람들이 나누는 잡담 소리가 들려왔다.

"창업자께서 오셨습니다. 다들 정숙하시길."

그런 주의와 함께 아담이 문을 열자 강당은 조용해졌다.

강당 앞쪽에는 무대가 설치되어 있기에 아담은 팔마와 엘렌을 그곳으로 안내한 후 간단한 소개를 했다. 로테와 세드릭은 약사가 아니기에 단상에 오르지 않고 강당 뒤쪽에서 그들을 지켜보고 있었다.

"여기 계신 분은 이세계 약국 점주이자 궁정 약사, 그리고 본 공장의 창업주이시기도 한 팔마 드 메디시스 선생입니다. 그리고 동약국의 1급 약사인 엘레오노르 본푸아 선생."

아담의 소개에 엘렌도 팔마에게서 조금 떨어진 곳에서 인사를 했다.

"여러분, 부디 잘 부탁드립니다."

'음? 뭐지? 이 분위기는.'

내려다보는 듯한 시선과 분위기에 팔마는 진력이 났다. 그들은 나름대로 교육을 받고 아담의 시험을 통과한 우수한 인재이고 단순 작업 노동자가 아니다. 나름대로 자존심도 강할 것이다.

뭐야, 창업자가 어린애잖아. 괜찮은 거야? 라는 말소리가 팔마의 귀에 들어왔다. 아담이 그 무례한 자를 노려보았지만 누가 한 말인 지는 분명치 않았다.

'뭐 어린애니까 어쩔 수 없다고 할 수밖에 없겠지.'

지극히 타당한 야유라고 생각한 팔마는 무슨 말을 듣든 전혀 신경 쓰지 않았다. 외견이 어린아이이니 얕보는 게 당연하다 생각했다. 오히려 첫인상만으로 야유할 만큼 단순한 사람은 사전 정보가 없다는 말이기에 다루기 쉽다는 인상을 받는다.

"정말 무례하군요. 팔마 님, 신경 쓰지 마십시오."

아담은 어린애라고는 해도 주인을 업신여긴 것에 열을 받았는지 크게 헛기침을 했다.

"그리고 팔마 선생은 내년에 제국 약학교 교수 취임이 결정되어 있습니다."

아담은 웃는 얼굴로 어른스럽지 않게 자랑하듯 말했다. 아담은 아무래도 참을성이 별로 없는 것 같다. 노동자들은 그 말을 듣자 다 시 조용해졌고, 팔마의 자질을 의심하던 사람도 입을 다물었다.

대학 교수라고 하면 지식 계급 중에서도 최상급의 명예직이기에 아무리 존작의 아들이고 뒷돈을 잔뜩 준다고 해도 업적과 능력이 없으면 취임할 수 있을 리 없다는 것은 주지의 사실이다. 눈앞의 소 년이 돈만 많은 바보가 아니라 약학교도 인정하는 진짜 천재라는 분위기로 바뀌었다. 그 광경을 본 팔마는 어느 세계 사람이든 다 직함에 약하구나 싶어 내심 감탄했다.

"소개받은 대로 이세계 약국 점주이자 경영자인 팔마입니다. 보시는 것처럼 어린애이기에 이것저것 무지한 면이 있을지도 모르겠습니다만…."

다소 어색함을 느끼면서 팔마가 인사를 하고 있자니 "약신님!"이라는 놀라움을 머금은 목소리가 어디선가 돌연 터졌다.

"우왓?!"

팔마는 무심코 비명을 질렀다. 조심조심 시선을 돌려보니 에스타크 마을 사람들이 채용되어 있었다. 누구 한 사람이 눈치채고 떠들자 전원이 눈치챈 모양이다.

그대로 그들은 단상까지 몰려들어 팔마를 에워싸고 헹가래라도 칠 듯한 기세였다.

"여러분은 에스타크 마을에서 오신 겁니까?! 꽤 멀지 않나요?"

팔마의 어색함은 더욱 커졌다.

"약신님께서 흑사병을 치유해주신 그날 이후로 약의 중요성을 알게 되었기에 제약을 통해 사회에 공헌하고 싶을 따름입니다."

대답한 마을 사람 한 명이 콧바람을 뿜었다. 마을에 흑사병이 퍼진 것이 공중위생에 대한 의식 개혁으로 이어진 모양이다.

하지만 에스타크 마을은 어촌이기에 너무 많은 사람이 오면 주력산업인 어업이 쇠락하지는 않을까 걱정이 되었다.

"이야, 설마 이렇게 다시 약신님을 만나게 될 줄이야! 악수해주십시오."

"야, 인마, 악수라니 황송하게! 더러운 손으로 만지지 마. 손을 씻고 몸을 청결히 한 후에야."

"흑사병 약도 이 공장에서 만드실 예정이신지?"

그들이 단상에 몰려들어 이러쿵저러쿵 큰 소리로 팔마의 공적을 떠들기 시작했기에 마세일 항구 주변에 살던 사람들도 무슨 일인가 싶어 웅성거리기 시작했다.

"자, 자, 그만들 하시고 일단 인사를 계속하게 해주세요. 사적인 이야기는 나중에 개별적으로."

에스타크 마을 사람들의 기세에 밀려 갈팡질팡하는 팔마를 엘렌이 뜨뜻미지근한 눈으로 "팔마도 참 큰일이구나"라며 남의 일처럼 비리보았다. 세느릭은 온화하게 미소 짓고 있고, 로테는 여전히 의미를 모르겠다는 표정으로 대화도 부분적으로밖에 들리지 않았는지 고개를 갸웃했다.

"부디 에스타크 마을에 놀러 오십시오. 서둘러 황금 신상을 만들었습니다. 맘에 드셨으면 좋겠습니다만."

만면에 미소를 띠고 마을 관광을 권하는 그들에게 팔마는 '저기, 이미 봤습니다'라고는 말할 수 없었다.

"이봐~, 거기 에스타크 마을 녀석들. 약신이라는 게 뭐야? 창업자님의 별명 같은 건가?"

사정을 모르는 이 지역 노동자가 팔마로선 건드리고 싶지 않은 이야기를 군이 꺼냈다.

"음? 설마 모르는 거야? 잘 들어봐, 실은 말이지!"

그리하여 그들, 에스타크 마을 사람들에 의해 팔마의 정체가 적나라하게 폭로되고 말았다. 사람 말은 막을 수 없다는 걸 깨닫고 팔마는 머리가 아파 왔다.

"그렇게 해서 흑사병으로부터 구원을 받은 겁니다."

"신화 같은 이야기로군. 꿈이라도 꾼 것 아냐?"

"제정신인가? 에스타크 마을 녀석들."

내용이 내용이기에 꾸며낸 이야기가 아닌가 싶어 다른 노동자들은 약간 질린 기색이다. 그런 그들의 시선에는 개의치 않고 에스타크 사람들은 무언가 작은 물건을 팔마에게 보였다.

"이거 좀 봐주세요! 괜찮죠?"

황금 신상을 미니어처 캐릭터로 만든 것을 전원이 소중하게 간직하고 있었다. 하나 가지세요. 마을 사람이 그 피겨를 팔마에게 건넸다.

"약신님 피겨입니다. 이게 마을에서 엄청 팔렸죠!"

마을 사람들은 부적 삼아 약신 피겨를 만들어 가방에 달거나 목에 걸고 있었다. 팔마는 턱이 빠질 것 같았다. 아무리 봐도 대량 생산을 시작한 모양이었다.

"부탁이니까 그만두세요. 이런 건!"

에스타크 마을은 약신 전설로 마을 부흥을 시작한 모양이다. 멋대로 캐릭터를 사용하지 않도록 상표 등록을 해두어야 했다며 팔마는 아픈 머리를 눌렀다.

"정숙히! 번호 순서로 정렬!"

수습이 되지 않는 상황이 되었기에 아담이 그들을 원래대로 정렬시키고 다시 소개를 시작했다.

"이런저런 소문이 있는 듯하지만 그것들은 사실 무근이고 저는 단순한 경영자입니다. 오해가 없도록 부탁드립니다."

귀찮아지기에 처음 정도는 열심히 부정해두자고 팔마는 생각했다.

흐지부지한 상태로 놔두면 이야기가 퍼진다. 하지만 부정해도 에스타크 마을 사람들은 납득하지 않았다.

팔마는 마음을 다잡고 인사와 기업 이념 등 긴 훈시를 이어갔다.

그의 인사는 약학에 대한 열의 때문인지 꼼꼼한 걸 넘어 성가실 정도였기에 하고 싶은 말을 일절 생략하지 않으면 엄청 길었다. 여름철 옥외에서 하는 인사였다면 한둘 정도는 쓰러지는 노동자가 나왔을 것이다. 초등학교 교장에 적합하지 않은 인재 랭킹이 있다면 상당히 상위에 위치할 게 분명하다. 그런 말을 전생에 학생들이 속다거렸을 정도였다.

"그런 이유로 이세계 약군은 창업을 통해 많은 사람들의 인명을 지킬 겁니다."

이야기가 길어져서인지 엘렌도 눈을 비비고 있었다. 그것을 본 팔마는 하품과 졸음을 시작한 노동자들에게 말했다.

"건강하십니까!"

큰소리로 외친다. 예~! 라는 기세 좋은 대답이 노동자들로부터 되돌아왔다.

"그럼 다시 한번 묻겠습니다. 자신이 건강하다고 생각하는 분은 손을 들어주십시오."

예~! 라며 전원이 다시 기세 좋게 손을 들었다.

"알겠습니다!"

팔마는 199명의 노동자 전원을 진안을 발동시키면서 둘러보았다. 노동자는 모두 직원 번호와 이름이 쓰인 명찰을 달고 있다. 팔마는 그들은 돌아본 후 단상에 있는 게시판에 붙어 있는 커다란 종이에 노도 같은 기세로 번호를 적기 시작했다. 노동자들은 무슨 일인가 싶어 웅성대기 시작했다.

"무슨 번호지?"

"성적 우수자일지도."

"감독자 후보려나? 승급도 가능한가?"

노동자들은 제각각 낙관적인 망상을 펼쳤다. 팔마는 번호를 다 적고 나서 게시판에 등을 돌렸다.

"자, 그럼 여기에 번호가 적힌 사람은 앞으로 나와주십시오."

노동자들은 사원 번호와 종이에 적힌 번호를 번갈아 보고 일희일 비했다. 번호가 적힌 사람은 앞으로 나왔다.

"지금 앞에 나온 사람들이 정말로 건강한 사람들입니다."

"뭣?! 그게 무슨 소리지? 그 이외에는 아니라는 말인가?"

그들은 술렁댔다. 앞에 나온 사람은 불과 30퍼센트 정도였다. 팔 마의 말이 맞는다면 대다수는 건강하지 않다는 말이 된다. 앞에 나 오지 못한 노동자들은 갑작스러운 전개에 겁을 먹기 시작했다.

"그럴 리가! 저는 건강합니다! 어디도 아픈 곳이 없다고요!"

기세 좋게 항의한 남자를 냉정하게 응시했다.

"당신은 간염이로군요. 간에 염증이 있습니다. 그리 중증은 아닙 니다만."

간은 침묵의 장기, 병의 진행을 깨닫기 힘들다. 선고에 충격을 받 은 것처럼 보인 남자는,

"간이 뭐죠?"

처음 듣는다는 듯 물었다. 제약 공장인 이상, 기본적인 교양을 가 르쳐야 할 것 같군, 팔마는 향후 과제를 깨달았다. 남자에게 간염이 라는 것이 무엇인지를 정중하게 설명했다.

"네? 그거 큰일이잖아요!"

"적절한 치료를 하면 개선됩니다. 이처럼 설령 스스로는 건강하다고 생각하고 있어도 병은 모르는 사이에 숨어드는 법입니다. 언제나 자신의 몸 상태를 파악하고 건강해지려는 노력을 매일 게을리하지 마시길. 그러고 나서 자신을 가지고 환자를 구할 약을 함께 만들도록 합시다."

팔마는 그런 말로 마무리했다. 직원들 사이에 적당한 긴장감이 흘러넘친다. 조업이 시작될 때까지 전원이 어느 정도 건강해지는 것이 그들의 첫 번째 임무였다.

"그건 둘째치고."

진단을 받은 일부 직원들에게 낙담 분위기가 감돌고 있을 때 팔마는 그들이 기분 전환할 수 있도록 화제를 바꾸었다. 모두 강당 밖으로 나가라고 하자 그들은 직원 번호 순서대로 나갔다.

"날씨가 좋군요. 몸에서 힘을 푸십시오."

팔마는 그렇게 말한 후 마차로 돌아가서 아담의 도움을 받아 짐을 들고 돌아왔다.

"팔마 군, 그게 뭐야?"

엘렌이 무언가를 상자에서 꺼내 조립하기 시작한 팔마에게 물었다.

"이건 사진기라고 해. 사진이라는 것은 풍경이나 대상을 종이에 찍어낸 것을 말하는데."

팔마는 엘렌과 로테, 세드릭에게 작은 종이를 보였다. 시험 삼아 찍은 인물 사진이다. 흑백 사진이었다.

"아, 멜로디 님의 초상화네. 언제 봐도 청초하고 아름다워."

"이거 그림인가요? 진짜 같아요."

흑백이라고는 해도 진짜와 다름없는 완성도와 붓 자국이 없는 것에 놀라 로테가 물었다.

"이건 그림이 아니라 사진이라고 해. 너희들이 모델이야."

팔마는 사진의 원리를 짧게 설명했다. 그가 선택한 것은 핀홀 카메라. 완전히 빛이 차단된 상자에 바늘로 구멍을 뚫고 안을 까맣게 칠한 상자 안에 유리로 된 사진 건판을 세팅한다. 사진 건판에는 유리에 브롬화칼륨과 초산은 등이 함유된 감광 재료를 젤라틴과 섞어서 발라둔다. 이 유리 건판 가공은 멜로디에게 의뢰했다.

"나참, 그런 걸 만들었다면 어째서 우리들도 찍어주지 않은 거야?"

엘렌이 농담조로 팔마에게 물었다. 로테는 "팔마 님은 분명 놀라게 만들고 싶으셨던 거예요!"라고 변호했다.

"아니, 저기, 성공할지 어떨지 알 수 없기도 했고 최근 흐린 날이 많았잖아. 오늘은 날씨가 좋으니까 깔끔하게 사진을 찍을 수 있지 않을까 싶었어."

변명 같지만 솔직한 이유였다. 노광량이 부족하면 사진이 새카매진다. 최근 흐린 날이 많았기에 시험해볼 수 없었다.

"아무튼 사진을 찍자. 여기가 좋겠어."

공장 정면에서 전경이 보이는 장소를 팔마는 선택했다.

장소가 결정되자 여러 곳의 거리를 잰 후 삼각대에 나무 상자를 장착한다. 팔마는 199명의 공장 노동자들을 약 40명씩 다섯 그룹으로 나누었다. 무엇을 하는 건지 노동자들이 의아하게 생각하고 있자니 제1그룹부터 열 명씩 네 줄로 서게 되었다.

"맨 앞줄은 자리에 앉으세요. 두 번째와 세 번째 줄은 조금 자세를 낮춘 상태로 있으시고, 맨 뒷줄은 그대로 선 채로."

팔마는 나무 상자 주위에 서서 전체를 조망하며 그들에게 지시를 내리면서 일조량에서 노광 시간을 계산했다. 핀홀은 노광량이 적지만 사진 건판은 감광이 좋기에 노광 시간은 몇 초면 된다.

"지금부터 각 그룹의 단체 사진을 찍겠습니다. 이 상자를 보면서 웃는 얼굴을 유지한 채 지정된 몇 초간 움직이지 마시길."

움직이지 말라고 하자 노동자들의 얼굴은 경직되었다.

노광과 촬영은 아담에게 맡기고서 팔마, 엘레, 로테, 세드릭은 화면 중앙에 섰다.

"다들 웃는 얼굴을 잊지 마세요."

다소 부자연스러운 느낌이었지만 그래도 사진은 찍혔다. 목을 움직이고 말아서 머리 쪽이 잘 안 찍힌 그룹이 나왔기에 그 경우에는 다시 찍기도 했다. 사진 건판을 많이 준비하지 못했기에 두 장씩. 내심 어떤 것이 찍힐지 팔마는 조마조마했다. 아무튼 모든 그룹을 무사히 다 촬영했다.

"고맙습니다. 그럼 이걸로 해산입니다. 아, 마지막으로 이걸."

팔마는 등사기로 복사한 '이세계 약국판 건강 지침'(로테의 일러스트 포함)을 아담에게 배포하게 했다. 로테도 애교 있게 인사하면서 배포를 거들었다.

"그 자료를 잘 읽어두세요."

병이 있는 것으로 진단받은 사람들은 나중에 다시 진찰과 치료를 할 것이기에 아담의 호출과 지시를 기다리라고 이른 뒤 해산했다.

노동자들은 아담으로부터 건강 지침을 받은 후 삼삼오오 집으로 돌아갔다. 에스타크 마을 사람들에게 둘러싸인 채 사진기를 치우는 팔마를 로테와 세드릭이 거든다.

"아까 찍은 사진이라는 거 보여줘! 어떤 식으로 찍혔으려나?"

엘렌은 팔마에게 물었다. 아무래도 찍은 후 바로 확인할 수 있을 거라 생각하는 모양이다.

"와, 기대되네요!"

로테도 엘렌과 마찬가지로 설렌다는 얼굴이다. 나무 상자 앞에서 새침한 포즈를 취한 채 사진을 찍었기에 어떻게 찍혔는지 다들 궁금한 모양이었다.

"아직 볼 수 없어. 현상이라는 작업을 거쳐야 하거든."

팔마가 앞으로의 작업 과정을 순서대로 설명하자 엘렌은 입을 삐죽거렸다.

"팔마 군, 그 현상이라는 작업에다 노동자들의 진찰까지 해야 되니 일이 또 늘어나지 않았어? 괜찮은 거야? 내가 할 수 있는 일이 있으면 도울게. 조제라든지."

엘렌은 왜 항상 이렇게 되어버리는 거냐며 탄식했다.

"채용 시의 노동자 건강관리는 필요한 일이야. 공장 노동자가 감염증에 걸려 있으면 공장 제품에까지 악영향이 생기니 말야. 그리고 직원의 사진을 찍어두지 않으면 수상한 사람이 들어왔을 때 누가 우리 노동자인지 알 수 없다고."

직원 건강 진단과 직원 ID 카드, 이것은 팔마에게는 반드시 필요한 것이라고 생각했다.

"어머, 너도 의외로 조심성이 많았네. 그런 건 신분증을 발행하면 되잖아."

"응. 다른 사람은 쓸 수 없도록 사진이 붙은 걸로 말야."

팔마는 단체 사진을 여러 장 현상해 한 장씩 오려서 사진이 붙은 신분증을 발행할 생각이었다. 공장에서는 독극물과 가연물을 다수 사용하기에 수상한 사람의 침입을 허락할 수 없다. 보안은 철저히 해두고 싶었다.

팔마 일행이 그런 이야기를 나누고 있자니,

"오랜만입니다. 약신님. 저도 이곳에서 일하게 되었습니다!"

어딘가에서 들은 적 있는 부드러운 여성의 목소리가 팔마의 귀에 들어왔다.

"어라… 그 목소리는."

돌아보니 낯이 익은 젊은 여성이 싱글벙글 미소 짓고 있었다. 불속성 여신관 키아라다. 흑사병 발생 시에 에스타크 마을을 나와 제국 수도로 향하고 있을 때 말에 태워주고 식량을 나눠준 신관이었다는 사실을 팔마는 떠올렸다. 아까 진안으로 전원을 진찰했지만 얼굴까지는 잘 보지 않았었다. 엘렌과 로테는 누군가 싶어 서로의 얼굴을 보며 고개를 갸웃했다.

"키아라 씨죠? 그때에는 신세를 졌습니다."

"아, 아뇨. 천만에요. 저야말로 이름을 기억해주셔서 황송할 따름입니다."

팔마가 고개를 숙이자 키아라는 방아깨비처럼 굽실굽실 고개를 숙였다.

"이런 곳에서 만날 줄이야. 어떻게 된 거죠?"

팔마는 재회를 기쁘게 생각함과 동시에 그녀가 신관직에서 잘린 건 아닌가 싶어 걱정했다. 그녀는 신관복이 아니라 공장 노동자 제

복을 입고 있었다.

"저도 에스타크 마을 사람들과 마찬가지로 제약 공장에서 수행을 하고 싶어서 노동자에 응모했습니다. 아, 어디까지나 수행이니까 급료는 필요 없고요, 무료로 봉사하도록 하겠습니다."

키아라는 의료 신관으로 원래부터 시료원에서 자선 봉사를 했다고 설명했다.

의료 신관이라고 해도 치유 능력이라는 특수 기능이 있는 것은 아니기에 간호직이라고 해도 좋았다. 신전의 허가를 받은 수행이기에 해고가 된 것은 아니라고 한다.

"그렇군요. 수행이라. 그래도 급료는 지불하겠지만요. 그러고 보니 키아라 씨는 불 속성 신관이죠?"

"그렇습니다."

키아라는 긴장한 표정으로 긍정했다.

"당신 말고도 의료 신관이 계신가요?"

키아라의 말에 따르면 모든 속성의 의료 신관이 수행차 와 있다고 했다.

"그거 잘됐군요. 도와주셨으면 하는 일이 있는데요."

팔마는 아이디어를 떠올렸다. 신술사가 있으면 제조 공정이 상당히 효율화되고 비용도 절감할 수 있을 것 같다.

불의 신술사는 원약 가열과 멸균 처리를 할 수 있을 테고 바람의 신술사는 약 건조를 담당할 수 있다. 물의 신술사는 파이프를 통해 물을 냉각하거나 얼음의 신술로 제품을 저온 보관할 수 있을 것이다. 팔마는 지금까지 제약 공정에 신술을 쓸 생각을 해본 적이 없었지만 이로써 전기가 없는 전근대적인 공장의 결점을 보완할 수 있게 되었다.

"예. 부디 돕게 해주십시오. 다른 신관에게도 그렇게 전하죠!"

키아라는 팔마의 기대를 기쁘게 생각했는지 들뜬 목소리로 말했다.

"잘 부탁드립니다. 교대제로 할 수 있게 신술사 고용을 늘리도록 하죠."

며칠 뒤 이세계 약국 마세일 공장 현관에는 직원 전원이 찍힌 흑백 단체 사진이 액자와 함께 게시되었고, 공장 노동자들은 자신의 사진이 들어간 신분증을 수령하자 가족들에게 자랑하겠다며 돌아갔다.

키아라는 팔마의 신임을 얻어 공장장으로 취임했기에 향후 팔마는 키아라와 연계하게 되었다. 팔마가 키아라와 그런 계획을 세우고 있자니,

"사진이란 거 참 재밌네요, 엘레오노르 님! 저도 모르게 다른 포즈로 몇 장씩 찍고 말아요!"

"현상해볼 때까지 알 수 없다는 게 오히려 더 설레는 것 같아. 팔마 군도 좀 더 찍을 것이지. 모처럼 미소년으로 태어났으니 그렇게 쑥스러워하지 않아도 될 텐데."

"난 사진 찍는 게 좀 별로라서."

엘렌과 로테는 카메라가 몹시 맘에 들었는지 포즈와 장소를 바꿔가며 대량의 사진을 서로 찍었다. 세드릭은 상당량의 사진 촬영에 동원되어서 그런지 찍는 기술이 늘었다. 하지만 찍는 건 좋지만 현상에는 시간이 걸린다. 팔마의 일을 더 늘릴 수는 없다고 생각했는

지 그들은 현상 기술을 배워서 직접 인화를 시작했다.

"세계 최초의 사진집이 만들어지는 거 아냐?"

등사기를 이용해서 사진 잡지로 만들어 팔면 살 사람도 있지 않을까? 두 사람의 사진이 계속 쌓여가자 그런 농담을 섞어서 팔마가 제안했다.

"그래. 좋을 것 같아."

어느 시대든 여자는 자신을 찍은 사진을 좋아하는군, 팔마는 감탄했다.

"하지만 그전에 폐하의 사진집이 먼저 아닐까?"

엘렌의 말에 팔마는 창백해졌다.

"폐, 폐하를 잊었을 리가. 에이 참."

마세일에서 돌아가면 잊지 않고 카메라를 여제에게 헌상해야겠다고 결심하는 팔마였다.

◆

팔마 일행은 뒤늦게 마세일령을 찾은 드 메디시스 가문의 가족과 영주관에서 합류했다. 그리고 잔치를 즐기고 잘 준비를 하려고 했을 때 영주관 문을 두드리는 사람이 있었다. 에스타크 마을 사람 몇 명이 팔마를 찾아온 것이었다. 기사들이 수상한 사람으로 의심해서 쫓아낼 뻔했지만 팔마가 발견해서 제지할 수 있었다.

"에스타크 마을 사람들이죠? 무슨 일인가요?"

말이 끄는 짐수레에 응급 환자를 싣고 왔다. 상당히 난폭한 수송법이지만 어촌에는 마땅한 수송 수단이 없기에 어쩔 수 없다. 마을 사람들은 팔마의 얼굴을 보자 안도한 표정으로 말했다.

"밤늦게 죄송합니다. 사람이 쓰러졌는데 봐주실 수 있겠습니까?"

"어째서 쓰러졌는지 아시나요?"

팔마는 흰 가운으로 갈아입을 틈도 없이 잠옷 차림으로 진찰에 들어갔다. 그러자 마을 사람 한 명이 "이게 원인입니다"라면서 무언가 작은 조각을 보였다.

램프 불빛이 있긴 하지만 어두워서 형태가 잘 보이지 않는다.

"아무튼 저택 안으로 들어오십시오. 이야기는 안에서 듣겠습니다."

브루노는 환자가 평민인 걸 알자 팔마에게 맡기고 안으로 들어가 버렸다. 브루노는 여전히 궁정 약사로서의 긍지가 있는지 평민은 진찰하지 않는다. 팔마도 그 사실을 잘 알고 있기에 진찰을 도와달라고 하지 않았다.

"이겁니다."

"뭐죠? 이건. 버섯인가요?"

"노란다발버섯을 개암버섯으로 착각한 모양입니다. 개암버섯이 자라는 시기는 이미 지났는데."

그것은 지구에서 보는 노란다발버섯과 똑같은 형상이었다. 밤색을 띤 색깔에 통통해서 언뜻 보면 맛있어 보였다. 노란다발버섯은 날로 먹으면 쓴맛이 나서 독버섯인 걸 알 수 있지만 가열하면 쓴맛이 사라져서 문제없이 먹을 수 있다. 그래서 눈치채지 못하고 먹어 버린 것이리라.

"저기, 노란다발버섯이든 개암버섯이든 다 독이 있으니 안 먹는 편이 좋아요."

팔마는 향후를 생각해서 충고했다.

"네?! 개암버섯은 맛있는데요?! 먹어도 지금까지 별 탈 없었고……."

"맛있는 버섯이라는 건 대개 그렇습니다. 희생자가 나오지 않았다고 해도 독성이 있는 게 있다고요."

"가을의 즐거움이 하나 줄어들었군요."

일부 마을 사람은 힘없이 어깨를 떨구었지만 환자의 진찰과 조치가 먼저다. 팔마는 맥박과 혈압을 확인하고 숨소리를 청진했다. 우려했던 증상인 서맥(주2)과 천명(주3)이 없었기에 진안을 써본다. 빛은 파란색. 죽음에 이를 정도의 증상은 아닌 듯하지만 처치를 해야 한다는 조건이 붙는다.

"'알칼로이드'."

"'퍼시큐롤'."

진안의 빛에 반응해서 빛은 파르스름함을 잃어갔다.

"이 사람은 얼마나 먹었지요?"

"다른 버섯과 함께 몇 개 구워 먹었습니다. 먹은 것은 남편뿐이에요."

환자의 아내로 보이는 여성이 상황을 설명했다. 먹고 나서 얼마후 구토를 하고 쓰러졌고, 안색이 창백해져서 심한 설사를 했다고 한다.

"몇 개라. 꽤 많이 먹었군요…."

"예. 남편은 개암버섯을 좋아해서."

'난처하네…. 이 노란다발버섯의 독성분은 아직 알려진 바가 없지 않나? 내가 모르는 유독 성분이 있으면 소거 능력을 쓰더라도

주2) 서맥: 徐脈. 맥박이 느리게 뛰는 증상.
주3) 천명: 喘鳴. 호흡을 할 때 '휴휴'나 '쌕쌕' 소리가 나는 증상.

남고 마는데.'

유독 성분은 일부밖에 판명되지 않았지만 그래도 팔마는 기존 성분을 제거해보았다.

"'퍼시큐롤, 퍼시큐린산을 소거.'"

이것으로 어느 정도 중독은 경감될 것이다. 허나 아직 유독성 화합물이 체내를 순환하고 있기에 방심할 수 없다.

"위세척은 이미 늦었으려나. 아트로핀으로 대항하려고 해도 아트로핀 중독이 있으니 어렵고, 이후에는 대증 요법이로군."

팔마는 분말 활성탄과 설사약을 먹게 한 후 전해질 보정을 위해 수액을 맞게 했다. 그것을 돕던 엘렌이 떠올린 듯 말했다.

"독성분을 드러내는 신술이라면 쓸 수 있어. 특제 포션으로 독 물질을 결정으로 만드는 거야."

"그런 일이 가능했어? 부탁할게, 엘렌."

그녀는 약초 분말 몇 개를 시험관에 섞고서 생성수를 부었다. 그리고 마을 사람에게서 받은 노란다발버섯을 나이프로 썰어서 넣고는 지팡이를 움켜잡고 강한 눈빛으로 집중한다.

"독소가 있으면 어서 모습을 보여라.'"

용액 위에 손을 내밀고 발동 영창을 하자 용액 안에 무언가 결정이 생겼다.

"나왔어. 검은 결정이 만들어졌지? 거기에 독성분이 있는 거야."

팔마는 엘렌의 도움으로 결정에서 무스카린류로 추정되는 몇몇 성분을 알아냈다. 화합물의 이름을 말하면 검은 결정이 사라지기에 정답을 알 수 있었다. 그것을 환자에게 적용해서 소거 능력으로 독을 제거했다. 환자의 용태가 비로소 진정되자 팔마는 엘렌에게 감사를 표했다.

"고마워, 엘렌. 독을 결정화해준 덕분에 알아내기 쉬웠어. 어떤 원리로 결정화된 건지 다음에 연구해봐야겠네. 착체(주4)라도 만들고 있는 건가?"

"그래? 가끔은 나도 도움이 되는 것 같아서 기뻐."

엘렌은 수줍어하며 머리카락을 쓸어 올렸다.

"가끔이 아니라 언제나 도움을 받고 있어."

환자가 완치될 것 같자 완전히 안심한 마을 사람들은 팔마에게 감사를 표한 후 치료비를 지불하고 팔마를 마을에 초대했다.

"정말 감사합니다. 괜찮으시면 마을에 오십시오. 마을 사람들도 기뻐할 겁니다. 해산물도 좋지만 겨울철 버섯도 많아요. 아, 참고로 저희들은 나무꾼이지만 버섯 채취도 부업으로 하고 있습니다."

다음 날 팔마는 환자를 돌려보내는 김에 에스타크 마을로 갔다. 무사히 환자를 수송한 후 에스타크 마을의 새로운 명물인 황금 신상에 대한 코멘트를 요청받자, 장인과 마을 사람들을 배려해서 "훌륭한 것 같습니다"라고 무난한 평을 남겼다. 점심 식사로 어촌 특유의 해산물 리조트와 테린 같은 것을 즐긴 후 로테와 엘렌, 그리고 블랑슈의 식후 운동을 겸해 나무꾼들의 접대를 받기로 했다.

"지금부터 겨울철 버섯을 채취하러 갈 텐데 동행하시겠습니까?"

"오라버니, 저도 버섯 채취에 가고 싶어요~."

블랑슈는 그저 먹기만 하는 게 아니라 버섯을 채집하는 것부터 해보고 싶은 모양이었다.

"그럼 함께 가도록 하죠."

주4) 착체: 錯體. 하나의 원자나 이온을 중심으로 그 주위에 다른 이온, 원자, 원자단이 입체적으로 배치되어 생긴 분자나 이온.

나무꾼 한 명이 대형견을 데리고 왔다. 데려가는 건가 싶어 팔마가 머리를 쓰다듬어주자 개는 헥헥 재롱을 부리며 달라붙었다.

"늑대 같은 것도 있으니 사냥개도 함께 갈 겁니다."

"잘 부탁할게, 멍멍아."

엘렌이 머리를 쓰다듬어주자 왕 하고 개가 흥분한 듯 짖었다.

팔마 일행은 나무꾼에게서 겨울철 버섯이 자라는 곳을 안내받으며 숲속을 걸었다. 적당한 운동량의 트레킹이었기에 식후 운동으로 딱 좋았다. 팔마는 도중에 지역 사람들은 잘 안 먹는다는 팽나무버섯이 군생하는 것을 발견해서 바구니에 넣었다. 로테와 블랑슈는 중간부터 개 산책 쪽에 더 집중하는 바람에 버섯 채취에는 별 관심이 없었다.

그리고 다른 장소에서….

"잠깐만요. 이거 혹시…."

팔마는 사냥개가 우연히 파헤친 땅 밑에서 놓칠 수 없는 것을 발견하고 말았다. 개가 정신없이 땅을 파고 있다. 그는 사냥개와 경쟁하듯 손을 뻗어 테니스 공 크기의 그것을 개한테서 빼앗았다. 개는 원망스러운 듯 팔마에게 달려들었다.

"역시!"

팔마는 개를 다독이며 그 물체의 냄새를 맡고 나서 펄쩍 뛰며 환성을 질렀다.

"흰 송로버섯이에요, 이거! 설마 여기서 볼 줄이야! 기적이라고요!"

팔마의 기뻐하는 모습이 심상치 않았는지 나무꾼 전원이 고개를 갸웃했다.

"팔마 군이 그렇게 기뻐하다니 별일도 다 있네. 진귀한 약의 원료 같은 거야?"

엘렌이 흘러내릴 뻔한 안경에 손을 가져가며 물었다.

"응? 이건 식재료인데? 이 마을 사람들은 안 먹는 건가요?"

나무꾼들은 시시하다는 듯 팔마가 들고 있는 것을 바라보다가 턱수염을 쓰다듬으며 대답했다.

"아…… 그거 말인가요? 툭하면 개가 캐내길래 먹어본 적이 있습니다만 별로 맛이 없었어요. 너무 담백하고. 그 뒤로는 냄새가 나서 먹을 생각이 안 들더군요. 발견해도 개에게 주고 있습니다."

"그, 그런 취급입니까? 그 고급 식재료인 송로버섯이….."

팔마는 천덕꾸러기 취급이나 받는 송로버섯에 컬처쇼크를 받았다.

"고급 식재료라고요? 팔 수 있는 버섯이 아닌데요. 유통되는 것을 본 적도 없고요."

흰 송로버섯이라면 세계 3대 진미이자 재배를 할 수 없는 까닭에 초고급 식재료로 알려져 있다. 지구에서는 전 세계에 송로버섯 애호가가 있고 제철이 되면 그 수확에 열광한다.

팔마는 흰 송로버섯의 실물을 보는 것도, 먹는 것도 처음이었다.

'…이 지역 사람들은 안 먹는 건가? 향기도 안 좋게 느껴지나? 아깝네. 취향 차이려나?'

그래서 팔마는 교섭에 들어갔다.

"이거 제가 가져도 될까요? 돈은 낼 테니까."

"약 재료로 쓰실 겁니까? 그렇게 맘에 드신다면 얼마든지 캐 가셔도 상관없습니다. 먹지 않는 버섯이니 돈도 필요 없어요. 하물며 팔마 님의 부탁이니 원하는 만큼 가져가시길."

'하지만 흰 송로버섯은 수확하면 무게가 줄어들어버리니 빨리 먹어야 돼.'

그렇게까지 급하게 먹지 않아도 되지만 수분이 증발해서 급격히 건조한다. 그런 이유로 일본에서 먹고 있는 송로버섯의 대부분은 향기가 날아가버린 상태였다. 팔마는 갓 캐낸 신선한 송로버섯을 맛보고 싶었다.

"그만 돌아가자, 로테, 엘렌."

"음? 벌써? 좀 더 버섯을 찾아보는 게 어때? 아직 시작한 참이잖아."

엘렌은 아직 찾는 버섯을 발견하지 못한 상태였다.

"아, 그렇군. 미안해."

팔마는 버섯 채취가 끝나자 서둘러 영주관으로 돌아갔다. 채집한 버섯은 모두 요리장에게 넘겼지만 팔마는 간식으로 송로버섯을 바로 먹고 싶었다. 엘렌은 송로버섯에 별 흥미가 없었기에 목욕을 하고 나서 침대로 직행했다.

엘렌을 떠나보낸 팔마는 요리장에게 간단한 오믈렛을 만들게 했다. 간식으로는 양이 좀 많은 느낌이 들지만 그런 말을 하고 있을 때가 아니다.

"이걸, 이렇게!"

요리장에게서 나이프를 빌린 후 얇게 썰어서 오믈렛 위에 올린다. 아끼지 않고 통 크게 듬뿍. 블랑슈가 곁에 와서 기분 나쁜 것을 보는 듯한 시선을 던진다.

"오라버니~, 그거 뭐야~? 먹을 수 있어~?"

"송로버섯이라는 거야. 블랑슈도 먹을래?"

"냄새가 나서 먹고 싶지 않아~."

팔마에게는 향긋한 냄새지만 블랑슈에게는 악취로 느껴지는 모양이다.

'아무도 송로버섯에 흥미가 없다면 사양 안 하고 독점할 수 있겠군. 만세.'

그때 로테가 코를 벌름거리며 방으로 들어왔다. 혹시나 해서 "좋은 타이밍에 왔네, 로테"라고 말을 걸자 로테는 팔마에게 다가왔다.

"왠지 제가 모르는 냄새가 나요!"

"로테도 먹어볼래? 블랑슈는 냄새가 나서 싫다고 했지만."

"네? 좋은 냄새가 나는데요?"

"뭐?! 로테, 정말 좋은 냄새라고 생각하는 거야?"

블랑슈는 로테의 후각이 믿기지 않는 듯한 표정을 지었다.

"먹어볼래? 로테 것도 만들게 할 테니까."

로테는 드 메디시스 가문의 하인 신분이기에 평소엔 주인인 팔마 등과 함께 식사를 하지 않지만 이것은 간식이기에 동석해도 상관없다.

"그래도 되나요?! 그럼 저도 먹어볼게요."

로테는 자리에 똑바로 앉아 신중하게 오믈렛과 송로버섯을 입으로 가져갔다.

"와, 맛있어요!"

로테만은 송로버섯에 감동했다.

"하지만 다들 싫어하는 모양이니 우리만 취향이 맞는 것 같네요.

팔마 님."

"그래. 우리들은 최고라고 생각하는데 말야."

팔마와 로테는 생각지 못했던 초고급 식재료를 맘껏 탐닉했다.

매년 마세일령에서 기대할 요소가 하나 더 늘었다.

 7화 약신의 고민과 약신 전설

마세일령에서 돌아온 팔마는 제국 수도와 마세일령을 약신장으로 왕복하며 제약 공장 직원들의 진찰과 투약에 정성을 들였다. 처방과 경과 관찰, 그리고 공장 내부의 플랜트 시공 상황을 확인하는 것도 바빴다.

그리고 잊지 않고 여제에게 카메라와 사진을 헌상했다.

"모습을 그림으로 남기는 기계라니!"

엘렌과 로테를 모델로 한 사진에 여제는 큰 흥미를 보였다. 맘에 들어 하는 눈치였다.

"사람이 그림 안에 갇혀 있군…. 혼을 빼앗기거나 하진 않는 거겠지? 이 그림은 대체 무엇이냐. 유령의 힘으로 이 사진인지 뭔지가 찍히는 건가?!"

'처음 사진을 본 사람의 전형적인 반응이네.'

팔마는 여제도 예외가 아니었나 하고 훈훈한 마음이 들었다.

"그렇게 말씀하실 것 같아서 여기에 그 원리를 적어두었습니다."

사전에 예상하고 있던 질문이었기에 팔마는 설명용 소책자를 여제에게 건넸다. 여제는 설명서를 흘려 읽은 후 "모르겠군"이라며 순순히 항복했다.

'폐하는 이공계에 관해선 완전 문외한이네. 문과계인가?'

시와 희곡을 쓰는 엘리자베트는 고전과 성전의 지식 등 문과계 방면의 교양은 훌륭했다. 승마와 신술 전투 등은 말할 나위도 없지만 이공계 방면은 약점인 듯하다.

"그럼 백문이 불여일견이니 실제로 사진을 찍어보기로 하죠."

팔마는 여제와 루이 왕자를 앉히고 사진을 찍으려 했다.

"아름답게 찍도록 해라. 실물보다 말이야!"

"폐하, 그건 불가능합니다. 사진이니까 있는 그대로를 찍습니다."

'리터치 소프트 같은 게 있으면 좋겠지만 없으니 미화를 할 수 없다고.'

"무, 무례한 녀석이군!"

"그, 그럴 리가요! 폐하께선 처음부터 충분히 아름다우십니다!"

궁정 초상화가 등은 여제를 더욱 미화해서 그리지만 사진이기에 그럴 수 없다. 그래도 흑백 사진인데 여제 같은 절세의 미녀도 사진발에 신경을 쓰다니 뜻밖이었다. 여제는 루이 왕자를 안아 무릎 위에 앉혔다.

"어마마마, 이 자세는 부끄럽습니다. 저는 선 채로 찍겠습니다."

왕자도 쑥스러운지 이것저것 복잡한 연령인 듯했다.

"아, 전하. 옷깃이 조금 흐트러졌습니다."

팔마가 지적하자 곧바로 시중을 드는 시종이 달려와서 왕자의 옷깃을 고쳤다.

"그럼 제가 신호할 때까지 움직이지 마십시오. 두 사람 모두 웃는 표정을 유지하세요."

단둘만의 가족사진이 사진 건판 안에 수록되었다. 아니나 다를까, 바로 보여달라고 하기에 팔마는 설명했다.

"현상 작업에 시간이 걸리기에 현상한 것은 내일 가져오겠습니다."

다음 날 현상한 사진을 여제에게 다시 헌상했다.

"누구냐, 이 절세의 미녀와 희대의 미소년은!"

"대체 누구일까요? 눈이 번쩍 뜨일 정도의 미모로군요."

팔마는 웃음을 곱씹으면서 장난에 끼어들었다. 루이 왕자는 나름 대로 반듯한 용모이긴 하지만 희대의 미소년이라는 말에는 동의하기 힘들다. 그래도 칭찬하지 않으면 안 되는 게 궁정 악사라는 직책이다.

"그랬었나! 눈치 못 챘구나. 와하하."

"폐하, '절세'의 미녀는 곤란합니다. 폐하의 치세는 오래오래 계속되어야 하니까요."

"말꼬리 잡지 마라, 팔마."

여제는 사진을 몹시 맘에 들어 해서 가족사진과 모델 사진 같은 것을 몇 장씩 신하들에게 찍게 했기에 사진집이 발매되는 것도 정말 시간문제일 수 있었다.

궁정 정문 옆의 안내소에는 어느 틈엔가 '오늘의 폐하'라는 여제의 공무 모습을 사진과 함께 소개한 코너가 생겨났다. 궁정 행사를 꼼꼼하게 소개함으로써 안 그래도 인기가 많은 여제의 평판이 시정에서 더 좋아졌다.

또한 여제가 감수한 루이 왕자의 포토북이 완성될 것 같다는 이야기도 들었다.

의외로 자식 사랑이 대단하고 사진 찍기를 좋아하는 사람이었군. 그런 느긋한 생각을 하던 팔마였지만 그녀는 그저 사진을 좋아하는 사람이 아니었다.

제국 수도의 광경을 사진으로 기록하기 시작한 것이다.

그러고 보니 사진이 발명된 직후 지구에서도 프랑스의 거리 풍경을 촬영하게 했다는 이야기가 있었다. 팔마는 역사를 돌이켜보았다.

로테의 이야기로는 사진 발명으로 인해 궁정 공방에서는 초상화가들이 일자리를 잃는 건 아닌가 싶어 전전긍긍하고 있다고 했다. 여제에게 뭐라고 말은 못 하지만 사진기를 궁정에 가져온 팔마에게 원한이 쏠리기 시작했다고 한다.

'저지르고 만 건가⋯. 화가에게 미안하네.'

팔마가 개인적인 목적을 위해 한 발명이라도 수시로 여제에게 보고하는 것이 의무이기에 제국의 중추에 영향을 주고 만다. 그래도 사진이 등장한 영향으로 지구사에서는 인상파와 포스트 인상파, 큐비즘 등이 생겨났기에 이쪽 세계의 화단에도 무언가 변화가 생겨날 것이라고 그는 긍정적으로 생각하고 싶었다.

사진에 의해 생긴 이해관계는 이득 쪽이 훨씬 클 터이다.

그렇다면 녹내장에 걸린 궁정 화가 달레의 초리얼리즘 기법과 로테의 아르누보 화풍이 더욱 재고되어 평가를 받게 될 테고, 독자성이 높고 사실적이지 않은 기법의 연구에 착수하는 초상화가도 생겨날지 모른다. 기술의 변천과 함께 예술도 변하는 법이다.

'컬러 사진의 재현은 얼마 동안 보류하자. 그랬다간 정말로 화가들이 일자리를 잃을 테니까.'

변화가 너무 급격하면 안 된다는 걸 새삼 마음에 새겼다.

◆

그런 바쁜 나날들 중에도 쉴 수 있는 날이 생겼기에 팔마는 그날 혼자 외출할 준비를 하고 있었다. 자, 이제 나가볼까 하려던 참에 로테에게 바로 들켰다.

"팔마 님, 안녕하세요? 이런 이른 시각에 어디로 가시는 거죠?"

"아니, 잠깐 일이 있어서. 별다른 일은 아니야. 금방 돌아올게."

로테는 일찍 일어나기에 몸단장을 다 끝내고 시녀복과 앞치마도 잘 차려입고 있었다.

업무량을 팔마가 줄여주었다고는 해도 그녀는 여전히 드 메디시스 가문의 시녀로서 팔마와 블랑슈를 돌보고 있었다.

로테는 팔마를 깨우고 갈아입을 옷을 가져다주는 담당이기에 아침 일찍 나가려고 해도 로테를 따돌리기는 어려웠다.

혼자서 옷 정도는 차려입을 수 있다고 생각하지만 그러지 못하는 게 상류 귀족이다.

로테가 부츠를 닦고 코트를 입혀주고 있을 때 팔마는 로테를 따돌릴 방법을 생각했다. 로테는 꼼꼼하게 외출 준비를 해주고 있다. 다른 하인들보다 로테는 더 정중했다.

"오라버니, 블랑슈도 데려가줘요~."

잠옷 차림으로 나온 블랑슈는 자고 일어나 머리가 헝클어진 상태로 인형을 안고 있다. 졸린지 고개를 떨구고 있고 눈도 풀려 있다.

"저기, 오라버니, 어디로 가는 거예요?"

블랑슈는 팔마가 행선지를 말하지 않기에 알고 싶어했다.

"잠깐 산책! 점심 전에는 돌아올게."

"싫어요! 블랑슈도 꼭 따라갈 거라고. 안 데려가주면 오라버니는 저주를 받을 거야~!"

"하하하, 그런 걸로 저주하지 말아줘."

"조심해서 다녀오세요! 과자 선물은 안 사 오셔도 되니까 느긋하게 다녀오시길! 자, 블랑슈 님. 저기서 그림책을 읽도록 해요."

로테는 현관까지 나와서 배웅한 후 블랑슈를 맡아주었다.

'완전히 대가로 과자를 기대하는 거잖아….'

팔마는 겨우 로테와 블랑슈를 따돌리고 이른 아침의 제국 수도로 애마를 달리게 했다. 목적지는 산 플루브 제도의 수호신전이다.

팔마가 신전으로 간 것에는 이유가 있었다. 오늘은 누구의 방해도 받지 않고 평소의 고민을 전문가에게 상담하기로 결심했던 것이다.

그의 고민은 최근 여러 방면에서 약신이라 불리는 경우가 많아졌는데 어떻게 해야 좋을까 하는 것이었다.

팔마는 환생했을 때 많은 특수 능력을 가지고 있었지만 그 자신은 약신 같은 게 아니라고 생각했다. 하지만 섣부른 행동을 많이 해서 그런지 최근에는 거의 전방위에서 약신 취급을 받고 있기에 그에 따른 고충도 늘어났다. 그를 인간으로 취급해주는 것은 로테와 블랑슈, 어머니인 베이트리스 정도라 그녀들을 대할 때만은 거리낌이 없었다.

팔마는 슬슬 자신이 약신이 아니라는 것을 부정할 수 있는 확증이 필요했고, 만약 진짜 약신으로 판명되어버린다면 마음가짐과 행동거지를 생각해야 했다.

어중간한 상태로 시간만 보내고 있는 현 상황이 가장 좋지 않다고 생각했다.

산 플루브 제도 교구의 수호신전은 제도 중앙부의 궁전과 가까운 곳에 있었다.

"안녕하세요? 팔마입니다. 들어갈게요."

"오오! 팔마 님 아니십니까? 잘 오셨습니다. 오늘은 아무런 준비도 못 해서 죄송하군요."

신관장 살로몬은 오전 의식을 앞두고 제단과 도구를 순비하던 참이었지만 모든 걸 내팽개치고 허둥지둥 팔마를 마중했다.

팔마의 내방에 신관들은 안절부절못하면서도 기쁜 듯했다. 그 과도한 숭배도 팔마에게는 조금 부담스러운 고민거리였다. 약간 진력을 내면서 팔마는 용건을 전했다.

"오늘은 살로몬 씨에게 묻고 싶은 게 있어서요."

"자, 들어오십시오. 어서, 어서."

팔마가 신전에 발을 들이자 변함없이 신전 바닥이 파르스름하게 빛났다.

최대한 발뒤꿈치를 들고 걸어도 별로 변함이 없었다.

'우와, 역시 있기 거북하네, 신전은….'

일반 참배자는 들어오지 못하는 방으로 안내한 후 살로몬은 손수 차와 과자를 가져왔다. 아끼는 찻잎을 써서 탄 거라고 했다.

"아, 맞다. 참배자에게서 받은 그 과자도 가져오도록 하죠."

"저기, 너무 개의치 마시길."

잠자코 있으면 '공물'이 점점 늘어나는 게 아닐까 해서 팔마는 말했다.

"그래서 오늘은 무슨 용건이신지?"

"오늘은 작정하고 약신의 전설에 대해 들으러 왔습니다. 살로몬 씨는 잘 아실 것 같아서."

"그것을 본인이 모른다는 것도 묘한 이야기입니다만 무엇을 알려드리면 될까요?"

살로몬은 당신이 더 잘 아시잖아요, 말하며 놀란 듯 눈을 깜빡거렸다.

"아니, 저기, 저는 그런 존재가 아닙니다. 그래서 난처한 거고요."

부정하고 싶지만 팔마가 약신이라는 상황 증거는 계속 갖춰지고 있다. 인간은 쓸 수 없다는 약신장을 쓰고 있고 여러 가지 치트 능력을 가지고 있으며 그림자도 없다.

허나 환생 전에 팔마는 약신이 되라는 계시를 받은 기억도 없거니와 그럴듯한 에피소드도 없었다. 그리고 전생의 기억이 있기에 약신이라는 자각도 전혀 없다. 살로몬은 팔마가 혼란에 빠져 있는 것을 보고 온화하게 웃었다.

"저와 처음 만났을 때 '천벌을 받는다'고 위협하셨기에 자각이 있는 줄로 알았군요."

"그건 그때 분위기상 어쩌다 보니 나온 허세입니다. 몸에 위험이 닥치니 무서웠거든요."

팔마는 들춰진 과거의 흑역사에 조금 창피해졌다.

"그러셨군요. 대단한 관록이었습니다."

살로몬은 납득한 듯 크게 고개를 끄덕였다.

"전설에 등장하는 약신은 어떤 신입니까? 그 신에게도 그림자가 없었나요?"

"수호신은 빛 그 자체라고 성전에 기술되어 있기에 필연적으로 그림자가 없다는 해석이 성립됩니다. 다만 그림자가 없다는 명확한 기술은 어디에도 없군요."

"그렇군요."

'직접 그렇게 쓰여 있는 것은 아닌 건가? 의역으로 해석한 거였군.'

살로몬은 영차 하고 별실에서 두꺼운 성전을 몇 권 가져와서 팔마 앞에 내려놓았다. 화려한 장식이 된 성전은 사선만큼 두꺼있는데 필사본이지 원전은 아니라고 한다.

살로몬은 약신이 등장하는 성전의 일부를 요약했다.

"이것은 전대 약신님의 기술입니다."

'약신은 지금으로부터 수백 년 전, 전염병이 유행하기 직전에 갑자기 나타났다.

소녀의 모습을 빌린 신은 스스로를 약신이라 칭하며 순식간에 전염병을 진압하고 사람들을 진찰하여 환자에게 적절한 약을 주었다고 한다.

오른팔에 번개 형상을 한 완전한 성문을 가지고 있고 불사신이며 물질을 투과하는 신의 몸을 가지고 있었다. 치료를 보조하는 약신장이라는 비보를 만들어낸 후 그것으로 하늘을 날았다고 한다.

그리고 하늘과 땅을 왕래하는 힘이 있어서 성스러운 샘의 힘을 이용하여 때때로 천계로 돌아갔는데 점점 지상으로 돌아오지 않게 되었고 어느 날 천계로 돌아간 후로 돌아오지 않았다.

　약신이 등장한 기간은 약 1년간. 그녀가 썼던 약신장만이 비보로서 지금까지 전해지고 있다.'

　"전대 약신님에 대한 다른 기술들은 분실된 것도 있어서 그리 상세하게 적혀 있지 않습니다만 어느 것이든 지상에 현신한 후 1년 뒤쯤 사라져버렸다고 합니다."

　"그런 이야기였군요. 감사합니다."

　'나는 환생한 지 벌써 1년이 지났어. 약신이 바로 사라지는 거라고 하면 나는 역시 약신이 아닌 게 아닐까?'

　아직까지 팔마가 소멸할 낌새는 없기에 금세 전대와 다른 점을 발견했다.

　"약신은 몇 살 정도였나요?"

　성문이 나타나는 것은 열 살 무렵이 아닐까 하는 여제의 말을 팔마는 의심했다.

　"거기까지는 모르겠습니다. 소녀라고밖에 전해지지 않아서."

　결국 약신이라는 게 소녀에 빙의한 것이었는지, 애초에 소녀신이었던 게 지상에 강림한 것인지까지는 정보 부족으로 확실치 않았다.

　'으음… 하지만 세계적인 유행병이 만연할지 모르는 시기 직전에 환생한 내 상황은 도중까지 완전히 전설 그대로네. 불사신인지 어떤지는 알 수 없지만.'

　팔마의 능력과 성문을 본 사람이 그를 약신으로 인정하는 이유도 이해할 수 있었다.

'내가 불사신인지 어떤지는 차치하더라도 '천계'로 가는 방법 같은 건 모르는데?'

그 '천계'라는 것이 지구 아닐까 하는 희망이 없는 것은 아니다.

'지구에서 온 빙의자가 지구로 돌아가버린 것 아닐까?'

그렇다면 팔마 자신도 지구로 돌아갈 수 있는 게 아닐까 하는 생각이 들고 만다. 다만 야쿠타니 칸지는 사망했기에 지구로 돌아갈 육체와 장소가 없다. 지구로 돌아가는 것은 좋지만 유령이 되어 사라져버리는 것은 사양이다.

"아, 맞다. 그러고 보니 약신 이외의 신도 자주 지상에 오나요?"

'다른 빙의자들과도 의논해보고 싶네. 어쩌면 지구 출신일시도 모르니.'

"당신이 강림한 시기에 다른 신은 강림하지 않습니다."

"그렇습니까? 음… 그건 좀 난처하네."

팔마는 아연실색했다.

수호신은 한 명씩만 지상에 강림한다고 한다. 약신이 강림한 동안에는 다른 신이 강림하지 않는다. 수백 년 전까지는 번갈아가며 빈번히 강림했다고 하지만 최근에는 거의 강림하지 않게 되었다고 한다. 수호신은 사라지기 전에 비보를 남기고 지상을 떠나기에 많은 비보가 지상에 남겨졌다. 그것들은 모두 보통 사람은 만질 수 없어서 쓸 수 없다. 그래서 딱히 효능이 있는 것은 아니지만 종교적인 의미에서 성유물로 이용되고 있다고 한다.

"그래서 지금 이 세계에 강림해 있는 것은 팔마 님, 다시 말해 약신님뿐입니다. 팔마 님이 지상에 계신 것만으로도 감격스러운 일이고, 그게, 당신께선 정말 인간미가 있다고 할까, 평범하게 사시는 모습을 볼 수 있는 것만으로도 기적입니다. 행복하기 짝이 없는 일이죠."

살로몬의 평가에 따르면 팔마는 인간적인 신이라는 듯했다.

"저를 그런 눈으로 관찰하고 있었던 겁니까?"

"그야 물론이죠. 당신이 이 세계에서 이룩하는 모든 것들은 그 시대 신관이 기록할 의무가 있습니다. 그런 식으로 성전은 새로운 페이지를 늘려가는 거죠. 팔마 님에 대한 정보는 충실할 겁니다. 아무튼 제가 기록하고 있으니까요. 맡겨만 주십시오."

팔마의 업적과 행동 기록도 신관으로서 살로몬이 할 일인 듯하다.

"그리고 신에게 이런 말을 하는 건 실례겠지만 당신은 인품이 좋아서…."

"그게 무슨 뜻인가요?"

살로몬의 말에 따르면 지상에 강림하는 신이 반드시 좋은 신인 것만은 아니고, 그중에는 한 나라를 초토화시킨다든지 사람들을 학살해 사악한 신으로 인정된 신도 있다고 한다. 그렇게 생각하면 좋은 신의 강림은 대환영이라며 살로몬은 본심을 내비쳤다.

"살로몬 씨가 섬기고 계신 약신은 무슨 일을 한다고 생각하나요?"

"당신이 지금 하고 계신 바로 그 일 아닐는지요. 여러 가지 약을 만들어내서 사람들을 치유하는 것 말입니다."

살로몬은 팔마가 '약신이 하는 일'을 하는 것으로 착각하는 듯하다.

"이건 그냥 약사로서 하는 일인데요."

"후후, 그럴까요? 단순한 약사라고 하기에는 너무나 대단한 위업입니다만."

"의무감이나 사명감으로 하는 건 아닙니다. 자연스럽게 이렇게 되었을 뿐."

"다시 말해⋯ 병에 걸린 사람을 보면 내버려둘 수 없어서 그러고 계신 겁니까? 흠."

신관장은 비로소 팔마의 갈등과 당혹을 조금 이해했는지 공감을 보였다.

"어찌 됐건 우리들은 당신이 불편을 느끼지 않고 최대한 오랫동안 현세에 머물러주시길 바랍니다. 당신이 하고 싶은 일은 당신 자신이 결정하면 되는 거지요."

"너무 소박한 꿈이라 웃으실지 모르겠지만 저는 평범한 약사로서 장수하고 싶을 뿐입니다. 인간으로서요."

그것은 팔마의 본심이었고 살로몬의 희망과도 일치했다.

"사람들의 기대가 심리적으로 부담이시라면 약신이라는 명칭에 너무 연연할 필요는 없지 않나 싶습니다. 그냥 별명 같은 거라고 흘려듣는 건 어떤지요?"

"마음먹기 나름이라는 건가요?"

과거에 지구에서 히포크라테스를 의성(醫聖)이라 부른 것처럼 사람들이 멋대로 붙인 별칭 같은 거라고 생각하면 되는 게 아니냐고 살로몬이 힌트를 준 셈이었다.

"별칭이라⋯."

살로몬의 제안은 팔마의 심적 부담을 조금 덜어주었다.

"왠지 어깨가 조금 가벼워진 것 같군요."

"제도 신전은 언제나 당신의 뜻을 따를 터이니 고민이 있으시면 언제든 신전으로 오시길."

신전은 본래 고민하는 사람들을 돕는 곳이니까요, 말하며 살로몬은 웃었다.

너무 법석을 떨지 않고 평범하게 대하도록 신관들에게 당부해두겠다고 살로몬은 약속했다. 물론 살로몬 자신도 그러지 않도록 조심하겠다고 했다.

"슬슬 의식이 시작될 시간이니 저는 이만 가보도록 하죠. 그리고 대비보의 모조품이 비로소 내일 신전에 도착합니다."

"모조품은 또 보러 올게요! 가져다주셔서 고맙습니다."

"아뇨, 아뇨, 약국까지 가져가겠습니다."

그런 식으로 온화하게 대화를 나누면서 방을 나선 팔마가 예배당을 지나 밖으로 나가려고 했을 때,

"우왓!"

팔마는 모여든 신전의 신자들을 보고서 기겁하고 말았다. 신자들의 절반 정도가 눈이 충혈되어 있었던 것이다.

"다들 눈이 빨간데요?"

진안을 쓰지 않아도 병명은 명확했다.

"'유행성 각결막염.'"

바이러스성 결막염이다. 가려운 듯 무의식적으로 눈을 비비는 사람도 있다. 그 손으로 신전 자리와 문을 만지고 있다. 그런 식으로 바이러스 감염이 확산되고 있는 것이리라.

'아~, 완전히 유행 중이네. 대유행 직전이라고, 이건.'

열성적인 신자일수록 의식과 예배 참가율이 높아서 감염될 기회

도 많다. 어쩔 수 없이 팔마는 살로몬에게 말했다.

"오늘은 신도들에 대한 설교를 길게 해주십시오. 아무도 밖으로 나가지 않도록."

"예. 무언가 병이 보이셨습니까? 음? 혹시 눈입니까?"

확실히 눈이 빨갛군요, 말하며 살로몬도 비로소 깨달았다. 신전 안은 어둡기에 눈치채지 못한 듯하다.

"눈병입니다. 유행할 거예요."

한 사람도 그대로 돌려보내선 안 된다.

신관들에게도 의식이 끝날 때까지 아무도 밖으로 나가게 하지 말라고 전한 후, 의식이 끝나기 전에 맞출 수 있노록 팔마는 말을 달려서 사람 수에 맞는 항균 안약을 가져왔다.

의식이 끝나자 팔마는 성당 입구에 진을 치고 있다가 돌아가려는 신자들 중에서 환자가 있으면 약을 배포했다. 신관들의 도움을 받으며.

점안약의 사용법, 눈이 빨간 동안의 생활법, 최대한 다른 사람과 접촉하지 않고, 눈을 만진 손으로는 다른 것을 만지지 말 것 등을 적은 프린트도 함께 배부했다.

유행성 각결막염은 아데노 바이러스의 감염에 의해 일어나는데 매우 감염력이 높기에 확산되지 않도록 조심해야 한다. 아데노 바이러스에 듣는 약은 존재하지 않지만 항생제와 스테로이드를 투여해 증상을 완화할 수 있다. 증상이 심한 사람을 찾아 팔마는 약을 나누어주었다.

"이건 뭐지? 눈에 넣으라는 건가?"

눈이 빨개진 노부인이 익숙지 않은 약을 수상쩍은 눈으로 보며 물었다.

"눈약입니다. 당신은 유행성 눈병에 걸렸기 때문에 다른 사람에게 옮길 수 있습니다. 반드시 약을 넣으시길."

"그러고 보니 아내가 눈이 빨갛다고 그랬군."

노부인과 함께 온 신사가 안약과 프린트를 받아갔다.

"나도 눈이 빨간 것 같아."

지금까지도 제도의 약품점에서는 안약이 일반적으로 판매되고 있었기에 그들은 딱히 거부감 없이 받아갔다.

"오오, 고맙습니다. 덕분에 살았군요. 저는 눈치채지 못했습니다."

환자 전원에게 다 나눠주고서 한숨 돌리는 팔마에게 살로몬은 공손히 감사를 표했다.

"신전이 감염 장소가 된다면 모처럼 와주신 신자분들이 불쌍하니까요. 그리고 제도에 감염자가 확산되는 걸 막는 일이기도 합니다."

"흠, 이런 식으로 환자들을 내버려두지 못하는 거군요, 당신은."

살로몬은 동정을 금하지 못하는 듯한 눈치였다.

"아, 맞다. 로테에게 줄 과자를 사야 했지."

살로몬과 헤어진 팔마는 중요한 용건을 떠올렸다.

◆

"어제는 정말 감사했습니다. 겨우 그 물건이 도착했군요."

다음 날 경비 신관 등을 거느리지 않은 살로몬이 일부러 대비보의 모조품을 이세계 약국에 가져왔다. 진품이라면 경비가 필요하지만 모조품이라 속 편하게 왔다고 했다.

"팔마 군, 조제는 내가 대신 해둘게."

"고마워, 엘렌."

팔마에게 용건이 있다는 걸 알자 엘렌이 팔마의 환자를 인계받아 약을 건넸다.

"그럼 좀 보겠습니다. 수배해주셔서 고맙네요."

팔마는 나무 상자를 열고서 안에 들어 있는 대비보의 모조품을 보고는 무심코 뺨을 꼬집었다.

"이건…? 지금 꿈을 꾸고 있는 건가?"

"재질은 재현하지 못했습니다만 실제로는 반투명 재실입니다. 3천 년 전의 지층에서 발굴되었지요. 혹시 본 적 있으신가요?"

'말도 안 돼…. 어떻게 된 거지? 우연히 그 지층에 묻혀 있었던 건가?'

팔마는 흥분하면서 물어보았다.

"본 적 있는 것 같다는 생각도 들고 아닌 것 같다는 생각도 드네요. 대비보라면 무언가 굉장한 신력이 있는 건가요?"

"예. 신력은 가지고 있는 듯합니다만 사용법은 전혀 모릅니다."

살로몬은 고개를 저었다. 어쩌면 팔마라면 사용법을 알고 있지 않을까 싶어 봐줬으면 했다고 한다. 일이 끝난 엘렌과 로테, 세드릭도 차례대로 보았다.

팔마는 역시 이 세계는 꿈이 아닐까 진심으로 생각하고 말았다.

그 모조품에는 일본어와 영어로 '야쿠타니 칸지(KANJI YAKU-TANI)'라고 쓰여 있었다.

게다가 'T대학 대학원 약학 연구과'라는 표기에 강좌명까지 적혀 있다.

살로몬이 말한 대비보라는 건 팔마가 전생에 썼던 대학 직원증이었다.

팔마가 알기로 그것은 마그네틱 데이터가 들어 있는 평범한 신분증이었다. 대학 각 시설에 출입하기 위한 데이터도 들어 있기는 하지만.

"저기, 이 문자는 뭐라고 쓰여 있는 거지요?"

살로몬은 기대를 담은 시선으로 직원증에 적힌 소속 학부명 쪽을 더듬었다. 팔마는 쑥스러워졌다.

"아~, 잘 모르겠네요…. 힘이 되어드리지 못해서 죄송합니다."

가르쳐줘도 딱히 살로몬에게 의미는 없을 것이다. 그냥 이름일 뿐이니까.

"그렇군요. 아무튼 이것은 받아주십시오."

살로몬은 모조품을 건네고 돌아갔다.

'3천 년 전의 지층에서 발견되었다니… 어떻게 된 거지? 내가 이 세계에 왔을 때 섞여 들어온 건가?'

"저기, 팔마 군. 좀 더 자세히 봐도 될까?"

엘렌은 가까이서 보다가 멀리서 보고, 한쪽 눈을 감아보기도 하면서 신분증에 붙어 있는 사진, 즉 전생의 야쿠타니의 모습을 살펴보았다. 무슨 말을 할까 싶어 팔마는 혼자 긴장했다.

"검은 머리라니 진귀하네. 신족이라서 그런가?"

"신상이려나요?"

뭔가 굉장한 것을 보고 말았다는 듯 로테도 손으로 입을 가리며 기도하는 시늉을 한다.

"응. 하지만 왠지 남 같지가 않네."

엘렌의 날카로운 말에 잠시 식은땀이 난 팔마였지만 엘렌이 그대로 신분증을 로테에게 건넸기에 들키지 않은 것 같아서 안도했다.

'어째서 직원증이 있는 거지? 하지만 이건 지구와 이쪽 세계를 잇는 유일한 물건이야.'

어떻게든 실물을 보러 가야겠다고 팔마는 생각했다.

 ## 8화 팔레와 이세계 약국

1147년 드 메디시스 가문의 저택에도 새해가 밝았다.

이 무렵 팔마는 12세, 로테는 10세가 되었다.

"안녕하세요? 팔마 님."

"후아… 좋은 아침이야. 뭐 하고 있어?"

아침에 팔마가 기상하자 침대 바로 옆에 로테의 얼굴이 있었다. 침대 위에 팔꿈치를 대고 그 위에 턱을 올린 채 얼굴이 좌우로 흔들리고 있다.

"에헤헤, 바라보고 있었을 뿐이에요. 팔마 님의 자는 모습."

눈을 깜빡거리자 핑크색 속눈썹이 살랑살랑 흔들린다. 변태잖아, 한순간 생각했지만 로테가 팔마와 같은 공간에 있는 것만으로도 행복하다고 했던 걸 떠올린다.

"이쪽은 뭐지?"

허리 부근이 부스럭거려서 살펴보니 블랑슈가 이불 안에 들어와 있었다. 언제 들어왔는지 눈치채지 못했다. 블랑슈의 응석받이 체질은 좀처럼 고쳐지지 않는다.

"오늘은 추워서 그런 거 아닐까요? 자, 보세요."

로테는 방범 창을 활짝 열어젖혔다.

그러자 밖은 완전한 은세계. 눈으로 화장한 산 플루브 제도가 펼쳐져 있었다.

'아~, 오늘은 눈인가. 예쁘지만 소거하고 싶네.'

그런 생각을 할 만큼 팔마는 눈을 싫어했다. 작년 겨울 팔마의 애마가 언 땅에서 미끄러진 것이다. 말은 다리가 네 개니까 괜찮겠지 하는 이상한 이유로 방심하고 눈길을 너무 만만하게 보았다. 덕분에 떨어져서 허리를 다쳐 하루 종일 누워 있어야 했다.

"밖은 눈인가. 오늘은 집에서 느긋하게 있을까. 로테는 오늘 뭘 할 예정이야?"

"정원 풍경이 멋지니까 그림을 그릴까 해요."

눈을 반짝반짝 빛내면서 로테는 정원을 바라보았다.

'이래선 섣불리 눈을 지워버릴 수 없겠네.'

하마터면 로테의 그림 제작을 방해할 뻔했다며 스스로를 반성했다.

"쉬는 날이니 팔마 님도 느긋하게 쉴 수 있겠네요."

"그래. 느긋하게 있기로 할게."

'사무 업무를 느긋하게 볼 뿐이지만 말야.'

새해라는 명분으로 약국 영업도 며칠간 쉬는 중이다. 그래서 팔마도 오랜만에 집에서 지내기로 했다.

"팔마 님~. 오늘은 뭘 입으실 건가요?"

"평상복이 좋겠어. 집에 있을 테니까 편하게 입을 수 있는 옷으로."

"알겠습니다."

로테가 옷을 옷장에서 꺼내왔다. 그녀는 때와 장소를 잘 파악해서 옷을 가져다주기에 격식을 차린 곳에 갈 때에는 도움이 된다. 허나 완전히 맡긴다고 하면 자신의 취미를 우선시해서 화려한 옷을 입히려 한다는 게 난처했다.

"미안하지만 그거 말고 다른 거 없어?"

로테가 활짝 웃으며 들고 있는, 옷깃과 소매에 화려한 프릴이 달린 옷을 물린다. 로테는 시녀이니 자기 멋대로 치장할 수 없는 만큼 팔마와 블랑슈의 패션에 취미를 반영한 거겠지, 팔마는 추측한다.

"네?! 알겠습니다. 어울릴 거라 생각했는데…."

'그보다 로테는 언제까지 내 시녀 노릇을 할 생각이지?'

단추를 잠가주는 그녀의 기척을 바로 옆에서 느끼면서 팔마는 시선을 어디에 두어야 할지 곤란했다. 아직 어린애로 통하는 나이이기는 하지만 사춘기가 되면 로테 본인도 어색할 것이다.

'옷 갈아입는 것 정도는 혼자서 할 수 있다고 해도 도련님이 혼자서 옷을 갈아입는 건 문제일 테니 말야.'

팔마를 돌보는 하인은 남자나 로테의 어머니로 바꾸는 게 좋지 않을까 생각하지만, 귀족 생활이 답답한 것에 변함은 없다.

"자, 블랑슈 아가씨도 옷을 갈아입으세요."

"응!"

팔마는 심플한 옷을 로테의 도움으로 입었다. 블랑슈는 로테의 취미가 반영된 화려한 드레스를 입고 팔마와 함께 식당으로 향했다. 그때 문득 책상 위 나무 상자 안에서 직원증 모조품을 집어 들었다.

"오라버니, 왜 항상 그거 가지고 다니는 거예요?"

나선 계단을 내려가면서 블랑슈가 의아한 듯 지적했다.

"뭐랄까… 나도 모르게 가지고 다니게 되네."

"오라버니한테 소중한 물건?"

"소중한 물건이야."

전생에서는 흰 가운의 가슴 주머니에 직원증을 넣어두는 게 보통이었다. 연구실은 카드 키 방식으로 되어 있기에 방을 이동할 때에는 반드시 필요했다. 그 무렵의 습관으로 왠지 모르게 항상 가지고 다니게 되고 말았다. 단순한 모조품이지만 마음 한구석에서 신경이 쓰이고 있다는 증거이다.

팔마는 언젠가 대신전에 가서 대비보의 실물을 보자고 생각했다. 비보가 된 이상, 이전의 직원증과는 다른 상태가 되었을지도 모른다.

신전의 총본산은 '신성국'이라는 작은 도시 국가에 있다. 신성국이란 지구의 바티칸처럼 나라 전체가 신전 조직으로 되어 있고, 그곳에는 신관만이 살고 있다. 말 그대로 신전 조직의 본거지였다.

'내키지는 않지만 말야…'

국경을 넘어야 하기도 해서 대신전에 갈 결심을 좀처럼 할 수 없다.

대신전에 가는 것은 보통 일이 아니라고 살로몬은 말했다. 아직 대신전에 팔마의 존재는 알려져 있지 않지만 만약 그렇게 된다면 귀중한 빙의자이기에 가둬두려 할 수도 있고, 대신전을 맡고 있는 대신관쯤 되면 성가신 봉인 비술을 가지고 있다고 한다. 그래서 야간에 경비가 허술할 때 잠입해서 실물을 훔쳐보는 방법밖에 없다는 범죄 같은 계획을 이야기하기 시작했다.

대신전은 던전 같은 구조이기에 도둑이 들어와도 대비보가 있는 곳에는 도달할 수 없다. 안내라면 하겠다고 살로몬은 말했지만 그런 공범자 같은 일을 시키자니 양심의 가책을 느끼게 된다.

'살로몬 씨에게 위험한 일을 시킬 순 없는 노릇이고 말야. 잘못하면 신관장직에서 잘릴지도 모르고. 살로몬 씨와의 관계는 도움이 되니까 이대로 제도 신관장으로 있어주는 게 좋아. 게다가 신관밖에 없는 나라라면 세 발짝만 걸어도 정체를 들키고 말 텐데 애초에 침입이 가능하기나 할까?'

그리고 그렇게 뒷문으로 몰래 늘어가서 정체를 들키지 않는다고 해도 불법 침입으로 붙잡히는 것 또한 문제다.

식당에서 아침을 먹기 위해 자리에 앉았을 때, 부모님은 이미 자리에 앉아 팔마와 블랑슈가 오기를 기다리고 있었다. 가족 모두가 같은 식탁에서 식사하는 게 기본이다. 급사들이 식사를 가져오는 동안 브루노는 그 신문업자 남매가 인쇄한 '주간 제도'를 읽으며 열심히 메모를 했다.

"아버지도 그 신문을 구독하고 계셨군요."

"음, 세간에 평판이 자자한 신문이라서 말이지. 제법 좋은 정보를 입수할 수 있는데 너도 읽어볼 거냐?"

"저는 이미 구독하고 있습니다. 약국 쪽에 배달되고 있지요."

"음, 세간의 동향에 관심을 갖는 것은 중요한 일이다. 그런데 정보라고 하니 말인데, 팔레가 돌아온다는구나."

브루노는 지나가는 말로 자연스럽게 팔마에게는 중대한 정보를 말해주었다.

"파?"

'파'라는 소리를 들은 것만으로도 팔마와 블랑슈는 경계하고 만다.

그리고 마주 보고서 눈짓을 교환하기 시작했다. 오빠가 휘두르는 고마운 사랑의 채찍에서 도망칠 생각으로 가득한 듯하다. 팔마는 동요를 브루노에게 들키지 않도록 헛기침을 했다.

"그거 기대가 되는군요. 저기, 형은 언제쯤 돌아오실까요? 저도 예정을 비워두겠습니다."

"오늘 전서구로 소식이 왔어. 오늘 돌아온대. 우후후, 갑작스럽지? 건강하게 잘 지냈을까? 너희들이 쉬는 날이라 다행이야."

브루노 대신 대답한 베아트리스는 아들의 귀향 소식에 기분이 좋은 상태였다. 아들과 오랜만에 만날 수 있어서 기쁜 모양이다. 부모님께 팔레는 품행이 바르고 순종하며 귀여운 아들인 듯하다. 참고로 부모님은 팔레가 노바르트에서 염문을 뿌리고 있다는 사실은 모르고 있다.

"오, 오늘요?!"

"그래. 그 애는 너희들을 놀라게 하고 싶었던 모양이야."

'그런 서프라이즈는 필요 없다고! 심장에 안 좋으니까!'

팔마는 새해에 약국을 쉬기를 잘했다고 진심으로 생각했다. 팔레는 이세계 약국을 정찰하고 싶어하는 눈치였기에 느닷없이 약국에 찾아올 수도 있었다.

팔마와 블랑슈는 팔레가 돌아온다는 불온한 소식을 듣고 아침 식사 후 난로 주위에 모여 안절부절못했다. 그런 사실을 모르는 로테는 옷을 두껍게 껴입어 방한 대책을 하고서 테라스에서 정원을 스케치하고 있었다. 설경을 모티프로 한 좋은 디자인이 떠올랐다고 했다.

"오늘은 눈이 왔으니까 괜찮을 거야. 큰오라버니가 특훈한다고 하지 않을 거라고."

블랑슈는 살짝 기대를 품었지만 팔마는 고개를 가로저었다.

"전에는 큰비가 왔어도 훈련을 했어. 폭풍우가 온 날에도 말야. 눈 같은 건 얼음 계통 신술의 훈련에 안성맞춤이라고."

팔마는 형과의 대결을 잊지 않았다. 형은 빈년에 한 번 귀성하기에 그 후에도 몇 번인가 돌아올 때마다 팔마는 대결을 강요당했다. 약신장 때문에 결국 팔레는 한 번도 이기지 못했지만 그래도 한두 시간은 전력으로 전투를 해야 했다.

사실 성가신 건 전투 행위 자체가 아니다. 전투 자체는 적당한 운동이 되어 좋지만 끈질긴 팔레는 뻗을 때까지 포기하지 않기에 형제 대결이 끝난 후 너덜너덜해진 팔레의 치료와 조치가 큰일이었다.

'이번엔 시작하자마자 신경을 자극해서 의식을 날려버릴까.'

그런 식으로 위험한 생각을 하기 시작한 팔마였다. 그편이 팔레의 부상을 최소한으로 억누를 수 있을 것 같다는 생각이 들기 시작했다. 팔레는 팔마가 언제나 운 좋게 이긴다고 믿기에 형제 대결을 그만두려 하지 않는다. 형의 자존심을 꺾지 않고 이기는 것에도 주의를 기울여야만 한다.

오후에 종자를 이끌고 돌아온 팔레를 가족과 하인들이 모두 현관까지 나와 맞이했다.

　"돌아왔습니다."

　팔레는 한층 더 키가 자라 있었다. 브루노도 덩치가 크지만 키가 쑥쑥 자라고 있는 것을 보면 키가 큰 혈통인 듯, 한층 더 우람해졌다.

　"잘 돌아왔다, 아들아."

　브루노도 아들의 성장을 기쁘게 생각하는지 눈을 가늘게 떴다.

　"오랜만입니다, 아버지. 급히 아버지께 보고할 게 있습니다. 이번에 노바르트 의약 대학 수석 졸업이 결정되었고 1급 약사 시험에 합격했습니다."

　"어머, 수석이라니 아버지와 똑같네."

　베아트리스는 브루노의 경력을 떠올린 모양이다.

　"이것도 다 아버지와 어머니 덕분입니다."

　팔레는 가방에서 졸업 증서와 작은 상자에 든 1급 약사 배지를 꺼내 자랑스러운 얼굴로 부모님께 보였다. 수석을 나타내는 장식도 새겨져 있다. 전 기숙사 제도인 노바르트 의약 대학에서 가혹한 공부와 신술 훈련의 나날을 보낸 몇 년간의 노력을 집대성한 것이었다. 그 배지가 보장하는 것은 명실상부 전 세계에서 통하는 1급 약사의 신분이었다.

　"과연 내 아들이다. 자랑스럽구나."

　"정말 애썼구나. 이렇게 훌륭하게 크다니."

　브루노와 베아트리스는 진심으로 형의 영예를 기뻐했다. 팔레는 기쁜 듯했다. 말 잘 듣는 형이다.

"너희들에게도 보여줄게. 어때? 부럽지?"

자랑스럽게 팔마와 블랑슈에게 보여주었기에 팔마는 "이게 1급 약사 배지구나. 굉장하네"라며 칭찬했다. 참고로 팔마는 바보 취급하는 게 아니라 정말로 팔레의 우수함을 인정하고 있었다. 같은 1급 약사인 엘렌이 달고 있는 배지는 산 플루브 제국 약학교의 인장이 들어간 배지였기에 노바르트 의약 대학의 로고가 들어간 그것과 약간 모양이 달랐고 격식도 팔레 쪽이 더 높았다. 이 나라 약사들의 기능과 지식을 바탕으로 순위를 매겨보면 팔레는 브루노보다 몇 등 아래에 올 정도로는 우수할 것이다.

"졸업한 후에는 어쩔 생각이냐? 산 플루브로 돌아와서 유학을 갈 거냐?"

식당으로 장소를 옮겨서 브루노가 팔레에게 향후 진로를 물었다. 장남인 팔레는 궁정 약사가 되든 아니든, 장래에 존작위를 수여받든 아니든 언젠가 드 메디시스 가문을 잇게 되어 있다. 그래서 언젠가는 제도로 돌아오겠지만 1급 약사 수행을 위해 유학을 떠난다고 해도 그 역시 이상하지 않다.

"예. 저택에 돌아와서 실력을 쌓고 아버지의 조수 일을 하면서 궁정 약사를 목표로 하겠습니다."

팔레는 결연하게 말했다.

'우와! 집에 돌아오는 거야?'

팔마는 정신이 아득해졌다. 블랑슈도 마찬가지다.

"이제부터는 매일 아침 훈련이야. 이 형을 상대로 훈련할 수 있으니 너희들도 기쁘지? 팔마와 블랑슈."

'나왔다! 이 사람은 돌아오자마자 훈련을 할 생각이야!'

아무래도 다짜고짜 스파르타식으로 상대해야 할 것 같다. 팔마도 신술 실력이 무디어지지 않도록 훈련을 게을리 한 적은 없지만 아침마다 형을 상대하는 것은 상당한 부담이다. 그 말을 듣고 있던 블랑슈가 곧바로 팔마와 팔레 사이에 끼어들었다.

"음, 저기 말야, 큰오라버니~. 작은오라버니는 말이지~."

"왜?"

팔레가 의아하다는 표정을 짓는다.

'잠깐, 무슨 말을 할 생각이야? 그만둬, 블랑슈!'

팔마는 팔레가 돌아오기 전 블랑슈에게 팔마의 근황을 절대 형에 보고하지 말라고 당부해두었다. 허나 어린애와 한 약속이다. 어긴다고 해도 책망할 수 없다.

"아침에도 굉장히 바쁘니까 방해하면 안 돼~."

생긋, 천사의 미소를 지어 보이는 블랑슈에게 형도 홀딱 빠져버렸다.

"어쩔 수 없군. 그럼 너부터 먼저 단련시켜줄까? 왕왕 울어도 모른다."

"심한 짓 하면 싫어~. 자상하게 대해줘~."

눈시울을 적시며 애원하는 블랑슈의 머리를 팔레는 거칠게 쓰다듬었다.

"그런데 팔마, 너는 어째서 그렇게 바쁜 거지? 학교도 안 다니면서 자습이야?"

"팔마에게는 내가 꼼꼼하게 과제를 내주고 있다."

대화를 듣고 있던 브루노가 팔마를 은근슬쩍 변호했다. 브루노의 의견에는 절대 복종인 팔레는 그것으로 납득한 듯하다. 팔마 자신의 매일 아침 특훈은 피할 수 있을 것 같지만.

'뼈는 거둬줄게. 미안해. 잘해봐라, 블랑슈.'

팔마는 블랑슈에게 감사함과 동시에 그녀의 무사를 빌었다.

하지만 그날 오후, 그것도 폭설이 내리는 가운데 팔레는 신술 전투용 옷으로 갈아입었다. 전용 지팡이도 허리에 꽂고 코트를 걸쳐 입기 시작했다.

그것을 본 팔마가 슬며시 곁을 떠나려고 하자 보내줄 수 없다는 듯 어깨를 붙잡았다.

"자, 좋은 날씨다. 가자, 팔마."

"…저기, 어디로? 밖은 눈보라인데 좋은 날씨라고 할 수 있으려나?"

어렴풋이 불길한 예감이 든 팔마는 적중하지 않기를 기원하면서 팔레에게 물어보았다. 팔레는 호쾌하게 웃고 있다. 굳이 묻지 않아도 신술 훈련을 할 수밖에 없는 것 같다.

"자, 오늘은 눈보라 속에서 신술 훈련이다."

"보면 알아! 날씨가 너무 안 좋으니 다른 날 하면 안 돼?"

어째서 팔레는 호우나 눈보라 같은 날씨에도 훈련을 하려고 하는지 팔마는 도무지 이해할 수 없었다. 지난번 큰비가 내렸을 때에도 밖으로 나가려고 했기에, '악천후에서도 노력하는 자신'을 좋아하는 게 아닐까 블랑슈는 추측했다.

"엘레오노르가 가르칠 만한 기본적인 지식인데, 물 속성 신술사에게 비나 눈이 오는 날은 훈련에 안성맞춤이라고."

팔레는 진심으로 눈보라를 환영하는 낌새였기에 함께 훈련해야 하는 팔마는 난처해졌다.

'그런 걸 물어본 게 아니야…. 엘렌도 날씨가 나쁜 날은 피했다고. 가르쳐주라고, 엘렌.'

드 메디시스 가문이 소유한 넓은 신술 훈련용 평원으로 가자 그곳은 시야 전체가 은백색 세계였다. 바람이 휘몰아치면서 눈보라가 점점 강해졌다. 팔레가 하늘을 뒤섞듯 크게 지팡이를 휘두르자 지팡이에서 수상한 빛이 났다. 준비를 위한 다단계 영창을 한 것이다.

"편재 환경을 이용, 범위 지정, 공격 지정, 시간 지정, 궤도 제어. 준비 완료."

그리고 신기의 발동 영창을 막힘없이 외운다.

"낙설의 마탄."

팔레는 눈 결정을 하나하나 신력으로 강화해서 광범위의 강설을 날카로운 칼날로 바꾸었다. 다음으로 그 궤도를 바꾼다. 팔마를 향해 무한한 나이프가 추격해온다.

'우왓?! 눈이 나이프로 변했어!'

소리 없이 날아온 눈 조각이 팔마의 옷을 스쳤다. 면도날 같은 날카로움이다. 팔마는 흉기로 변한 눈을 소거 능력으로 무산시켰다.

'그렇구나. 이 신기는… 끝이 없는 거야!'

자신의 신력을 매개로 지팡이에서 물과 얼음을 출현시키는 신기가 아니다. 강설을 변화시켜 공격하는 것이기에 끝없이 계속된다.

평범한 신술사라면 신력이 다 떨어질 무렵에는 온몸이 난도질을 당했을 것이다. 살상력이 높은 무서운 신기로 팔마를 습격하는 것을 보면 팔레는 전력을 다하고 있다. 지금까지의 신술 시합과는 완전히 다르다. 팔마는 팔레의 변모에 놀랐다.

"어떠냐? 팔마. 어떻게 막을래?"

팔레는 압도적 우위에 있어도 여느 때처럼 크게 웃거나 하지 않았다. 이쪽이 본성인 것이리라.

'전력이야…!'

이것을 막으려면 팔마는 얼음 방벽을 만들 수밖에 없었다.

허나 사방에 방벽을 전개하는 것은 팔레의 노림수에 말려드는 것이다. 팔마가 꼼짝할 수 없게 된다.

"얼음 감옥."

팔마의 발밑에 있는 눈이 얼음으로 변해서 뾰족하게 솟아났다. 팔레의 조작으로 급소에서는 약간 벗어났지만 팔과 다리를 관통하게 되어 있었다.

'우왓!'

팔마는 팔레에게 들키지 않도록 주위에 있는 얼음과 함께 얼음 기둥을 모두 소거했다. 순간적인 몸놀림으로 모두 피했기에 팔마의 대미지는 제로였지만 방금 공격은 방심했다간 완전히 치명상을 입을 수 있는 것이었다. 팔마는 팔레와 시합을 하면서 처음으로 위험을 느꼈다.

"죽는 줄 알았지? 용케 막았구나."

팔레는 진지하게 팔마에게 물었다.

"응, 죽는 줄 알았어. 죽일 생각인가 싶었다고."

"그런 공격을 지금까지는 안 했으니 말야. 오늘은 전술을 실전에 맞게 바꿨어."

여느 때에는 어디까지나 팔마에게 신술의 기초를 가르쳐주기 위한 훈련용 신기 라인업이었던 것이다. 허나 훈련이 아닌 전투용 신기 연계는 별개라고 말하는 듯했다.

"팔마, 어째서 내가 이렇게 훈련, 훈련, 시끄러운 거라고 생각해?"

"유사시에 대비해서겠지. 가족을 지키기 위해서 말야. 그건 나도 알고 있어."

가족을 지키기 위해서라는 명분을 내세우고 싶은 거겠지, 팔마는 그렇게 이해했다.

"아니, 모르고 있어. 혼자서 지키는 거야. 상대가 몇 명이 됐든 너 혼자서 말야."

"혼자서…?"

팔마는 팔레의 의도를 완전히 파악하지는 못한 참이었다. 적의 습격을 받았을 때 누군가의 도움을 기대하는 것은 아니지만, 그래도 성기사를 고용하고 있고 하인들 중에도 신술사가 다수 있다. 여차하면 브루노도 있고. 팔마가 그렇게 생각하고 있자니.

"아버지의 신술은 강력하지만 아버지는 궁정 약사야. 궁정 약사는 유사시에 궁정에서 폐하를 지켜야만 해."

'그랬나…?'

"저택에 있는 사람들이 전멸하든, 가족이 살해되든 아버지는 폐하 곁으로 달려가야 해. 현재 드 메디시스 가문에는 그렇게 강한 신력을 가진 기사가 없어. 성기사는 있지만 고용된 신분이고 개개인의 기량도 그리 높지 않아. 목숨을 바쳐 싸운다는 계약이 있는 것도 아니고 말야. 너를 단련시켜 한 명의 전사로 만들 수밖에 없는 거지."

팔마는 팔레의 말이 몸에 박히는 듯한 심정이었다. 그가 틈만 나면 자신을 단련시키려고 한 이유도 모른 채 내심 싸움밖에 모르는 바보라고 야유한 것을 사과하고 싶어졌다.

"나는 언제나 가족의 무사를 걱정하고 있어. 아무리 멀리 떨어져 있어도 말야. 가족에는 샤를로트 같은 하인들도 포함된다고."

팔레는 솔직한 결의를 덧붙였다. 팔마도 팔레의 마음에 응하기로 했다.

"그리고 가족뿐만 아니라 환자를 지키는 것도 약사의 사명이야."

"알았어, 형. 철저히 하자고. 하지만 어째서 오늘 이런 이야기를?"

"가끔은 그런 이야기를 해도 좋잖이? 너는 해이해져 있는 것 같으니 말야."

'어째서지? 무언가 이상하네.'

팔마는 팔레에게 심경의 변화라도 일어난 것으로 추측했다.

그리고 형제는 결국 눈 속에서 세 시간 동안 실전 같은 신술 전투를 펼쳤다. 팔레와 팔마는 모두 눈투성이가 되었다.

훈련 후, 아니나 다를까, 신력이 고갈된 팔레가 뻗어버렸기에 팔레의 상처를 치료하던 중 팔마는 한 가지 사실을 깨달았다.

"얼레? 온몸이 멍투성이네? 어디를 어떻게 부딪쳐야 이렇게 멍이 생기는 거지? 훈련도 적당히 하지 않으면 몸이 상한다고."

그러자 뻗은 줄 알았던 팔레의 입이 움직였다.

"멍 정도 가지고 뭘. 혹사하면 혹사할수록 육체는 부응해주는 법이야. 육체는 배신하지 않아. 너도 몸을 놀리지 말고 좀 더 근육을 만들라고."

'근육 신앙은 근본적으로 잘못된 거지만 말야…. 기개는 훌륭하

다고 생각해.'

팔레의 육체 단련과 근육에 대한 정열을 재확인한 팔마는 저택으로 돌아간 후 근육 트레이닝을 함께 하게 되었다.

그로부터 며칠간 팔레는 팔마와 블랑슈, 로테를 데리고 제도의 유흥장을 돌아다녔다. 싸움밖에 모르는 바보… 랄까, 열혈인 것을 제외하면 그는 형제들을 잘 챙겨주는 좋은 형이었다. 여제의 배려로 제도에 공중목욕탕이 생겼다는 말을 듣자 형은 기꺼이 팔마를 데리고 목욕해서 시종 들뜬 기색이었다. 눈싸움, 썰매, 겨울 등산 등도 섭렵했다.

그렇게 놀고 난 후, 팔레는 졸업 절차와 이사 준비를 위해 대학으로 돌아가기 위해 집을 떠났다. 여느 때보다도 이별을 아쉬워하는 형의 모습에 어딘가 걸리는 구석이 있었지만.

"휴~, 얼마간은 안 돌아와도 돼, 형은."

팔레가 떠나자 피로가 밀려왔다.

'신술 시합에 관해선 배울 점도 많았지만.'

◆

팔레의 눈을 피하는 형태로 팔마는 이세계 약국의 새해 시무식을 열고 신년 영업 준비를 시작했다. 여느 때의 단골들이 개점 전임에도 문 앞에 몰려와 있었다.

"새해 복 많이 받아, 팔마 군. 얼마간 만나지 못해서 오랜만인 것 같은 느낌이 드네."

휴가를 마치고 완전히 재충전한 엘렌은 많은 선물을 들고 출근했다. 쉬는 동안 그녀도 놀고 다닌 모양이다. 그리고 엘렌은 약국 카운터 위에 턱을 올리고 있는 팔마와 엎드려 있는 로테를 보고서 무슨 일인가 싶어 눈을 휘둥글게 떴다.

"두 사람 다 왜 그래? 새해 벽두부터 축 늘어져서."

"너무 많이 놀아서…."

"별일도 다 있네. 팔마 군이 그렇게 놀다니."

"엘레오노르 님, 맛있는 냄새가 나요!"

킁킁. 시체가 되어 뻗어 있던 로테의 코가 벌름거렸다. 좀비 같았다.

"어머, 냄새가 나? 즈이스를 만끽하고 왔거든."

엘렌은 휴가 기간에 아버지의 영지 '즈이스 백작령'에 다녀온 모양이다. 진귀한 치즈와 과자를 팔마, 로테, 세드릭, 약국 직원들에게 나눠주었다. 엘렌의 아버지는 지구에서의 스위스 같은 산간 영지를 소유하고 있고 그곳 영민은 방목과 관광으로 생계를 꾸리고 있었다.

"맛있어요! 코를 자극하는 진한 냄새가 좋네요."

로테는 참지 못하고 엘렌이 나눠준 치즈를 먹고 말았다.

"아, 입이. 고객들에게 미안하네요. 이를 닦고 올게요."

개점 전에 치즈를 먹는 바람에 접객 시에 냄새가 날까 봐 로테는 양치질을 하러 갔다. 예의범절이 이젠 몸에 밴 듯했다. 엘렌은 다시 한번 같은 질문을 했다.

"그런데 어째서 그렇게 놀았던 거야?"

"형이 돌아왔었거든. 노바르트 대학을 졸업한 보고를 겸해서."

팔마는 팔레의 귀성 중에 일어난 일들을 간단히 엘렌에게 이야기했다.

"헤에, 그 녀석 돌아왔었던 거야? 노바르트 대학을 졸업한 거네."

엘렌은 팔레라는 이름을 듣고 씁쓸한 표정을 지었다. 그들은 소꿉친구이자 오랜 라이벌인 것이다. 지난 몇 년간 만나지 않은 듯하지만 존작가의 장남을 그 녀석이라 부를 수 있는 것도 엘렌 정도일 것이다.

"응. 수석 졸업이래. 졸업과 동시에 1급 약사 시험에도 합격한 모양이야."

"헤에, 제법이잖아. 하지만 이로써 겨우 나와 동격인 거네!"

확실히 엘렌 쪽이 1급 약사가 된 시기가 빠르다. 하지만 명문 노바르트 의약 대학을 졸업하고 1급 약사가 되는 것과 제도 약학교를 졸업하고 1급 약사가 되는 것은 같은 자격이라도 격이 다르다.

"저기, 팔마 군이 궁정 약사에다 폐하의 주치 약사이고, 제국이 허가한 이세계 약국 점주이고, 게다가 약신이라는 것을 녀석은 알고 있어?"

"알 리 없어. 하나라도 들키면 대참사라고. 그리고 마지막 하나는 쓸데없어."

팔마는 그런 무서운 일은 상상도 하기 싫다는 듯 자신의 몸을 껴안고서 벌벌 떠는 제스처를 취해 보였다.

"집에 돌아오면 숨기는 건 무리 아냐?"

"그렇겠지…. 들키면 어떻게 될 거라 생각해?"

"글쎄. 녀석의 성격상 동생에게 진다는 건 자존심이 허락하지 않을 거라 생각해. 그리고 무엇보다도 동생 쪽이 더 유능하면 후계자의 입장이 위태로워져. 그런 것도 있어서 한바탕 소란이 일어나겠지. 최악의 경우엔 결투로 발전할지도….”

“뭐, 그렇게 쉽게 들키지는 않을 거야. 궁정 약사가 되기 위해 집에서 공부를 하고 아버지의 진료를 돕는다고 했으니.”

“완전히 숨기는 건 어려울지도 모르겠군요.”

세드릭이 새해를 맞아 새로 장만한 장부에 계산을 위한 선을 그으면서 불온한 말을 했다.

“제도에 평판이 좋은 약국이 생겼다는데 점주가 누구냐고 저에게 물으셨거든요.”

“세드릭 씨는 뭐라고 대답했는데요?”

팔마가 얼어붙었다. 하지만 세드릭의 대응은 과연 노련했다.

“어느 약국이든 평판이 좋은데 대체 어느 점주를 말씀하시는 거냐고 대답해두었습니다만.”

최근 조제 약국 길드에 가입한 제도의 약국은 모두 이세계 약국과 업무 제휴를 맺고 있다. 판매하는 약도 공유하고 있고 업적과 환자들의 평가도 좋다.

“팔레 님은 제도에서 평판이 좋은 약국에서 파는 새로운 약이 궁금하신 눈치였습니다.”

“그럴 수가…. 그만둬. 분명 들켜버릴 텐데.”

“슬슬 개점 시각이군요.”

세드릭은 창 밖을 엿보다가 앗 하는 소리와 함께 말문을 잇지 못했다.

“왜? 무슨 일인데?”

엘렌이 세드릭에게 물었다. 가능하면 알고 싶지 않은 광경일 거라고 팔마도 예상했다.

"팔레 님이 약국 앞에 계십니다."

"우웩. 대학에 돌아간 거 아니었어?"

"약국에 들렀다가 그쪽으로 돌아갈 생각인 거겠죠."

세드릭이 팔레의 행동을 추측했다. 팔마는 혼이 나가버릴 뻔했다.

"비상구로 도망칠까…."

팔마가 그런 생각을 진지하게 하기 시작했을 무렵, 팔레는 새해 영업을 기다리는 줄의 끄트머리에 서 있었다. 평민들 사이에 섞여 얌전하게 차례를 기다리는 그 모습은 도무지 미워할 수 없는 것이었다.

팔마가 궁정 약사가 된 것, 이세계 약국의 창업자인 것, 그가 지난 1년간 이룩한 여러 가지 업적들, 그것들은 팔레에게 아직 이야기하지 않았다.

"그 배지는 숨기는 편이 좋지 않겠어?"

엘렌이 팔마의 궁정 약사 배지를 가리켰다.

"숨기거나 변명을 할 생각이라면 어떻게든 될 거야…. 팔마 군이 2층으로 올라가 있거나 도망치면 안 들킬 테니까. 하지만 앞으로도 쭉 그럴 순 없잖아?"

어떡할래? 엘렌은 팔마의 눈치를 살폈다. 팔레와 일시적으로 얼굴을 마주치지 않는다고 해도 앞으로도 쭉 그럴 수는 없다.

"저게 있으니 완전히 들통 나겠지…."

팔마가 시선을 향한 곳에는 약사와 직원들 이름이 새겨진 보드가 있다. 큼직하게 점주의 이름이 적혀 있는 것이다. 고정되어 있어서 쉽게 떼어내기 힘들다.

어떻게 할까 생각하던 엘렌이 지팡이를 움켜쥐었다.

"나한테 맡겨. 내가 이야기를 할게."

"뭔지 모르겠지만 그만둬, 엘렌. 분명 일이 더 꼬일 테니까."

엘렌과 팔레는 라이벌이다. 약국 안이나 길에서 신술 전투가 시작되어도 이상하지 않았다.

"약국 안에서 문제가 터지면 안 되잖아. 손님도 와 있으니 형제 싸움으로 가게가 날아가버리면 곤란하다고. 내가 잘 말해둘 테니까 팔마 군은 아무것도 신경 쓰지 말고 접객이나 하고 있어."

엘렌의 말은 험악하기 짝이 없다. 엘렌은 약국 문을 열고 의기양양하게 눈을 밟으며 격자문 앞으로 나갔다. 그리고 쾌활하게 웃는 얼굴로 손님 앞에 선다.

"여러분, 새해 복 많이 받으세요. 잘 오셨습니다. 올해도 이세계 약국을 잘 부탁드립니다."

엘렌은 깊이 고개를 숙이고 경비 기사들로 하여금 정문을 열게 했다. 엘렌은 애교 있게 손님을 맞이하면서 팔레 앞을 가로막고 섰다.

"얼렐레? 오랜만이잖아, 팔레 군!"

팔짱을 끼고 있기에 자연스레 가슴을 강조하는 포즈가 되어 도발적이다.

"엘레오노르?!"

팔레는 생각지 못한 상대가 생각지 못한 장소에서 나온 나머지 어색한 표정을 지었다.

"어째서 네가 여기 있는 거야?!"

"어째서냐고? 여기 직원이니까 당연하잖아."

엘렌은 귀족 영애답게 연기조로 큰 웃음을 터뜨려 보였다.

"후우, 네가 점주였던 거야? 귀족 주제에 이런 장사나 하고 있다니, 그렇게나 너희 집이 가난한 거였어? 하급 귀족은 큰일이구나."

그리고 팔레도 비꼬듯 말했다.

"누구 집이 가난하다는 거야?!"

엘레오노르는 고귀한 백작 영애였다. 존작가 장남인 팔레 입장에서는 하급일지 모르지만 굳이 하급 취급을 받을 이유는 없을 것이다.

"그러는 너야말로 황제 폐하의 보호를 받고 있는 이 제국 칙허점에 뭘 사러 온 거지?"

바보에게 잘 듣는 약이려나? 따위로 응수하며 서로 험악한 말을 주고받았다.

"알았어. 그렇게 이야기를 나누고 싶다면 느긋하게 해보자고, 엘레오노르!"

여기서 말하는 이야기란 육체의 언어를 말한다.

"어머나, 저번처럼 나한테 져서 울상이나 짓지 말라고!"

상위 신술사인 엘렌도 전혀 물러서지 않는다.

"이봐, 너한테는 한 번도 진 적 없다고!"

어느 쪽도 물러설 수 없게 되었는지 두 사람은 호쾌하게 말을 타고 함께 교외 쪽으로 나가버렸다.

"아~ 아! 두 사람 다 어디로 가버린 거야!"

접객을 하면서, 멋대로 흥분한 두 사람을 살피고 있던 팔마는 급박한 전개에 아연실색했다. 긴장감이 부족한 로테가 검지를 세우며

해설한다.

"팔레 님이 엘레오노르 님의 발치에 손수건을 집어 던졌으니 이건 결투네요."

"결투는 좀 봐줘!"

팔마가 갑작스럽게 일어섰기에 환자는 놀랐다.

"기대되네요. 결투! 어느 쪽을 응원할래요?"

로테는 결투의 의미를 잘 모르는 모양이다. 그렇게 태평스러운 일이 아닌데 말이다.

"결투를 하면 사상자가 나온다고! 기대할 일이 아니야!"

역시 엘렌이 나가서 이야기가 꼬였잖아! 팔마는 후회했다.

"아~ 정말! 두 사람 모두 끓는점이 너무 낮아!"

팔마는 노도 같은 기세로 대기 중인 전원의 처방전을 써서 아르바이트생 1급 약사에게 건넨 후 "점심까지는 돌아올게!" 라면서 흰 가운을 벗고 검은 코트를 걸치고서 약국을 뛰쳐나갔다. 처방전을 쓰고 나서 바로 약국을 뛰쳐나왔지만 두 사람 모두 말을 타고 결투장으로 간 탓에 어디로 갔는지 놓치고 말았다.

어찌할 바 모르고 있는 팔마를 로테가 약국 창문을 열고 손을 흔들면서 불렀다.

"걱정 마세요. 두 사람 모두 약사니까 다치더라도 그냥 방치하지 않고 치료해줄 거예요. 그렇게 되면 화해가 성립될 가능성도!"

로테가 팔마를 격려했다. 그럴 리 없을 거라고 생각하지만 로테는 진심으로 그렇게 말하는 듯했다.

"그런 걸로 화해할 리 없잖아."

일이 괜히 더 꼬인 탓에 처음부터 자신이 나가는 편이 좋았다고 생각하는 팔마였다.

◆

팔레와 엘렌은 본푸아 가문이 소유한 공터에 도착했다. 말에서 내린 후 서로 거리를 벌린다.

두 사람 모두 실력이 백중세인 상위 신술사이기에 물 속성(물, 눈, 얼음, 안개, 열탕)의 모든 신기를 쓸 수 있다.

"자, 승부다. 손이 근질거리는군."

팔레는 코트를 확 벗어 던졌다. 한겨울임에도 갑옷 같은 근육으로 덮인 체구가 셔츠 밑으로 드러나 보인다. 열혈인 남자다.

"잠깐만. 규칙은? 한쪽이 쓰러질 때까지 싸우면 되는 건가?"

엘렌도 더러워지지 않도록 흰 가운을 벗었다. 흰 가운 밑에서 가느다란 허리와 기품 있는 크기의 가슴, 타협이라곤 없이 정돈된 보디라인이 드러났다.

"울어도 몰라."

팔레는 들고 있던 조약돌을 높이 집어 던졌다. 조약돌이 땅바닥에 닿은 순간부터 전투가 시작된다는 신호였다.

엘렌과 팔레는 돌이 땅바닥에 떨어짐과 동시에 달려 나갔다. 한곳에 머물러 있다가 표적이 되는 것을 피하기 위해서다.

"농무의 벽."

엘렌은 팔레와의 사이에 농무를 만들어내 시야를 가렸다. 좌표를 교란하는 것은 물 속성 신술 전투의 기본이다. 거기서 엘렌은 가로로 지팡이를 휘둘렀다.

"거꾸로 내리는 비."

지면에 두꺼운 물의 막을 치고 땅에서 거꾸로 내리는 호우를 퍼부으려고 한 엘렌에게 팔레도 영창을 발동시켜서 요격했다.

"물 포획."

팔레는 엘렌의 물을 이용해서 땅을 얼리는 포획을 사용했다. 얼음 덩어리가 엘렌의 발을 포착한 후 몸을 얼리기 시작했다. 엘렌이 신장을 땅에 꽂자 지팡이의 결정이 날카로운 광채를 내뿜었다.

"신속 융해."

얼음덩어리는 물로 변해 증발했다.

"물의 정수."

팔레는 발을 강하게 내딛고 대수류 방출의 반동에 대비했다. 특기로 하는 상위 물 속성 신기이다.

팔레의 지팡이에서 만들어진 대수류는 물의 거인이 되어 엘렌을 덮쳤다. 신력에 의해 딱딱해진 얼음 주먹을 땅바닥에 내리꽂으면 땅바닥이 심하게 파여 분화구가 생길 듯한 위력이다. 그런 것을 엘렌에게 가차 없이 사용한 팔레는 전혀 사정을 봐줄 생각이 없었다.

전력질주로 도망친 엘렌은 갑자기 몸을 돌리고 똑바로 거인에게 지팡이를 뻗었다. 지팡이 끝에서 만들어진 얼음 기둥에 의해 엘렌의 키보다 거대한 투명한 얼음 봉오리가 만들어진다. 그것이 크게 부풀어 오를 무렵, 엘렌의 아쿠아색 눈동자가 얼음처럼 차갑게 가늘어졌다.

"피어라."

2단계의 발동 영창.

"얼음 꽃."

대물리 방어 실드. 커다란 얼음 꽃은 눈부신 섬광과 함께 적층형으로 피어올랐다. 크게 치켜든 주먹을 내리친 거인의 공격을 막고 그 주먹을 꽃잎으로 감싼 후 동결의 파동으로 거인을 내부에서 파괴한다. 다이아몬드 더스트처럼 파괴된 거인의 얼음 부스러기가 바람에 날리며 대기 중에서 반짝반짝 난반사된다.

농무가 걷히며 두 사람은 다시 대치했다.

"제법이구나, 엘레오노르. 나는 강한 여자가 싫지 않아. 너는 싫지만 말야! 핫핫핫!"

팔레는 같은 속성의 싸움 상대를 만난 기쁨으로 온몸이 가득 찬 듯했다.

"바보 아냐?! 팔레 군한테서 칭찬받아도 기쁘지 않다고!"

엘렌은 신장을 고쳐 잡았다. 그녀에게는 아직 여유가 있다.

"거칠고 고집스러운데다 맘에 안 드는 데가 있으면 곧바로 폭력, 너는 조금도 변하지 않았어. 언제나 온화한 팔마 군과는 정반대야. 환자에게도 그런 태도를 취할까 봐 겁나!"

어째서 형제가 이리도 다른 것인지, 엘렌은 탄식했다. 엘렌은 신술을 어디까지나 자기 방어를 위해 배웠다. 허나 팔레는 상대에 대한 우월감을 얻기 위해, 자기 과시를 위해 신술을 쓰는 걸로 보였다.

"그건 너도 똑같지 않아? 내가 신술을 훈련하는 건 이유가 있기 때문이야!"

왜 싸움으로 발전했는지는 당사자들도 이해하기 힘들었지만 어느샌가 결판을 내야 한다는 분위기가 되고 말았다.

"팔레 군과 똑같이 취급하지 말아줄래?!"

"흥, 네가 약국 점주면 직원들도 큰일일 것 같군."

"쓸데없는 참견이야. 그전에 나는 점주가 아니고. 그보다 약국에는 뭘 하러 온 거야?"

"약국은 약을 사러 오는 곳이잖아. 나는 손님이라고. 뭘 하러 온 거라 생각한 거야."

지팡이를 겨드랑이에 낀 채 거만하게 가슴을 펴는 팔레. 1급 약사가 동업자에게 손님이라고 으스대는 것도 좀 그렇지만 엘렌은 말문이 막혔다. 처음 시비를 건 것은 엘렌이었다.

"미안하지만 잘 듣는 약일수록 그 약국에서는 팔지 않아. 약이 필요하다면 환자를 데려오라고."

엘렌은 조금 완곡한 표현을 썼다. 이세계 약국의 판매 코너에는 서포터와 반창고, 사탕 등이 있지만 약 같은 약은 팔고 있지 않다.

"우선 환자를 보고 나서 약을 처방하는 게 점주의 방침이라서 말야. 그러니까 건강한 사람에게 팔 약은 그 가게에는 없어."

그렇군. 팔레는 납득하고 고분고분 항복했다.

"내가 환자야! 불만 있어?"

"뭐? 무, 무슨 병인데?"

약국을 구경하러 온 게 아니라는 것을 알자 결투 분위기는 무산되었다. 엘렌과 팔레는 일단 지팡이를 거두었다.

"나로선 아직 진단이 안 돼. 아버지도 마찬가지일 테고. 아마 아무도 모를 거야."

이 세계에서 최고라 일컬어지는 노바르트 의약 대학을 수석으로 졸업한 그가 모르는 병.

"하지만 아는 것도 있어. 내 수명은 그리 길지 않아. 1년일지 몇 달일지는 알 수 없지만."

팔레는 힘없이 웃었다. 그 잇몸에서 피가 나는 게 엘렌에게도 보였다.

"어떻게 된 거야? 그 피. 나는 아직 때리지 않았다고. 혈압이 올라버린 거야?"

엘렌은 아직 대미지를 줄 만한 공격은 하지 않았을 터였다.

"이것도 그 증상 중 하나야. 금방 출혈을 하고 좀처럼 멎지 않지. 정말 분통 터진다니까."

팔레는 입에 고인 피를 화난 표정으로 뱉었다.

"가정교사를 하는 너는 팔마와 만나는 일도 많겠지만 이 일은 비밀로 해줘. 팔마와 블랑슈는 아직 어리니 말야."

"스승님은? 어머님은 아시는 거야?"

"아무도 몰라. 이야기한 것은 너뿐이야. 약국에 온 것을 본 이상 실토할 수밖에 없잖아."

"뭐, 뭐야. 어째서 하필이면 나한테 그런 이야기를."

"지난 며칠간 동생들과는 미련이 없을 만큼 함께했어. 언제 어떻게 되어도 여한은 없지."

그러고 보니 팔마가 지난 연휴 동안 팔레와 함께 녹초가 될 만큼 놀았다고 한 것을 엘렌은 떠올렸다. 동생들과 추억을 만들 생각이었던 건가, 그런 생각이 들었다.

◆

"그런 일이⋯."

팔마는 조금 떨어진 곳에 숨은 채 두 사람의 모습을 살피고 있었다.

엘렌과 팔레의 성대한 신술 전투가 시작되었기에 그 신력의 흐름을 따라오다가 결투 장소를 발견한 것이다. 어느 한쪽이 다칠 것 같으면 소거 능력을 쓰거나 사이에 끼어들 생각이었는데 생각지도 못한 전개가 되어서 나가고 싶어도 나갈 수 없게 되었다.

중대한 이야기를 듣고 당황한 듯한 엘렌이 팔레를 격려했다.

"약한 소리 하지 말고 마음 단단히 먹어! 너답지 않게!"

"만약의 경우에는 팔마가 가문을 이을 거야. 녀석도 대단한 녀석은 아니지만 내가 없어지면 정신을 차릴지도 몰라. 며칠 전에 근성을 고쳐놓았으니까."

"팔마 군과 집 걱정을 할 때가 아니잖아. 스스로 진단이 안 되는데 치료 방침을 세울 수 있어? 그 병을 어떻게 할 거야?"

엘렌은 팔레에게 따졌다. 엘렌은 팔레와 오랫동안 라이벌 관계였지만 그것은 팔레가 시비를 걸어오고 성격이 맞지 않았기 때문일뿐, 딱히 미워서는 아니었다.

'심각했었구나, 팔레…. 흠, 그래서 이번 귀성은 낌새가 달랐던 건가.'

팔마는 조용히 진안을 써서 팔레를 진찰했다. 그 형광은 맥박 치며 흐르고 있다. 빛이 움직이는 것을 보고 뼈나 혈액계 질환인 것으로 추측하고 병명을 하나씩 확인한다. 그리고 진안은 우려했던 하나의 질환에 호응했다.

"백혈병."

팔마의 등골이 오싹해졌다. 그것은 혈액암이라 불리는 병이었다.

감염증과 달리 잘 듣는 약이 있는 것도 아니고 고칠 수 있을지도 알 수 없다.

'말도 안 돼. 누락되어 있었어. 내가 이번에도 빠짐없이 진안을 썼더라면….'

반년 전 귀성해서 팔마가 진찰했을 때 팔레는 아주 건강했고 몸의 이상은 없었다.

허나 이번 귀성에서는 함께 정신없이 놀러 다녔고 쉴 새 없이 기관총 토크를 계속 했기에 팔마도 녹초가 되어 진안을 쓰는 것을 잊고 있었다.

백혈병은 조혈 세포 한 개의 변이로 백혈병 세포가 탄생하는 것에 의해 시작된다.

지난번에 그 한 개 내지 여러 개, 수십 개를 못 봤던 것일까? 그렇게 생각하며 팔마는 몹시 반성했다. 병이 있으면 분명 보일 거라고 능력을 과신했던 것 같다.

'팔레가 무언가에 쫓기듯이 우리들을 데리고 놀러 다니고 신술 훈련 때 그런 이야기를 한 것도 어쩌면….'

자신에게 다가오는 죽음의 그림자를 깨달아서 그런 게 아닐까, 팔마는 생각했다.

돌이켜보니 형제 대결 후 형의 부상을 치료했을 때 손과 발에 멍자국이 수도 없이 있었다. 허나 뇌까지 근육인 형이라 무모한 단련을 한 거겠지 하고 팔마는 가볍게 생각했다.

이 세계는 선진국인 일본만큼 암에 걸리는 사람은 적다.

애당초 이 세계 평민들은 수명이 짧고 다른 감염증 등으로 죽을 확률이 높기에 약국에 온 제도 시민들 중에서도 암 환자는 별로 눈에 띄지 않았다.

귀족은 신력 덕분에 면역력이 높기 때문인지 유전자계 질환에 강해서 더욱 사례가 적다.

그래서 강한 신력을 가진 귀족인 팔레가 백혈병에 걸린 이 상황은 몹시 진귀하다고 할 수 있었다.

'결과론이지만 나와 함께 살고 있었다면 발병하지 않았을지 모르는데….'

그렇게 생각하니 팔마는 분해서 견딜 수 없었다. 살로몬이 말하길 팔마의 주위에 있으면 성역이 발생하는 덕에 병에 잘 걸리지 않는다고 했다. 불운하게도 팔레는 먼 곳에 있는 노바르트에서 기숙사 생활을 하고 있었기에 팔마의 성역도 효과가 없었던 것일지 모른다.

백혈병에는 네 가지 타입이 있고 만성과 급성으로 나뉜다. 팔마는 조바심을 내면서 병명을 되뇌었다. 백혈병이라는 것만으로는 정확한 병명이 아니다.

"'급성.'"

급성에 약간 반응이 있었다. 다시 말해 바로 치료에 들어가지 않으면 팔레는 몇 개월도 되지 않아 사망할 거라는 것을 의미했다.

"'급성 골수성 백혈병.'"

백혈병은 코피와 잇몸 출혈, 멍이 잘 생기는 것, 감염증에 잘 걸리는 것, 빈혈과 비슷한 증상이 잇달아 나타나고 이윽고 많은 장기에 영향을 미치는 무서운 병이었다.

급성 골수성 백혈병이라고 했을 때 파란색 빛이 약간 옅어지긴 했지만 빛이 하얘지지는 않았다. 팔마는 병명을 바꾸었다.

"'급성 전골수구성 백혈병.'"

빛이 완전히 하얘졌다.

'이쪽인가…!'

이 병명이 확정된 순간, 그를 노바르트로 돌려보낼 수 없게 되었다.

이 타입은 뇌혈관 내에서 출혈을 일으키기 쉽다. 장거리 이동은 위험하다. 한번 출혈을 일으키면 팔마가 수술도 할 수 없으니 뇌 안은 거의 손을 댈 수 없게 된다. 팔레가 약국에 들르려 하지 않았다면 그대로 노바르트에서 쓰러져버렸을지도 모른다.

'더 이상 망설일 시간이 없어.'

팔레의 목숨이 달린 상황이다. 정체를 들키는 것 따위에 신경 쓰고 있을 때가 더 이상 아니었다.

"형, 엘렌."

팔마는 소리친 후 엘렌과 팔레에게 모습을 보이고 그쪽으로 걸어갔다.

심각한 이야기를 하고 있을 때 갑자기 동생이 등장하자 팔레는 어디까지 이야기를 들었는지 몰라서 동요하긴 했지만,

"뭐야, 너는 어째서 이런 곳에 있는 거지? 엘렌을 찾으러 온 거야?"

팔레는 엘렌과의 대화 따윈 없었다는 듯 담담한 표정으로 팔마에게 손을 들어 보였다. 끝까지 팔마에게는 병을 알릴 생각이 없는 듯한 태도였다.

허나 팔마는 그럴 때가 아니라며 고개를 가로저었다.

"이야기는 전부 들었어. 감추지 않아도 돼."

"저기, 뭐냐, 너는 네 할 일만 하면 돼. 아버지와 어머니, 블랑슈를…."

"그만둬!"

팔레의 말을 팔마는 끊었다. 유언 같은 소리 따윈 듣고 싶지 않았기 때문이다.

"병과 싸워. 아직 포기할 단계가 아니야."

팔레의 죽음.

그것이 현실이 되어버리지 않도록 팔마는 그를 직시했다.

"꼭 낫는다고는 할 수 없지만 들을지도 모르는 약이라면 있어. 내가 만든 약이야."

"네 약…? 저기 뭐냐, 응."

기대 밖이지만 마음만은 기쁘게 받겠다는 표정의 팔레에게 팔마는 그를 경악시키기에 충분한 말을 단숨에 했다.

"형이 쭉 찾고 있던 이세계 약국의 점주는 나야."

"뭐? 잠깐만 기다려, 팔마. 엘레오노르에게 할 말이 있으니까. 대체 뭘 하는 거야? 엘레오노르. 견습 약사 수행 중인 팔마를 약국 점주 같은 자리에 앉히다니, 너 바보냐?"

팔레는 크게 한숨을 쉬고 팔마가 아니라 엘렌을 꾸짖었다. 엘렌은 팔레가 착각을 하고 있기에 무슨 말을 하는 건지 되물었다.

"팔레 군, 넌 아직 자신의 입장을 모르고 있는 모양이네. 팔마 군에 대해서도 그렇고."

팔레는 팔마가 무자격 견습 약사라고 믿고 있는 듯했다. 그런 까닭에 그의 스승인 엘렌이 팔마에게 약국을 맡기는 등 비상식적인 일을 시키고 있는 것으로 단정하고 있었다.

팔레는 한탄스럽다는 듯 엘렌을 질타했다.

"엘레오노르, 아직 자격도 없는 약사를 바지 사장으로 앉히고 이상한 짓을 시키면 나중에 고생하는 건 너라고."

팔마와 엘렌은 얼굴을 마주 보았지만 팔레의 착각은 이어졌다.

"놀고 있지 말고 너도 얼른 학교에 들어가는 편이 좋아. 한번 체계적으로 약학을 배우는 거야. 독학으로는 수료까지 기간이 길어질 뿐이야. 노바르트가 아니라 제국 약학교라도 좋으니까 가정교사한테서 배우는 게 아니라 학교에 다니도록 해."

팔레는 팔마의 장래를 진심으로 걱정하는 듯했다. 팔마는 일이 복잡해질 것 같아 곤혹스러워하면서,

"아무튼 형, 나한테 치료를 맡겨주지 않을래? 약국으로 돌아가서 형의 병에 대해 설명할 테니까 따라오라고."

"잠깐, 잠깐, 잠깐. 혼자 너무 폭주하지 마. 그럼 혹시나 해서 물어보겠는데 너는 무슨 병이라고 생각하는 거야?"

팔레는 빤히 팔마를 쳐다보며 물었다. 팔마는 곧바로 대답했다.

"백혈병이야. 형은 모를지도 모르겠지만."

이 병명은 19세기 독일 병리학자가 비종을 앓던 환자가 피가 하얗게 되어 사망한 것을 발견한 데에서 유래한다. 이 세계에는 아직 없는 병명이었다.

"뭐야? 그게 네 소견이야? 제대로 진찰해보지도 않았는데? 너는 마침내 스스로 병명까지 창작하게 된 거냐? 배움이 없다는 건 슬픈 일이로군."

팔레는 팔마를 동정하는 듯한 시선을 보였다.

"잘 들어. 가르쳐줄게. 병명은 자기 멋대로 창작해선 안 돼. 적절

한 수순의 진찰에 기반해야 한다고. 그런 식으로 약국을 운영하는 거야? 그런 가게라면 지금 당장 문을 닫아버려!"

팔레는 진지하게 타일렀고 팔마도 묵묵히 들었다.

"진단을 할 수 없는 것을 부끄러워하지 마. 세상에는 미지의 기이한 병도 많으니까. 적당한 병명을 붙이는 게 약사로서는 더 부끄러운 일이라고!"

"나도 그렇게 생각해. 병명을 창작하는 것은 해선 안 될 일이야."

팔마는 팔레에게 전면적으로 동의했다.

"나 참, 언제까지 그러고 있을 거야. 팔마 군의 익살은 재미없다고!"

엘렌은 이마를 짚고서 어이없다는 표정을 지었다. 하나 팔마는 결코 팔레를 바보 취급하는 것이 아니었다. 오히려 병을 진지하게 대하고 객관적으로 판단해서 이 세계 약학으로는 고치기 힘들다며 죽음을 받아들이려는 팔레의 자세를 솔직히 존경했다. 무턱대고 덤비는 게 아니라 자신이 가지고 있는 최대한의 지식과 경험에 기반해서 남은 수명을 간파한 팔레는 우수한 약사라고 팔마는 생각했다.

그에 비해 팔마는 진안으로 병명을 알아냈을 뿐이다. 기량은 어느 쪽이 위일까 하고 팔마는 초심으로 돌아갔다.

"약국으로 돌아간 후에 이야기할게. 이야기가 길어질 것 같고 절차에 따른 진단도 해야 되니까. 엘렌, 나는 약국에서 이것저것 준비를 하고 있을 테니까 형과 함께 마차로 오도록 해. 이곳으로 마차를 보낼 테니까."

"뭐? 어째서 내가 팔레 군과 함께 마차로 가야 되는 거야? 내 말을 타고 돌아갈래."

엘렌은 노골적으로 싫다는 표정을 지었다. 팔레와 함께 오는 것이 어색한 것이리라.

"아니, 뭘 멋대로 정하고 있는 거야. 나는 노바르트로 돌아가야 한다고 했잖아."

앞으로의 예정을 동생이 멋대로 정해버려서 팔레도 짜증이 난 표정이다. 그리고 시키는 대로 따를 생각도 전혀 없는 듯했다.

"안 돼. 지금 형은 뇌출혈을 일으키기 쉬운 상태니까 말에는 타지 마."

팔레에게 그렇게 당부하고 팔마는 말을 타고 약국으로 돌아갔다.

◆

"들었지? 네 동생이 그렇게 말하니까 어쩔 수 없이 나도 함께 가줄게."

엘렌은 말고삐를 잡고 팔레에게 말했다. 엘렌의 말이든 팔레의 말이든 내버려두면 알아서 집으로 돌아가므로 엘렌은 자신의 말을 먼저 돌려보냈다.

"게다가 자기는 말을 타고 돌아가버렸지. 그 녀석, 건방진 짓을."

"팔레 군을 위해서 한 일이야. 아마도."

"녀석은 대체 뭐야? 바보인가?"

어이가 없다는 듯 팔레가 자신의 말에 타려 하자 엘렌은 제지하고 고삐를 빼앗아 말을 돌려보냈다.

여기서 약국까지 도보로 돌아간다고 해도 30분 정도이다. 하지만 지면은 눈으로 젖어서 진창이었다. 걸어서 가기보다는 그나마 마차를 기다리는 편이 좋을 것이다.

"그래…. 말이 끄는 썰매라도 가져다주면 좋았을 텐데."

엘렌의 농담에 팔레는 설교로 답했다.

"너 말야, 어째서 팔마의 말을 따르는 거야. 너는 1급 약사잖아. 스승인 네가 그런 어중간한 태도니까 팔마가 언제까지고 어엿한 약사가 되지 못하는 거잖아. 녀석은 차남이라고는 해도 약사로서 독립하지 않으면 안 된다고."

"진소리라면 얼마든지 들을게. 마차를 기다리는 동안."

"제기랄!"

두 사람은 결국 마차를 기다리기로 했다. 팔마가 수배한 마차는 바로 도착했지만 돌아가는 길 내내 팔레는 동생에 대해 연신 푸념했다.

"동생이 바보라서 슬퍼. 내가 병으로 죽으면 드 메디시스 가문은 어떻게 되는 거지? 멍청한 동생 때문에 집안이 망하고 말아. 정말 불운해. 이래선 죽고 싶어도 죽을 수 없다고. 악령이 되어 나타날 테다."

팔레는 팔마와 드 메디시스 가문의 장래에 대해 앞날이 캄캄하다고 말했다. 블랑슈는 공부를 싫어하고 팔마는 착각이 심한 바보라며 팔레는 신음했다.

"그럴까? 너는 정말 운이 좋았다고 생각하는데."

엘렌은 장난스러운 미소로 팔레에게 윙크를 보냈다.

팔레는 불쾌감을 보이고,

"죽을병에 걸린 나를 보니 그렇게 유쾌해? 응?"

반사적으로 도발했지만 엘렌은 웃어넘겼다.

"저기 말야, 팔레 군은 옛날부터 매사에 뇌가 근육이었지만 수호
신에 대해서는 질릴 만큼 신앙심이 깊었잖아. 매일 기도를 잊지 않
는다고 들었고 예배도 열심이었어. 언제나 신전에서 봤을 정도니
까."

팔레는 철이 들었을 때부터 제도에 있는 동안 신전에 매일처럼
다니며 예배를 빼놓지 않았다.

가족이 가지 않아도 매일 아침 혼자서 예배를 보러 갔다고 한다.

비가 오든 눈이 오든 감기에 걸리든 후들거리는 걸음걸이로 다녔
기에 엘렌이 "그렇게까지 무리해서 왜 가는 거야? 그냥 쉬면 되잖
아"라고 해서 크게 싸운 적도 있었다.

"당연하잖아. 우리들이 신술을 쓸 수 있는 것도 신력을 주신 수호
신의 가호 덕분이니까. 너는 수신에 대한 신앙심이 너무 없어! 천벌
을 받아 신술을 쓸 수 없게 되어버려라!"

"거봐, 그런 구석이라든지."

엘렌의 수호신은 수신이지만 한 달에 한 번 신전에 가서 예배를
보면 많이 가는 편이었다. 신앙심이 없는 것은 아니지만 열심히 믿
는다고 해서 선천적으로 정해진 신력이 늘어나는 것도 아니다. 수
호신에 대한 기도는 아침저녁으로 해야 한다는 게 상식이기는 해도
그걸 지키는 귀족은 좀처럼 없다.

그런 상황을 감안하면 팔레는 지나칠 만큼 모범적인 약신의 신도
였다.

"여전하구나. 너에 비해 신앙심이 없는 걸 부끄러워해야 할 것 같
아."

엘렌이 즐거운 듯 미소 지었다.

"그렇게 열심이라 기도가 통해서 수호신님이 도와주신 것 아냐?"

"무슨 소리야?"

팔레의 수호신은 약신이고 궁정 약사가 되기 위한 천명을 받고 태어난 듯한 남자였다. 팔레는 자신의 수호신이 약신이라는 것을 자랑스럽게 생각하고 있다. 엘렌이 아무리 약사로서 노력한다고 해도 절대 메울 수 없는 수호신의 차이.

수호신이 약신이기에 엘렌과는 달리 팔레에게는 궁정 약사가 될 수 있는 자격이 있다.

태어났을 때부터 약신의 비호를 받는 팔레를 엘렌이 부럽게 생각한 적이 없다면 거짓말일 것이다.

"으응, 아무것도 아냐."

엘렌은 말문을 흐렸다. 그것은 부러워해도 소용없는 일이다.

약신 의혹이 있는 본인이 실토하지 않으니 엘렌이 털어놓을 수는 없다고 생각했다.

◆

팔레와 엘렌이 약국에 도착했을 무렵 팔마는 손님들을 모두 처리하고 약국 문을 닫은 채 현관 앞에 서서 두 사람을 기다리고 있었다.

"두 사람 모두 어서 와."

"동생아, 네가 바라던 대로 마차로 왔다. 이제 만족하냐?"

팔마는 형의 코트를 받아 들고 실내화를 두 사람에게 내주었다.

"이세계 약국에 온 것을 환영해, 형. 진짜로 내가 점주니까 어서 안으로 들어와."

"으, 응."

팔레는 약국 내부로 발을 들여놓았다.

"이게… 약국인가? 내가 알고 있는 약국과는 다르네. 약의 보관 법도 다르고 약초와 생약이 든 약병도 거의 없어. 물약이 적고 가루 약이 많아."

팔레는 약국 1층의 구조와 조제실을 둘러본 후 나름대로 감탄한 듯했다.

"자, 두 사람은 이쪽으로."

팔마는 1층 응접용 자리에 팔레와 엘렌을 나란히 앉혔다.

두 사람 앞에는 교과서가 한 부씩 배부되었고 따뜻한 음료수와 과자가 놓였다.

"그래, 그래, 고맙네."

"다시 한번 형의 병에 대해 설명할게. 쉬면서 듣도록 해."

팔마는 그들과 마주 보듯이 앉았다.

"어째서 내가 너한테서 강의를 들어야 하는 거야?"

팔레는 납득이 되지 않는 눈치였다.

"뭐, 할 말이 있으면 끝까지 듣고 나서 하도록 해. 납득이 되면 내 치료를 받도록 하고."

"그래. 나를 납득시킨다면 말야. 일단 너의 터무니없는 학설을 들려주기나 해."

팔레는 차를 벌컥벌컥 들이켠 후 스스로 물을 생성해서 다시 목 을 축였다.

"그전에 두 사람 모두 팔을 내밀어봐."

팔마는 유리로 된 주사기와 시험관, 구혈대 등 채혈 세트를 꺼냈다.

"음? 팔마 군, 뭘 할 건데?"

바늘을 본 엘렌이 테이블 위로 뻗고 있던 양손을 뒤로 뺐다.

"채혈이야. 바늘을 팔에 꽂아 혈관에서 혈액을 채취하는 거지. 무서우면 눈을 감고 있으면 돼."

"잠깐만, 나도 하는 거야?"

나는 아무 관계도 없잖아, 엘렌이 따졌지만 건강한 사람의 샘플로서 협력해달라고 팔마는 말했다. 이 세계에서는 혈액 상태를 볼 때 손에 가벼운 상처를 내서 조사하는 게 보통이었다. 그런데 나이프가 아니라 바늘이 등장했으니 무슨 일을 당할지 몰라 엘렌은 경계했다. 그것은 팔레도 마찬가지였다.

"내 피를 뽑아도 되지만 혼자서는 채혈할 수 없으니까 두 사람이 협력해줘."

"팔마 군, 그 채혈 방법을 써본 적 있어? 네가 하는 걸 본 적이 없는데."

"있으니까 그 점은 안심해도 돼."

채혈 경험이라면 팔마는 전생에서 경험이 풍부한 숙련자라고 해도 좋았다.

먼저 팔레의 팔에 구혈대를 감아 정맥을 도드라지게 한 후 신속히 바늘로 찌른다. 혈관이 잘 보이지 않았기에 알코올 솜으로 스윽 닦자 혈관이 팽창해서 잘 보였다.

"다만 사람한테서 뽑은 경험은 없고 동물 실험뿐이지만 말야."

팔마는 나중에 실토했다.

"형은 언제 뇌출혈이 일어날지 몰라. 그런 상황인 이상, 이러쿵 저러쿵하고 있을 때가 아니야. 나쁘게 생각하지 말아줘."

"이봐, 잠깐 기다려! 그만둬! 느닷없이 나를 실험 대상으로 쓰지 마! 그 정보를 지금 밝히지 말라고!"

허둥대며 팔레가 일어서려고 했지만 팔마는 이미 채혈을 마치고 스윽 바늘을 뽑았다.

"이미 끝났어. 놀라게 해서 미안해. 팔이 얼얼하지 않아?"

한순간에 벌어진 일이다. 팔마는 주사기 안의 혈액을 항응고제가 든 시험관에 넣고 서늘한 표정으로 흔들었다. 싫은 눈치였던 엘렌도 팔레의 반응을 보고 마지못해 채혈에 응했다.

팔마는 주사기로 슬라이드 글라스에 팔레의 혈액을 한 방울 떨군 후 커버 글라스 대신 얇은 유리로 그것을 펼쳤다. 곧바로 슬라이드 글라스 양쪽 끝을 잡고 흔들면서 말린 뒤 액체가 든 유리 용기에 담 갔다.

"그것은 무얼 위한 작업이지? 안에 뭐가 들어 있어?"

"안에 든 있는 것은 메탄올. 혈구 성분의 형태가 무너지지 않도록 유리판에 고정하는 거야."

엘렌의 혈액도 슬라이드 글라스에 떨구어서 마찬가지 처리를 했다.

"이 상태에서 관찰해볼게. 형은 혈액을 본 적 있어?"

"응. 그것도 현미경으로 말야."

팔레는 의기양양하게 코웃음을 쳤다. 팔레의 자랑이 시작되려고 했지만 팔마는 이야기를 흘려 넘겼다.

"그거 다행이네. 여러 가지 형태의 입자가 보일 거야."

팔마가 만든 단식 현미경이 없었다면 혈액에 세포라는 입자가 포함되어 있다고 해도 팔레는 믿지 않았을 것이다. 허나 지금은 누구든 믿지 않을 수 없다.

"종류가 다른 게 보여서 스케치도 했지."

"그것은 이런 형태의 입자 아니었어? 교과서 10페이지에 실려 있는."

배포된 교과서의 해당 페이지에는 둥근 입자의 일러스트가 그려져 있었다. 엘렌과 팔레의 교과서는 완전히 동일한 것이었다. 손으로 그린 정밀한 스케치로, 미세한 구조까지 세세히 그려져 있다.

"확실히 현미경으로 본 그대로 그려져 있군. 꽤 비슷해."

팔마가 제국 약학교 종합 의약학부 창설을 위해 교과서를 만들고 등사기로 복사한 게 도움이 되었다. 하지만 팔레는 위화감을 깨달은 듯했다.

"잠깐만. 이렇게 세세한 구조를 어떻게 확인한 거야?"

"배율이 높은 현미경으로 봤거든."

팔마는 상자에 든 현미경을 팔레와 엘렌 앞에 꺼냈다. 그것은 멜로디 존작에게 의뢰한 질 좋은 렌즈로 500배 배율을 실현시킨 황동제 복식 현미경이었다.

스테이지 밑에는 거울이 설치되어 있어서 집광 기능도 있다.

"뭐, 뭐야? 이건!"

"이건 단식 현미경의 렌즈 부분을 다시 확대해서 볼 수 있게 한 복식 현미경이야."

"어째서 네가 그런 걸 가지고 있어? 아버지에게 구해달라고 한 거야?"

제국 약학교 총장인 브루노의 힘으로 성능이 좋은 현미경을 구한 거라고 팔레는 믿어 의심치 않았다. 팔마가 설계도를 그려 멜로디에게 제작 의뢰를 한 것이지만 일일이 설명하다간 이야기가 진척되지 않겠기에 현미경의 출처는 얼버무리기로 했다.

"그런데 혈액이 온몸에 운반하는 것은 뭐라고 생각해?"

"영양분이겠지."

팔레는 바로 대답했다. 그는 노바르트 약학 대학에서 인간의 체액은 혈액, 점액, 황담즙, 흑담즙 네 종류로 구성되어 있다는 4체액설을 배웠다. 그것은 팔마도 알고 있었다. 그리고 혈액을 용기에 넣어 방치해두면 투명한 액체와 검붉은 침전물로 분리되는 것도 알려져 있었다. 혈액은 비장에서 깨끗하게 정화되는 것으로 여겨지고 있었다. 이 체액의 균형이 악령에 의해 무너지면 사람은 병에 걸리는 것으로 알려져 있다.

팔마는 좀 더 자세하게 설명했다.

"그래. 영양분과 호흡에 의해 체내에 흡수된 산소야. 혈액은 크게 나누어 혈구와 혈장, 그리고 기타 성분으로 구성되어 있어. 붉은색의 적혈구는 몸 구석구석까지 산소를 운반하는 역할을 맡고 있는 입자야. 무색의 백혈구, 이것은 세균을 죽이거나 면역에 관련된 입자. 아, 면역은 다른 기회에 설명할게. 그리고 혈소판은 혈액을 응고시켜 출혈을 막는 성분이야."

그렇군. 엘렌은 고개를 끄덕이며 완성된 지 얼마 안 된 교과서를 읽었다. 그리고 로테도 절묘한 타이밍에서 맞장구를 쳤다.

"그렇군요~. 그냥 빨간 액체로 보였는데 도움이 되는 알갱이들이 많이 있었네요!"

세드릭과 로테도 조금 떨어진 곳에서 교과서를 들고 강의에 귀를 기울였다.

"이 입자들을 세포라고 불러. 혈액 성분뿐만 아니라 어느 생물이든 세포라는 구조를 가지고 있지."

팔레도 턱을 괴면서 부정은 하지 않았다. 눈에 보이는 것이기에 생물이 세포로 이루어져 있다고 해도 납득할 수 있는 것이리라.

"하지만 다양한 혈액 성분이 있어도 그것을 만들어내는 세포는 단 한 종류밖에 없어."

팔마는 여러 가지 혈액 성분이 그려져 있는 곳에서 가장 위쪽에 있는 입자를 가리켰다.

"그게 바로 혈액을 만드는 줄기세포야. 조혈 줄기세포라 불리지. 그 줄기세포가 적혈구, 백혈구, 혈소판 등의 혈액 성분을 만들어."

"흠, 지어낸 이야기치고는 완성도가 높네."

팔레는 코웃음 쳤다.

"그럼 만약 방금 이야기가 사실이라고 할 때, 형의 출혈이 잘 안 멎는 원인은 뭐라고 생각해?"

팔마는 팔레에게 질문했다. 팔레는 어느 틈엔가 팔마의 페이스에 말려들고 있었다. 툭하면 잇몸에서 피가 나고, 잘 멎지 않으며, 멍이 잘 생기는 원인을 팔레 스스로가 파악하게 한다.

"혈소판…. 출혈을 막는 성분이 만들어지지 않는 건가?"

"그래."

형의 이해력이 높아서 다행이다. 그렇게 생각하면서 팔마는 긍정했다.

"조혈 줄기세포에서 각 혈액 성분으로 성장하는 루트가 있는데, 형의 경우는 호중구라는 백혈구의 일종을 만들어내는 루트에 이상이 발생한 거야."

　"그것으로는 설명이 안 돼."

　팔레는 논리의 허점을 발견한 듯 날카롭게 지적했다.

　"그런 게 원인이라면 왜 다른 혈액 성분이 줄어든 거지? 이상이 일어나고 있는 것은 일부 루트뿐이잖아. 혈소판과 적혈구 등을 만드는 루트, 다른 종류의 적혈구와 백혈구를 만드는 루트는 무사하다며?"

　곧바로 지식을 흡수해서 반론하는 것을 보면 우수한 형이다. 하지만 팔마는 침착하게 대답했다.

　"이상이 생긴 백혈병 세포는 무제한으로 늘어나서 폭주한 세포가 조혈 장소인 골수를 점령해버리게 돼. 이렇게 되면 다른 혈액 성분을 만들 수 없지."

　"골수를 이상이 생긴 백혈병 세포가 점령한다고…?"

　"그래. 그래서 적혈구가 줄어들어 빈혈이 생기고, 산소가 몸 전체에 전달되지 않아서 숨이 차지. 백혈구가 줄어들어 세균에 감염되기 쉬워지고, 혈소판이 줄어들어서 출혈이 잘 멎지 않아. 형이 지금 스스로 느끼고 있는 것처럼 말야."

　"……! 그렇군!!"

　모든 게 다 들어맞아서 납득이 되었는지 팔레가 부르르 몸을 떠는 게 팔마에게도 보였다.

　"방금 설명이 사실인지 아닌지, 형의 혈액 성분과 엘렌의 혈액 성분을 비교해서 조사해볼게. 하지만 혈구 성분이 투명한 상태에선 관찰하기 힘드니까 세포에 색을 칠할게. 이것을 염색이라고 하는데 시간이 걸리니까 함께 점심이라도 먹자."

팔마는 팔레를 3층 직원 휴게실로 안내했다.

"식사는 이쪽이에요. 팔레 님. 맛있게 드세요."

로테와 세드릭이 준비한 점심이 마련되어 있었다.

다섯 명이 식탁에 둘러앉아 환담하면서 팔마는 때때로 실험실에 염색 작업을 위해 드나들었다. 팔레는 여느 때의 수다가 어디로 갔는지 말수가 줄어든 채 뚱해 있었다. 새로운 지식을 접하고 충격을 받은 것인지도 모른다. 그의 심경을 간파한 약국 직원들은 말과 화제를 신중하게 골라가며 그를 대했다.

"이 어니언 그라탱 수프는 몸이 따뜻해져. 로테는 이제 요리도 잘하네. 추운 날에 딱 좋아."

"에헤헤, 세드릭 씨의 도움도 받았습니다! 썰고 있으면 눈물이 계속 나거든요. 아직 많이 있어요!"

칭찬을 받은 로테는 쑥스러워했다. 그녀는 최근 약국 점심을 만드는 데 푹 빠져 있었다. 식사를 마치고 엘렌과 팔레는 팔마를 기다렸다.

"결과가 나왔어."

팔마는 4층 연구실에서 3층으로 현미경과 슬라이드 글라스를 가지고 내려와서 결과를 설명하기 시작했다.

"염색이 잘됐어. 적혈구가 빨간색, 혈소판이 파란색, 백혈구 중 호중구가 적자색, 호산구가 빨간색, 호염기구가 청자색으로 물들어 있어. 이쪽이 엘렌의 혈액, 이쪽이 형의 혈액이야. 비교해봐."

"그렇게 간단히 혈액이 염색되는 거야?"

반신반의하는 표정이던 팔레는 현미경을 들여다보고 말문이 막혔다.

　염색이라는 공정에 의해 세포는 착색이 된 상태였다. 적당히 색을 입힌 것이 아니라 정밀하게 색깔별로 구분되어 있는 것이다.

　"엘렌의 혈액과 형의 혈액. 차이를 딱 봐도 알겠지? 보라색을 띤 혈구 내부에 바늘이 모여 있는 것 같은 구조가 보일 텐데, 그건 아우어 소체라는 구조로 엘렌의 혈액에는 없는 거야. 보여?"

　"…응. 확실히, 보여."

　팔레의 목소리는 떨리고 있었다. 숨을 쉬는 것을 잊고 있는 듯했다.

　"그게 백혈병 세포야."

　"네, 네가 말한 대로였군…."

　팔레는 엘렌의 것에 비해 전체적으로 적혈구와 혈소판이 줄어든 것도 눈치챘을 것이다. 혈액의 확대상이라는 더할 나위 없는 증거를 두 눈으로 직접 확인한 이상, 팔마의 이야기가 그저 지어낸 이야기가 아니라 사실이라는 걸 깨달았을 터였다.

　"함께 식사를 하는 동안 나는 형의 혈구를 계산해봤어. 적혈구, 백혈구, 혈소판은 감소했고 그 대신 특징적인 백혈병 세포를 볼 수 있었어. 골수를 찔러 진단하는 게 정식 방법이지만 통증도 있고 이미 말초혈에까지 백혈병 세포가 등장한 상태니까, 그 결과를 함께 고려해서."

　담담히 도망칠 틈도 주지 않고 논리적으로 이야기해가는 팔마를 보며 팔레의 손발은 점점 창백해졌다.

　"나는 급성 전골수구성 백혈병으로 진단했어."

팔마는 환자를 진찰할 때 대개 진안을 썼다. 간략한 진료에 도움이 되기 때문이다. 허나 진안 없이 병을 입증하고 환자를 납득시켜야 할 때도 있다. 팔레를 납득시키기 위해서는 치트 능력으로 진단했다는 말은 통하지 않기에 이번에는 절차를 밟았다.

"팔마 군은 이런 일도 할 수 있었구나."

"평소엔 간략하게 하지만 보통은 이렇게 진단하는 거라고."

팔마는 여느 때와는 방식이 달라서 놀라는 엘렌에게 설명했다. 원래는 임상 검사 기사가 할 일이다.

"형, 결과를 자신의 눈으로 봤으니 알 테지만 이 병을 치료하지 않으면 형은 몇 달 안에 죽어. 왜 죽는지는 알겠지?"

팔마가 침묵한 팔레의 어깨에 툭 손을 얹자 팔레는 힘없이 의자에서 무너져버렸다. 팔레는 팔마가 제시한 결과에 전혀 반론할 수 없었다.

팔레는 팔마에게 겁먹은 듯한 시선을 보였다. 팔마는 그것을 흘려 넘기며,

"앞으로의 치료 방침을 설명할게. 효과가 있을지는 보장할 수 없고 치료도 괴로울 거야. 그래도 만약 형이 내 말을 믿고 납득했다면 ···."

팔마는 심호흡을 한 후 팔레와 함께 병과의 싸움에 몸을 던질 각오를 조용히 했다.

"지금 당장 치료를 하게 해줘."

팔마는 의자에서 떨어진 팔레를 일으켜 세우며 격려했다. 팔레의 약사로서의 입장을 존중해서 일방적으로 강요하는 치료가 되지 않도록 배려했다.

"으, 응…. 잠깐 생각하게 해줘. 잠깐이면 되니까."

"차를 타 오도록 하죠."

세드릭이 배려심을 발휘해서 따뜻한 차를 가져왔다. 로테도 곧바로 쇼콜라를 내왔다. 그녀가 아끼고 있었던 과자다. 팔레는 그것들을 입에 넣은 뒤에야 비로소 한숨 돌린 듯했다.

"너, 정말 팔마가 맞아?"

"그래. 그렇지 않다면 뭐라고 생각해?"

"팔마…. 너, 이 수법과 지식을 어디서 배운 거야? 인간의 범주를 훨씬 뛰어넘었다고."

"음… 벼락을 맞았을 때 꿈을 꿨어. 그때 여러 가지 일들이 있어서 말야."

팔마는 몇 번씩이나 되풀이했던 무난한 설명을 또 써먹기로 했다. 물질 창조 능력과 신력을 보이지 않으면 그것으로 얼버무릴 수 있을 거라 생각했기 때문이다.

팔레는 충격을 감추지 못한 듯한 표정을 지었다.

"그것은 계시라는 거야. 무슨 신의 계시를 받은 거야? 너의 수호신도 약신 아니었나…?"

"나도 잘 모르겠어."

팔레는 심각한 표정으로 일어서더니 조용히 밖으로 걸음을 옮겼다. 엘렌이 그를 불러 세웠다. 충격이 너무 큰 나머지 섣부른 행동을 할 수도 있기 때문이다.

"잠깐, 어디 가는 거야?!"

"나도 벼락을 맞고 올게! 벼락을 맞고 지식을 얻을 테다!"

"그러다 죽어, 팔레 군! 대체 뭘 생각하는 거야! 자포자기 상태에 빠지면 안 돼!"

엘렌은 무엇부터 지적해야 할지 알 수 없었다. 하지만 팔레도 그만큼 안타까운 것이리라.

"그렇게 쉽게 벼락을 맞을 수는 없어, 형."

팔마는 팔레의 집념에 가슴 아파하면서도 그가 밖으로 나가려 하는 것을 말렸다.

"엘레오노르, 너는 아무렇지도 않은 거야? 지금까지 우리들이 배워온 약학은… 대체 뭐였지? 혹시 무의미했던 건….."

"무의미하지 않아."

팔마는 팔레의 말을 정면으로 부정했다. 그것을 무의미하다고 말해버리면 팔레를 지탱해왔던 것이 무너지고 만다. 신술과 포션, 약초를 조합한 이 세계의 전통 약학은 어느 부분에서는 효과적이라고 팔마도 인정했다.

"지금까지의 약도 듣는 것은 있었잖아."

"팔마 군의 말대로야. 하지만 듣지 않는 쪽이 더 많긴 해….."

엘렌은 팔레가 무슨 말을 하고 싶은 건지 대변했다.

"팔마, 네가 꿈에서 본 것을 전부 적어서 우리들에게 들려줘. 네 머릿속에 있는 것 전부를 말야! 부탁할게!"

"응, 그래서 지금 그렇게 하는 거야. 지식은 공유하는 편이 좋으니까. 아까 그 교과서가 바로 그거지."

팔마는 강의를 계속했다.

"그럼 계속해서 설명할게. 백혈병에는 만성과 급성이 있어. 급성 기간이 길어져서 만성이 되는 게 아니라 둘은 완전히 다른 병이야. 만성은 조혈 줄기세포 자체에 문제가 발생한 상태, 급성은 조혈 줄기세포에서 각 혈액 성분이 되는 도중에 이상이 발생한 상태야. 형의 경우는 어느 쪽이지?"

문답 형식이 기억에 더 강한 인상을 주고 이해를 돕는다.

팔레는 한번 말한 것은 바로 흡수하는 우수한 학생이었다. "급성이야"라고 팔레가 대답하자, "만성 아냐?"라고 엘렌이 그 반대를 주장했다.

"급성이 정답이야. 이 백혈병 세포를 제거하는 방법은 두 가지인데, 그게 뭐라고 생각해?"

팔마는 조혈 줄기세포에서 혈구와 기타 성분이 성장해가는 교과서의 일러스트를 가리켰다.

"나쁜 짓을 하는 백혈병 세포를 죽이는 거겠지."

"정답이야. 그리고 또 한 가지 방법은? 엘렌도 생각해봐."

"난 항복이야. 어떻게 해야 돼? 나빠진 세포를 죽이는 것 말고 다른 방법이 있어?"

엘렌은 포기가 빨랐다. 두 사람 모두 대답을 못 했기에 팔마가 대답을 했다.

"백혈병 세포가 정상적인 백혈구가 될 수 있도록 촉진하는 약을 쓰는 거야."

"그런 일이 가능한 거야?!"

팔레가 흥분해서 몸을 앞으로 내밀었다.

"이상이 발생한 백혈병 세포도 정상적인 백혈구가 될 수 있어? 이상이 발생한 거잖아."

엘렌이 그게 가능한가 하고 팔마의 방침을 의심하자 팔마는 웃었다.

"백혈구가 되지 못하는 상태의 세포가 이상한 거고, 백혈구가 되는 게 원래 정상이야."

백혈병 세포를 모두 백혈구로 만들어버리면 결과적으로 그것이 백혈병 세포를 제거하는 것이 된다.

"백혈구로 성장하게 촉진하는 약제는 전 트랜스형 레티노인산으로, ATRA라고 해."

"헤에⋯."

똑똑해진 것 같은 느낌이 드네, 말하면서 엘렌은 안경을 닦았다.

"잠깐만. 정상이라고는 해도 백혈구가 혈액 속에서 너무 많아지는 건 위험하지 않아?"

"만들어진 혈구 세포가 계속 혈액 속에 머물러 있는 것은 아니야. 혈구 세포에는 수명이 있거든. 백혈구도 며칠이면 죽어. 비장에서 파괴되어서 말이지. 하지만 그게 잘되지 않으면 레티노인산 증후군이라는 상태가 돼."

이 급성 전골수구성 백혈병(APL)의 특효약인 ATRA에는 부작용이 있다.

백혈병 세포에서 ATRA에 의해 분화(성장하는 것)를 촉진받고 대량으로 만들어진 백혈구는 팔레의 말대로 혈관을 다치게 하거나 심부전 등의 원인이 되기도 한다.

드물게 일어나는, 목숨이 위험한 부작용이다.

"그렇군⋯. 하지만 그 위험성이 있어도 아무것도 하지 않고 죽는 것보다는 나아."

팔레는 동의했다.

"그러니까 일단 백혈구로 분화하게끔 유도하는 약제, ATRA를 먹도록 해.”

팔마는 두 사람에게 오른손을 내밀었다.

“그와 함께 항암제로 백혈병 세포를 파괴할 거야.”

왼손도 내밀었다.

진안으로는 팔레의 경우 ATRA만으로도 낫는다는 판정이 나와 있다.

하지만 항암제를 병용해서 재발 위험을 최대한 낮추고 싶다고 팔마는 생각했다.

“두 가지 치료약으로 철저히 백혈병 세포를 공격하는 것.”

그렇게 말하면서 팔마는 양손을 딱 마주쳤다.

“이게 이 백혈병의 치료 방침이야.”

상세한 투약 스케줄은 나중에 설명한다고 팔마는 덧붙였다.

대략적인 흐름부터 순서대로 설명하면 머리가 좋은 팔레이니 이해할 거라고 생각했다.

“그래서 완전히 나을 수 있어?”

엘렌이 머뭇머뭇 팔마에게 물었다.

“완치 가능성은 충분해.”

안도한 엘렌이 얼굴을 누그러뜨리며 기쁜 표정을 지었다. 팔레도 적지 않게 희망을 가진 듯했다.

로테와 세드릭도 손을 맞잡았다.

“그럼 관해 도입 요법에 들어갈게.”

팔마는 약국 안에서 팔레에게 약과 물을 건넸다. 캡슐에 넣은 ATRA이다.

"앞으로 식후에 꼬박꼬박 챙겨 먹도록 해. 일단 지금도 점심 식사 후니까."

"지금부터 먹는 거야?! 마음의 준비가…."

그렇게 말하면서도 팔레는 받은 약을 삼켰다. 다 먹고 나서 식도 부근을 불안한 표정으로 쓰다듬는다.

"좋아. 치료는 시작됐어. 그만 돌아가자, 형, 로테. 오늘은 마차로 느긋하게 말야."

팔레는 뇌출혈이 일어나기 쉬운 상태이기에 격렬한 운동은 엄금이었다.

"ATRA를 먹고 나서 며칠이면 출혈 증상이 개선될 거야. 하지만 ATRA가 들을 때까지는 절대 안정을 취해야 돼."

"항암제인지 뭔지는 안 먹어도 돼?"

팔레가 처방과 조제를 잊은 건 아닌지 팔마에게 물었다. 아까 팔마가 치료에 두 가지 약을 쓴다고 했기 때문일 것이다.

"항암제인 이다루비신은 주사로 투여해. 이건 집에서 할게."

거리에 인접해 있는 약국이 아니라 안정되고 청결한 방에서 해야 한다고 팔마는 설명했다. 돌아가는 길에 완전히 지친 모습으로 마차에 몸을 맡긴 팔레에게 팔마가 거침없는 질문을 던졌다.

"혹시나 해서 묻는데, 형 지금 여자친구 있어?"

"어째서 지금 그런 이야기를?"

"필요한 정보거든. 무례한 질문이었다면 미안해."

"지난주에 헤어졌어. 스물다섯 명째였지. 좋은 여자였지만 그 방면에서 너무 얌전해서 불만이었거든. 아아, 참고로 피임은 잘했으니까 뒤탈은 없어."

"그 방면에 대한 이야기는 묻지 않았어."

어찌 됐건 팔레가 충실한 사생활을 보내고 있었던 것은 여전한 듯했다. 팔레가 자신의 수명을 깨닫고 그녀를 위해 헤어졌을 수도 있고 그냥 단순히 헤어졌던 것일 수도 있지만, 아무튼 제도에까지 쫓아올 여자친구는 없는 듯해서 안심이었다.

왠지 여자친구와 피임에 대한 이야기까지 나왔지만 같은 마차에 탄 로테는 운 좋게 잠들어 있었다.

"ATRA를 먹는 동안 여자와 육체관계는 피하도록 해. 투약 중에 임신을 시키면 기형아가 생길 가능성이 있으니까."

ATRA는 기형 유발성, 다시 말해 태아를 기형으로 만들 가능성이 있는 약이라고 팔마는 설명했다.

투약 중과 투약 후, 여성이든 남성이든 피임을 해야 한다.

"그렇군. 뭐 지금은 없으니까 신경 쓰지 않아도 돼."

"약 2년간이야. 목숨과 바꾸는 거니까 참도록 해."

2년간의 금욕 생활을 강요받는 거지만 목숨과는 바꿀 수 없다. 그렇게 말하고 타이른 팔마였지만 팔레는 거기에 신경 쓸 여유는 없는 모양이었다.

"여자 생각이나 할 상황이 아니잖아."

"그것도 그러네. 하지만 남자와는 사귀어도 괜찮아."

"바보냐! 농담으로라도 그런 말은 하지 마."

◆

"뭐라고?! 팔레가 그런 희귀병에…."

약학교에서 돌아온 브루노에게 팔마는 서재에서 팔레의 상태에 대해 보고했다. 백혈병이 어떤 병인지, 줄기세포와 백혈구의 형태는 어떤 것인지를 비롯해서 그 치료 방침까지 브루노에게 자세하게 설명했다.

기초 지식이 있는 브루노는 팔레에게 설명했을 때보다도 더 단시간 내에 팔레의 상태를 파악했다.

그는 이야기를 들을수록 낭패한 표정이었다. 목숨이 위태로운 병이냐는 브루노의 질문을 팔마는 부정하지 않았다.

"뇌 등의 혈관에서 출혈이 일어나며 내일 목숨을 잃을지도 모르는 상태입니다. 일각을 다투는 상황이었기에 이미 ATRA를 복용하는 치료에 들어갔습니다."

"그렇군…. 그러한 혈액병이 있다는 것은 알고 있었지만… 설마 건강했던 팔레가."

"형에 대해서는 저에게 맡겨주십시오. 성심성의껏 치료할 생각입니다."

"그래. 그럼 네가 치료를 맡도록 해라. 부탁한다. 지금은 나보다 네 실력이 더 뛰어나니까."

브루노는 팔마에게 치료를 맡기기로 한 듯했다.

"팔마, 내가 뭐 할 수 있는 일은 없느냐? 필요한 물건이라든지 내 도움이 필요한 게 있다면 뭐든 하마."

"부탁할 게 있습니다. 저택에 있는 하인들 중에서 형과 혈액형이 같은 사람의 채혈을 허락해주십시오. 부족한 혈소판과 혈액 응고 인자를 보충하기 위한 수혈에 쓸 수 있습니다. 안 쓸지도 모르지만 만약을 위해서요."

'내 피를 수혈하면 무슨 일이 일어날지 알 수 없으니 말야…'

최악의 경우 쇼크사할 수도 있다.

혈연자의 수혈은 팔레의 면역 체계가 반응할 가능성이 있어 위험하니 브루노의 피를 팔레에게 쓸 수는 없었다. 그래서 비혈연자인 하인들의 혈액을 쓸 예정이었다.

"음, 그들의 동의가 있다면 허락하마."

"그리고 약제가 듣지 않을 경우, 혹은 재발할 경우 조혈 줄기세포 이식을 해야 할지도 모릅니다. 아버지와 형의 백혈구형은 적합률 1퍼센트로 몹시 진귀하지만 일치합니다. 그리고 블랑슈도 일치하고요. 그러니까 만약 이식을 하게 될 경우 우선 아버지, 그리고 블랑슈의 순서로 협력을 얻을 수 있겠습니까?"

부모의 백혈구형이 자녀와 일치할 확률은 꽤 드물지만 근친혼 등이 드물지 않은 귀족 사회에서는 부자간에 일치할 확률도 높은 것이리라. 그렇게 팔마는 고찰했다. 블랑슈는 아직 어리기에 채혈의 부담이 커서 가능하면 피하고 싶었다.

"물론이다. 약학 발전과 환자 치료를 위해서라면 목숨 따윈 아깝지 않다고 전에도 말하지 않았느냐."

브루노는 흔쾌히 승낙했다. 브루노가 이해심이 있는 사람이라 다행이라고 팔마는 생각했다. 그는 언제나 정신적인 지주가 되어준다.

"네가 계획하는 치료로 어느 정도 확률로 완치를 바랄 수 있지?"

팔마는 감추지 않고 있는 그대로를 전했다.

"완전히 예상외의 사건이 일어나지 않고 예정대로 진행되면 80~90퍼센트 확률로 완전 관해에 이를 겁니다. 완전 관해라는 것은 완치라는 의미가 아닙니다. 백혈병 세포가 박멸됨으로써 증상이 사라지고 평범한 생활로 돌아갈 수 있는 상태가 된다는 의미죠."

"90퍼센트라고?! 그렇게 기대할 수 있는 상태라는 거냐?!"

"예. ATRA는 분자 표적 치료약이라고 해서 항암제와 달리 백혈병 세포만을 노립니다. 다른 정상적인 세포를 손상시키지 않는 획기적인 약이지요. 하지만 완전 관해에 들어가도 백혈병 세포가 하나도 남김없이 완전히 사라지는 것은 아닙니다. 재발할 가능성이 있는 거죠."

"어려운 문제로군… 허나 생각했던 것보다 전망은 어둡지 않은 것 같구나."

"곤란한 일임에는 변함이 없습니다. 약제 투약 중에 뇌나 중요한 장기에서 출혈이 생기면 저로선 손을 쓸 수 없습니다. 상태를 제어할 수 있을지는 단언할 수 없습니다만… 고칠 수 없는 병은 아니라는 거죠."

팔마는 의사가 아니고 임상 경험과 식견도 거의 없다고 해도 좋다. 전생의 경력상 그는 약제사보다 약학자로서의 측면이 더 강했고 치료보다 제약 쪽에 더 능했다.

상세한 질환 부분은 모르는 부분도 있고 환자에 대한 조치도 시행착오를 거듭하면서 해나가고 있다. 이것저것 공부하며 대처해야 하는 부분도 있다.

암 치료는 방심할 수 없기에 결코 낙관할 수 없다. 약은 있어도 치료는 미경험이다.

그러니 마음을 다잡고 전력을 다해 치료에 임해야 한다.

"가족 전원의 협력이 불가피합니다. 끈기 있게 치료에 임하면서 면역을 잃게 될 형이 감염증에 걸리지 않도록 하는 게 중요하죠."

"그래, 알았다. 가족 전원이 팔레의 완전 관해를 목표로 하마."

힘찬 어조로 대답하는 브루노를 팔마는 의지할 수 있는 남자라고 느꼈다.

◆

브루노의 방을 나선 팔마가 자신의 방으로 돌아가려고 했을 때였다.

하인들의 눈을 피해서 팔레가 드 메디시스 가문 저택의 어느 장소로 가려는 현장을 목격했다.

'대체 어디로 가는 거지?'

팔마는 묘하게 마음에 걸려서 뒤를 밟았다.

사람들 눈을 의식하는 모습이라든지 걸음걸이에서 떳떳하지 못한 점이 엿보였다.

그가 들어간 곳은 저택의 한구석에 있는 예배당이었다. 그곳에는 수호신상이 안치되어 있다. 외출 금지를 통보받아 신전에 참배하러 갈 수 없게 되었기에 집에 있는 예배당에서 약신에게 기도하려는 건가, 팔마는 추측했다.

'정말 신앙심이 깊네…. 팔레에겐 완전히 졌어.'

예배당에 들어가는 팔레의 뒤를 팔마는 따랐다.

팔레는 약신 신상 앞에 무릎을 꿇었다. 팔마는 눈을 감고 기도하는 그의 뒤를 조용히 통과해서 약신 신상 바로 뒤에 숨었다. 팔레의 기도가 들려온다.

"수호신님, 약신님. 이것은 시련입니까…? 약신님에 대한 저의 신앙심이 부족했던 겁니까? 몸에 힘이 들어가지 않고 날이 갈수록 몸이 말을 안 듣게 되었습니다. 호흡하는 것도 벅찰 지경으로…. 동생의 약은 정말 들으려나요? 불안하고 답답해서 오늘 밤에 잠들 수 있을 것 같지 않습니다."

팔마는 약해진 팔레의 본심을 듣고 상당히 병으로 고생하고 있다는 것을 알았다. 가족들 앞에서는 의연하게 행동하고 있지만.

암 치료는 환자가 삶을 포기하면 성공하기 힘들어진다.

'나로선 그를 격려할 수 없으려나…? 약신이 아니면.'

팔마는 팔레가 어떻게 해야 기운을 낼지 고민했다. 그리고 생각한 결과, 그 자리에 숨은 채 신상에 손을 댔다. 손이 닿은 순간 신상이 파르스름하게 빛나며 반응했다. 신전의 조각과 같은 소재로 만든 신상은 팔마의 감촉에 반응했다.

팔레는 눈앞에 있는 약신 신상이 갑자기 빛나기 시작해서 놀랐는지 펄쩍 뛰었다.

"아니…, 어떻게 된 일이지?!"

팔레를 신상 뒤에서 지켜보던 팔마는 왼손을 구부려 육불화유황을 물질창조한 후, 20퍼센트 산소와 혼합해서 들이마시고 느릿한 어조로 팔레에게 말했다.

『팔레, 듣고 있느냐.』

위엄 있는 낮은 목소리가 아무도 없는 예배당의 신상에서 흘러나와 실내에 울려 퍼졌다. 말하는 신상에 놀란 팔레가 올려다보며 뒷걸음질 친다.

"이, 이건… 약신님?!"

『그대를 언제나 보고 있다.』

감격했는지 팔레가 바닥에 머리를 조아리는 것을 보고 팔마는 조금 미안한 생각이 들었다.

'신앙심이 깊으니까 완전히 속고 있네. 육불화유황을 들이마시고 목소리를 내면 낮아지거든. 헬륨 가스와 정반대지. 설마 내 목소리라고는 생각하지 않겠지.'

"수호신인 약신님께서 하시는 일은 틀림없을 거라 생각합니다. 하지만 왜 제가 아니라 동생에게 계시를 내리신 겁니까? 이 시련은 무엇을 위해…. 저도 동생처럼 계시를 받고 싶었습니다."

팔레는 팔마의 가슴이 조여들 만큼 솔직하게 대답했다.

『그대의 치료는 그대의 힘으로는 불가능할 것이다. 난치병을 극복하고 생환해서 우수한 약사가 되는 거다….』

팔마의 말이 다 끝나기도 전에 팔레는 벌떡 일어나려다 의식을 잃었다. 그가 의식을 잃은 것을 본 팔마는 신상 뒤에서 뛰쳐나와 부축했다.

"기립성 저혈압 아니면 빈혈인가…. 어느 쪽이든 별로 좋은 상태는 아니군."

팔마는 점차 악화되고 있는 팔레의 용태를 걱정했다.

◆

팔레가 깨어났을 때는 아침이었다. 그는 침대 위에서 멍해 있다가 일어났다.

"그건 꿈이었나…?"

팔레는 어깨를 축 떨구었다. 겨우 약신의 계시가 내려왔나 싶었는데 현실은 무정하다.

"음?"

하지만 그것이 꿈이 아니었다는 것은 예배당에서 무릎을 꿇었을 때 생긴 듯한 멍 자국으로 확인할 수 있었다. 어젯밤까지는 없었던 것이다.

"내 꿈에도 약신님이 와주신 건가…?"

팔레는 감동이 스멀스멀 치미는 것을 느꼈다.

"앗, 그렇구나!"

팔레는 계시를 떠올리고 깨달았다.

수수께끼 같은 약신의 계시, '그대의 치료는 그대의 힘으로는 불가능할 것이다'라는 말의 의미. 확실히 주사도, 채혈도 자신의 실력으로는 할 수 없다. 이 병에 걸린 환자는 스스로를 치료할 수는 없다. 그래서 팔마에게 계시를 내려 팔레를 위해 치료를 맡게 한 것이다.

"나를 구하기 위해… 그래서 내가 아니라 팔마에게 계시를? 그랬던 건가."

수호신의 비호와 격려를 받았으니 조금만 더 포기하지 않고 노력해보자.

그렇게 마음을 고쳐먹은 팔레였다.

 ## 9화 팔레의 투병

치료를 시작하고 며칠 뒤 오후, 팔마는 항암제와 주사를 가지고 팔레의 방을 찾았다. 그곳에서는 절대 안정을 통보받은 팔레가 침대 위에서 복근 운동을 하고 있었다. 팔마는 그 모습을 보고 아연실색했다.

"아……. 내가 형한테 안정하라고 말하지 않았던가? 뭐 하는 거야?"

"이건 안정하는 범주에 들어가잖아? 방에서 나가지 않았고 침대에서도 나가지 않았어."

"복근 운동은 안정하는 범주에 들어가지 않아! 숨이 차잖아!!"

"몸 상태는 나쁘지 않다고. 하지만 좋아지고 있다는 생각도 안 들어. 그래서 심심해서 말이지. 그런데 무슨 일이야?"

"오후 채혈 결과를 봤어. 조금씩 백혈병 세포가 줄어들기 시작하고 있더라고. ATRA에 의한 백혈병 세포의 분화 유도가 효과를 잘 발휘하고 있어."

팔마는 낭보를 알리고 혈액 데이터를 보여주며 팔레를 격려했다. 작은 낭보라도 격려가 되는 법이다. 블랑슈도 마스크와 앞치마를 하고 손을 소독해서 감염시키지 않도록 방비를 하고서 팔마를 따라왔다.

"큰오라버니~, 기운을 내. 어서 신술 훈련을 할 수 있도록 하자."

"형이 얼른 건강해져야지."

"너희들을 단련시키지 못해 아쉬워. 어서 밖으로 나가서 날뛰고 싶군. 몸이 무디어지니까."

팔레는 허세를 부렸지만 그 목소리에는 더 이상 힘이 없었다. 팔마는 팔레와 이야기를 하면서 처치 준비를 갖추었다.

"오늘부터 항암제 이다루비신도 투여할 거야. 백혈병 세포 중 ATRA에 내성을 가지고 있는 것이 나올지도 모르니까 그것을 공격하려는 거지. 분자 표적 치료약인 ATRA와 달리 항암제에는 세포 독성이 있어. 그래서 백혈병 세포와 함께 정상 세포도 죽이고 말아."

"정상 세포를 죽인다고…? 나도 함께 죽는 건가?"

"그 정도 독성은 없어. 하지만 부작용이 생길지도 몰라. 그 점은 각오했으면 해."

투여 후 나타나는 부작용은 오심, 구토, 구내염, 골수 억제, 탈모 등이라고 팔마는 종이에 적으며 설명했다. 팔레를 불안하게 만든다는 것을 잘 알면서도 위험 부담을 모두 제시했다.

"부작용이라고 해도 방금 말한 증상이 전부 나온다고는 할 수 없어. 개인의 몸 상태에 따라 다르거든. 완전히 괜찮은 사람이 있는가 하면 괴로워하는 사람도 있지."

팔마가 설명하자 위험성만을 듣고 난처하다는 듯 팔레는 한숨을 쉬었다.

"강한 약인 거군……. 하지만 그만큼 잘 듣는 건가. 그런 약이 이 세상에 있다니."

동의를 하긴 했지만 우울해졌는지 팔레는 어깨를 떨구었다.

"응. 그리고 지금부터 시작되는 항암제 투여 중에는 절대 안정을 취하고 이 저택에서 나가지 말도록 해."

"쭉 감금 생활이야? 언제까지인데?"

"아니, 쭉 그런 건 아니고 투여 시엔 말야. 앞으로 항암제에 의해 조혈이 억제될 거야. 다시 말해 백혈구가 줄어드니까 여러 가지 병원체에 감염되기 쉬워져. 내가 저택 전체를 청결하게 해두었으니까 이 안은 비교적 안전하지만."

"저택 안을 청결하게…? 어떻게? 청소라도 했어?"

팔레가 자는 동안 팔마는 약신장으로 역별 성역을 전개했다. 공기 중의 세균, 바이러스를 죽이는 신기였다. 드 메디시스 가문이 거대한 무균 병동이 된 셈이다. 팔마가 대답을 못 하자 팔레는 다시 한번 캐물었다.

"어떻게 저택 전체를 정화한 거지? 너 정화 신술을 쓸 수 있었던 거야?"

"아니, 저기… 뭐, 신술의 일종이라고 하면 그렇긴 해."

팔마는 다음에 설명한다며 얼버무렸다.

"아무튼 저택 안은 안전해. 피치 못하게 밖으로 나가야 할 때에는 나를 데리고 가."

'내 주위 성역이 공기 중의 세균과 바이러스를 죽일 테니 말야. 그런 말은 못 하지만.'

무의식적으로 성역을 전개하는 팔마는 걸어 다니는 무균실 같은 존재였다.

"어째서 너랑? 도망 같은 건 안 친다고."

"아, 아니, 상태가 급변하면 안 되니까 같이 다닐게. 바로 처치를 할 수 있도록 말야."

"너한테는 신세를 지는군…."

팔레가 조용히 감사를 표하자 블랑슈가 옆에서 끼어들었다.

"작은오라버니뿐만 아니라 나한테도 분명 신세를 지고 있다고."

"아아, 잊고 있었네. 너도 말야."

팔레는 블랑슈의 머리를 쓰다듬었다. 에헴 하고 블랑슈는 가슴을 폈다.

"그렇게 서운한 소리 하지 마. 가족이니까 피차일반이라고. 형도 내가 병에 걸렸을 때에는 잘 부탁해."

"그래, 맡겨줘. 그나저나 약사로서 진료를 할 수 없는 2년간은 뼈 아프군⋯."

"형이라면 금방 만회할 수 있어. 그리고 투약과 휴약을 되풀이할 예정이니까 외출도 불가능한 건 아냐."

"팔마, 치료로 연금 상태라 너무 한가해. 몸을 단련하는 것도 안 된다면서?"

내버려두면 또 근육 운동을 시작할 것 같은 팔레를 어떻게 할까 팔마는 생각했다.

"엘렌이 문병 겸 간병을 하러 온다고 했어. 엘렌과 체스라도 두지그래?"

팔마는 약국 업무가 있기에 낮에는 엘렌이 팔레를 돌보는 날도 있을 것 같았다.

"그건 시간 낭비야. 차라리 네가 쓴 약학서를 심심풀이로 읽게 해줘."

"알았어. 읽어보도록 해. 계속 쓸 테니까."

약학을 배우는 것이 팔레에게 힘이 된다면 서둘러 교과서를 집필하자고 팔마는 생각했다.

"하지만 이 병에 걸려서 한 가지 좋은 점도 있군. 난치병 환자의 고통을 몸으로 직접 느껴볼 수 있는 셈이야."

그렇게 생각할 수도 있는 건가? 팔마는 그를 다시 보았다. 팔레는 완전히 평소의 긍정적인 태도를 되찾은 듯 보였다.

"어떤 약사든 환자가 될 수 있는 건 아니니 말야. 좋은 기회야."

그렇게 말한 팔레는 호쾌하게 웃었다. 눈부시다고 팔마는 생각했다.

"모든 게 다 공부야."

"함께 열심히 노력하자, 형."

◆

팔마가 없는 이세계 약국은 로테, 엘렌, 세드릭, 아르바이트 약사 등으로 어떻게 운영할 수밖에 없었다.

단골인 장 제독이 훌쩍 찾아왔다. 그는 산책 도중에 약국에 들르는 게 일과였다. 그가 구입하는 것도 조금씩 바뀌었다.

"선원들이 먹을 사탕과 철분이 든 웨이퍼를 구입하고 싶구먼."

장 제독은 익숙한 태도로 계산을 맡고 있는 로테에게 주문했다. 로테는 빠르게 사탕과 웨이퍼를 각각 포장해서 건넸다. 그리고 최상의 미소를 보였다.

"안녕하세요? 언제나 감사합니다."

장 제독은 구입하는 금액은 적었지만 팔마가 없어도 매일 찾아오는 귀중한 손님이었다.

"점주도 없는데 가게가 잘 돌아가나?"

"걱정해주셔서 고맙습니다. 아르바이트생과 함께 어찌어찌 꾸려가고 있어요."

엘렌이 약봉지를 다른 환자에게 건네면서 대답했다. 장 제독은 사탕을 구입했기에 당당하게 생수 서버로 목을 축이다가 한 모금 머금고서 고개를 갸웃했다.

"음? 물맛이 다르네. 그게, 목 넘김과 감칠맛이 별로야."

역시 들켰나 하는 얼굴로 엘렌이 설명했다. 팔마가 만드는 생성수는 제도의 명물로 유명했다.

"예. 점주가 만들어둔 게 다 떨어져서 대신 제가 만들었습니다. 입에 안 맞으셨나요?"

"흠, 어쩔 수 없지. 허나 좀 더 차갑게 해줬으면 하네."

"점주의 얼음은 좀처럼 녹지 않으니 말이죠. 점주는 우수한 물 속성 신술사거든요."

팔마의 신력이 포함된 얼음은 냉각 능력 차원이 다르다. 아침에 얼음을 넣어두면 다음 날까지 간다. 허나 보통 신술사의 얼음은 그렇지 않다. 신술을 쓰지 않고 만든 평범한 얼음과 성질이 거의 같았다.

약국에 신문을 배달하는 신문 업자도 빠르게 팔마의 부재를 깨달았다.

"저기, 점주님은 어떻게 되셨나요? 최근 얼굴을 볼 수 없는데 출장이라도 가신 건가요? 본푸아 선생님 혼자서만 진료를 하시는 체제가 계속되는 건 이례적인 일인데…."

"점주는 어려운 환자의 치료를 맡고 있어. 기사로 쓰려는 거지? 아직 건재해. 점주는 다른 곳에 있을 뿐이야. 이상한 기사는 쓰지 말고 다른 일로 부재라고 쓰면 될 거야."

엘렌의 대답은 마치 허위 기사를 겁내는 연예인 같았다. 남매가 발행하는 신문에서도 이세계 약국의 동향은 크게 다뤄지기 때문에 정기적으로 작은 특집을 편성할 정도였다.

"설마요. 본지는 점주님께 불이익이 될 만한 기사는 쓰지 않습니다. 약속드리죠."

신문 업자인 에메는 점주가 자신들의 은인이라며 강한 어조로 부정했다.

엘렌 일동은 '점주는 당분간 사정에 의해 약국을 비웁니다. 위중한 환자의 진료는 종래대로 점주가 자택에서 담당합니다'라는 공지문을 붙여야 했다. 팔마가 아니면 진료받고 싶지 않다는 단골손님도 상당수 있어서 공지문을 보고 돌아간 환자도 있었다. 엘렌은 대리조차 완벽히 맡지 못하는 안타까움을 곱씹었다. 그 환자들은 엘렌의 실력을 신뢰하고 있지 않다는 말이다.

"어찌어찌 꾸려나갈 수밖에 없어. 팔마 군과 팔레 군도 병과 싸우고 있으니 최대한 집중할 수 있도록 팔마 군에게 보내지 말아야 해."

그렇기는 해도 엘렌의 진단과 처치만으로는 부족해서 팔마에게 보내야 하는 환자도 있었다. 팔마의 지시로 약국과 드 메디시스 가문을 왕복하는 마차를 대기시켜놓았는데 팔마는 그것을 구급차라고 했다.

엘렌은 자신의 왕진 환자를 줄이고 팔마의 구멍을 메웠다. 그녀 또한 우수한 약사였기에 진찰에 전념하고 약 설명은 등사기로 인쇄한 전단과 아르바이트 약사에게 맡겨서 시간을 단축했다.

엘렌은 무리해서 대리를 맡고 있다는 게 세드릭의 평가였다.

점심시간, 약국 직원들은 팔마가 없는 휴게 공간의 식탁에 둘러앉았다.

"수고하셨어요, 엘레오노르 님, 세드릭 씨. 오늘은 채소와 과일이 듬뿍 들어간 특제 믹스 주스를 만들었으니 마시고 기운을 내세요!"

"고마워, 로테. 치유되는 것 같아~."

엘렌이 기쁜 얼굴로 주스를 마시고 한 잔 더 청했다.

"엘레오노르 님, 매일 바빠 보이시네요. 제가 뭐 도와드릴 건 없나요?"

엘렌의 분투를 가까운 곳에서 지켜보고 있던 로테가 걱정스러운 얼굴로 말했다.

"로테의 미소로 피로도 다 날아가버리니까 괜찮아. 걱정하지 마. 그보다 팔마 군과 팔레 군은 나보다 더 힘든 시기를 보내고 있다고."

"팔마 님과 팔레 님께도 도와드릴 게 없냐고 여쭤봤지만 저로는 도움이 안 되는 모양이에요…."

로테는 약사가 아니기에 애초에 팔레의 치료에 관해선 전력 외 취급이고, 남자 하인에 비해 힘을 쓰는 일도 할 수 없었다. 가능한 일이라고 해봤자 시트를 깨끗하게 빠는 정도라며 우울해했다.

"로테가 잘 그리는 그림을 그려주는 게 어때? 그림은 병에 걸렸을 때 의지가 된다고."

로테가 가진 능력을 최대한 발휘할 수 있도록 엘렌이 소박한 제안을 했다.

"기뻐해주시면 좋겠지만 팔레 님은 그림을 별로 좋아하지 않아요."

로테는 지금까지의 경위로 팔레의 예술에 대한 무관심을 잘 알고 있었다. 항간에서 유명한 달레 화백의 그림을 기증받아 현관에 장식했다고 팔마가 설명해도 "악취미니까 떼는 게 좋아. 드 메디시스 가문의 품위가 손상되니까" 라고 한 것이다. 새로운 예술에 대한 이해가 전혀 없다. 팔레는 밖에서 활동하는 게 취미이기에 기뻐해줄 거라 생각되지 않는다며 로테는 슬픈 얼굴로 말했다.

"열심히 그린 그림이 버려지는 건 슬픈 일이에요. 전에 팔레 님의 생일에 꽃 장식을 선물한 적이 있었는데 취향에 안 맞았는지 쓰레기통으로 직행했지요."

"그 녀석, 그렇게 성격이 고약한 거야? 여자한테서 받은 선물을 버리다니 용서가 안 되네!"

"그런 분이에요~. 그래서 옛날부터 팔마 님의 자상함이 돋보였던 거죠."

팔레에게는 여러 가지 무신경하달까, 인간쓰레기 같은 에피소드가 제법 있었다. 특히 하인들에 대해선 가차가 없었다. 그래도 주인의 가족을 나쁘게 말할 수 없다며 로테는 그 이상의 에피소드 공개는 자숙했다.

"풍경화라면 흥미가 있을지 몰라. 특히 지금 팔레 군은 자택 안정 때문에 밖으로 나갈 수 없고 창 밖 풍경에도 슬슬 질릴 무렵이라고 생각해. 풍경화는 세계를 엿보는 창이야. 나는 그릴 수 없지만 말야. 로테는 그릴 수 있으니까 바깥 세계를 보여주지그래?"

엘렌이 다른 방면 쪽이 어떠냐며 제안했다.

"풍경화가 창… 이라고요? 엘레오노르 님의 말에 감동했어요. 그렇군요!"

"팔레 님에게 익숙한 곳의 풍경 같은 건 어떨까? 드 메디시스 가문 별장 부근에 물레방앗간이 있잖아? 그곳은 팔레 님이 좋아하는 곳이었을 거야."

세드릭이 조언하자 로테는 눈을 크게 빛내며 손뼉을 짝 쳤다.

"스케치하고 올게요!"

"혼자서는 가지 마."

◆

로테는 휴일, 모친인 카트리느와 함께 스케치하러 갔다.

드 메디시스 가문의 상급 하인인 세드릭이 준비해준 덕에 마차를 이용할 수 있게 되었다. 카트리느는 의욕을 보이는 딸을 어쩔 수 없이 따라가는 형태였다. 마차에서 내린 모녀는 전원 풍경 속을 걸었다.

"너 실례되는 거 아니니? 저기, 팔레 님이 네 그림 같은 걸 좋아해주실지⋯."

팔레의 까탈스러운 면은 하인인 카트리느도 잘 알고 있었다. 눈물을 흘린 적도 있었다.

"응⋯. 사실은 그래. 거절당하면 하인 대기실에 장식해도 될까?"

"그렇게 될 것 같은 생각이 드는데."

"봐! 엄마, 물레방아가 보이기 시작했어!"

물레방앗간은 개울이 흐르는 전원 속에 서 있었다. 정중하게 손질되어 곡물을 빻는 물레방아가 천천히 돌고 있다. 물레방앗간 뒤에 있는 깊은 숲 덕분에 그윽한 분위기가 감도는데다 수면의 난반사가 환상적이었다. 초원에는 옅은 안개가 끼어 있었다.

"멋진 풍경이야. 엄마, 나 여기서 그릴게."

"저길 봐, 샤를로트. 꿩이야. 길조라고. 저걸 그리렴. 그림이 되니까!"

행운을 가져다주는 것으로 알려진 선명한 무지갯빛 꿩이 물레방앗간 앞에서 땅을 쪼고 있었다. 꿩은 한 쌍인 듯했다. 로테는 조용히 캔버스를 설치하고 묵묵히 스케치에 착수했다. 카트리느는 할일이 없어서 먹을 수 있는 허브를 주위 초원에서 따 왔다.

"팔레 님이 기뻐해주시면 좋을 텐데…."

로테는 팔레의 쾌차를 바라면서 행운의 꿩과 물레방앗간의 풍경을 열심히 캔버스 안에 담았다.

"어떻게 된 거야? 로테. 카트리느 씨와 외출했던 것 같은데."

저택에 귀가하자마자 로테는 팔마에게 붉게 부어오른 발진을 들켰다.

"엄마랑 산책을 다녀왔어요. 모기에 잔뜩 물려서 그래요."

"산책? 약초원인가? 우리 약초원에는 내가 제충 식물을 심었는데 모기에게 물리다니 별일이네."

"에헤헤. 좀 더 먼 곳까지 다녀왔거든요."

자세한 것은 이야기하지 않고 로테는 그날부터 팔마 몰래 묵묵히 밤에 채색 작업을 해나갔다.

◆

ATRA의 보조제로 항암제 이다루비신을 투여하는 병용 요법을 시작하면서 팔마는 팔레의 방에서 자게 되었다. 급변에 대응하기 위해서였다. 팔레는 "너무 호들갑 아냐?" 라며 웃었지만 팔마는 그렇지 않다고 설득했다.

밤중에 불길한 예감이 들어 잠에서 깼다. 팔레의 상태를 보러 달려가보니 호흡 곤란에 빠져 있었다. 팔레는 괴로운 듯 신음하는 상황이었다.

"형!"

곧바로 진안을 써보니 팔레의 두 폐에는 전체를 뒤덮을 듯한 검푸른 빛이 보이고 있었다.

"나온 건가…!"

ATRA의 중대한 부작용이다. 팔레가 우려했던 대로 ATRA에 의해 백혈병 세포에서 일제히 분화한 대량의 백혈구가 폐혈관을 손상시켜 폐출혈이 시작된 모양이었다.

ATRA의 부작용. 약 20퍼센트 정도의 환자에게 발생하는 것으로 알려져 있는 레티노인산 증후군(분화 증후군)의 발생이다. 폐출혈은 호흡을 곤란하게 만들어서 치명적일 수 있다. 팔마는 팔레의 입에 왼손을 댔다.

"'산소 합성.'"

폐에 산소를 보내서 호흡을 도움과 동시에 부작용에 대비해 준비해둔 스테로이드제를 링거로 급히 대량으로 투여, 백혈구에 의한 염증을 억제하는 스테로이드 펄스 요법 준비를 시작한다.

홀로 처치를 하는 동안 팔마는 공포를 느끼기 시작했다.

'혹시 출혈이 억제되지 않는다면… 죽는 건가?!'

소중한 가족을 잃을지도 모른다. 팔레의 폐에 깃든 빛은 보라색. 생사의 경계선을 오가는 색이었다.

그 빛이 붉은색을 띠기 시작했다. 되돌릴 수 없는 심판의 색깔로.

브루노를 부르기 위해 머리맡의 핸드벨을 울렸다. 일손이 필요하다.

"빨개지지 마! 살아줘!"

팔마는 팔레를 격려했다. 그의 손 밑에서 생명의 불꽃이 꺼지는 소리가 들려오는 듯했다.

팔마는 메틸프레드니솔론(스테로이드의 일종)를 대량 투여(펄스요법)하기 시작했다.

이 위기를 벗어나더라도 폐출혈이 일어난 환자의 5년 후 생존율, 즉 치료를 개시한 지 5년 후에 생존할 확률은 30퍼센트 정도이다. 단기적으로도, 장기적으로도 상당히 힘든 상황.

"또 무언가 할 수 있는 일은 없는 건가!"

약밖에 쓸 수 없는 자신은 정말 무기력하다고 절실히 생각했다.

팔마는 왼손으로 물질 창조를 계속하며 산소 공급을 멈추지 않았다. 무한한 신력에 의해 쉬지 않고 계속하면 며칠 정도는 산소를 공급할 수 있을 것이다. 그동안에 출혈이 멈추기를 기원한다.

"그래… 그게 있었어!"

팔레의 숨소리를 들으면서 뭔가를 떠올린 팔마는 어두운 실내에서 오른손을 앞으로 뻗었다. 중요한 존재를 잊고 있었다. 놓쳐선 안되었던 것….

'…와라!'

약신장은 저택 내벽을 투과해서 맹렬한 기세로 날아와 팔마의 손에 달라붙으며 경쾌한 소리를 냈다. 소유자에게 달려온 지팡이를 그는 움켜쥐었다.

'가능하면 쓰고 싶지 않았지만….'

팔마는 면역력을 높이고 약효를 최대한으로 발휘한다는 약신장 고유의 신기를 떠올렸다.

면역력의 증강은 감염증이었던 페스트 때에는 몹시 효과적이었다.

하지만 백혈병의 경우, 면역력 증강이라는 뉘앙스를 백혈구를 더 활성화시키는 것으로 해석하면 상황은 악화일로를 걸을지도 몰랐다.

"하지만… 할 수밖에 없어."

망설이고 있을 시간은 없다. 내버려두면 팔레가 죽는다는 것을 진안은 무정하게도 전하고 있었다. 팔마는 진안으로 치료법으로서의 신기의 효과를 미리 파악해보았다. 지금까지는 치료약을 정하기 위해 진안을 써왔지만 신기의 효과도 알 수 있지 않을까 생각한 것이다.

"부탁할게, 약신장. 가르쳐줘. '시원(始原)의 구원(救援)'을 쓰면 어떻게 되는지."

진안을 통해 약신장은 말없이 응했다. 붉었던 빛이 파란색으로 바뀐다.

상태는 개선되는 듯하다. 약신장의 힘은 역시 환자의 연명을 꾀하는 듯했다.

"좋았어!"

신기는 통한다. 팔마는 겁내지 않고 팔레의 중심축에 수평으로 지팡이를 겨눈 후 몸에 갖다댔다.

그리고 조용히 눈을 감았다.

"'시원의 구원.'"

약신장이 빛을 내며 팔레의 체표에 성문이 떠올랐다. 빛은 팔레를 부드럽게 감싸며 희미하게 발광을 시작했다.

"우… 우."

팔레가 신음소리를 내며 피를 토했다. 그래도 출혈이 조금 억제되었는지 호흡 곤란이 개선되기 시작했다.

'좋아…. 처치를 위한 시간은 벌었어.'

이미 스테로이드 요법을 하고 있기에 폐출혈은 2~3일이면 멈출 것이다. 그렇게 믿고 싶다.

그러고 있는 사이에 핸드벨 소리를 들은 하인들이 한밤중임에도 달려왔다. 로테의 목소리도 들렸다.

"팔마 님, 무언가 도와드릴 게 있나요! 방에 들어가도 되겠습니까?"

"한두 사람 도와주었으면 해."

"알겠습니다."

브루노도 달려왔다.

"팔마, 들어간다!"

팔레의 면역력이 저하된 상태라는 것을 알고 있기에 다들 감염 대책으로 손을 씻고 옷을 갈아입은 상태였다.

"아버지, 손이 막혀 있는 상태니까 좀 도와주세요."

팔마는 브루노에게 지시했다. 왼손으로 팔레에게 산소를 공급하고 있어서 다른 작업이 여의치 않았다.

"음, 맡겨주거라. 그런데 너는 팔레의 입에 손을 대고서 뭘 하는 거지?"

"호흡하기 쉽도록 돕고 있습니다."

원래는 삽관, 다시 말해 튜브를 넣어 기도를 확보하는 편이 좋을지 모르지만 인간을 상대로는 해본 적이 없기에 팔마는 주저했다.

"잠깐만. 너, 그 빛은 대체…."

약신장을 들고 팔레를 상대하는 모습이 브루노에게는 온몸이 발광하는 것처럼 보인 모양이었다.

"그건 나중에 설명할게요. 제 말대로 준비해주시길."

팔마는 팔레 앞을 떠나지 않은 채 수혈, 수액 준비와 기구 준비를 브루노에게 지시했다. 브루노는 유능해서 팔마가 준비하고 있던 마취 준비 등을 능숙하게 해냈다.

"고맙습니다. 덕분에 살았네요."

하인들도 준비를 거들어줘서 팔마는 조수의 고마움을 새삼 깨달았다.

닭 울음소리가 새벽을 알릴 무렵, 쉬지 않고 처치를 하고 있던 팔마는 녹초가 된 상태였다.

그 보람이 있어서 팔레의 용태는 조금씩 진정되었다. 팔마가 꾸벅꾸벅 졸 때면 물질 창조가 끊겨서 산소 부족에 빠진 팔레의 호흡이 힘들어지기도 했다. 그리고 가끔 피 섞인 가래를 뱉거나 각혈을 하기도 하므로 목이 막히지 않도록 조심할 필요도 있었다.

"팔마, 일어나라."

브루노의 목소리에 깨어난 팔마는 물질 창조를 재개했다.

"죄송해요. 의식이 끊기고 말았습니다."

"이것을 마시거라."

브루노는 직접 체력 회복용 포션을 조합해서 팔마에게 내밀었다. 약이 잘 안 듣는 몸이 된 팔마였지만 지금은 목을 축이기 위해 고맙게 마셨다.

"도움이 됐네요. 고맙습니다."

'얼레…?'

얼마 후 졸음기가 날아가고 기력이 충실해지기 시작했다. 기분 탓일까?

'효과가 있는… 것 같다는 생각이 들어. 이상하네. 하지만 엘렌 것은 안 들었는데.'

과로 때문에 약국에서 조는 적이 많았던 팔마에게 영양 드링크라며 엘렌이 같은 성분의 음료를 준 적이 있다. 허나 엘렌의 것을 마셨을 때에는 별로 효과를 느끼지 못했다. 브루노는 팔마가 무언가 생각에 잠긴 것을 날카롭게 간파했다.

"왜 그러느냐? 묘한 얼굴을 하고 있는데."

"아뇨, 아버지 약은 잘 듣네요."

브루노의 수호신은 약신. 그래서 팔마와 잘 맞는 걸까? 팔마는 고개를 갸웃했다.

"약의 조합을 할 때 성패는 신술의 기량에 의존한단다. 숙련자의 약은 잘 듣고 미숙자의 약은 잘 안 듣지."

그의 말이 사실일지 모른다 생각해서 팔마는 브루노를 다시 보았다.

"나는 너의 기술 쪽이 훨씬 흥미롭다. 저기, 네가 팔레에게 공급하는 산소는 어떻게 만들고 있는 거지?"

브루노의 눈에는 팔마가 팔레의 입에 손을 대고 있는 것으로밖에 보이지 않을 테고, 손으로 입을 막고 있기에 숨이 막힐 뿐이라고 생각할지도 모른다. 브루노에게는 숨길 수 없을 것 같았다. 팔마는 다른 하인들이 듣지 않도록 작은 목소리로 일부를 실토했다.

"아버지가 물을 만들어내는 것처럼 저는 산소와 다른 물질을 구현화시킬 수 있어요."

"뭐라고?! 정말 희소한 속성이로군. 그런 이야기는 들어본 적도 없다."

브루노는 놀라 다소 흥분했다.

"만들 수 없는 것은 없느냐? 한 번에 만들어낼 수 있는 양은?"

"단순한 물질이라면 만들어낼 수 없는 물질은 없습니다. 양도 제한이 없는 것으로 알고요."

"역시 그랬군. 지금까지의 약도 그렇게 만들었구나. 이제야 이해가 된다."

"예. 그랬죠…. 아버지, 이 일은 부디 비밀로."

"본격적으로 합성을 하는 낌새도 없고 원료도 구입한 흔적이 없어서 무언가 비밀이 있다고는 생각했다. 그랬구나…."

브루노는 지금까지 세세히 추궁하지 않았지만 어떻게 신약을 조달하고 있는지 의심했다고 한다. 팔마의 설명을 듣고 납득이 된 듯했다.

"손을 얹고 있는 것으로밖에 보이지 않는데 그런 고도의 신술을 쓰고 있었을 줄이야…. 역시 너는 약신의 힘을 얻은 것 같구나."

"약신의 힘인지 어떤지 모르겠지만 그런 일이 가능합니다. 하지만 이 방법도 능률이 떨어진다고 생각하니 산소의 공업 생산도 필요할 것 같네요. 이번 고비를 넘기면 마세일 공장에 의뢰하겠습니다."

이번에 산소 탱크의 필요성을 통감한 팔마였다. 그렇게 하지 않으면 자신이 살아 있는 산소 탱크로서 환자에게 달라붙어 있어야 하니, 환자가 여러 명일 경우에는 공급이 불가능해진다.

그 말에 브루노도 적극적인 반응을 보였다.

"신술을 쓰지 않는 경우엔 어떻게 만드는 거지? 지금부터라도 대학 실험실에서 만들 수 없는 거냐?"

"실험실에서 만들 수 있는 산소는 미미한 양이니까 공업적으로 공기를 압축해서 일단 액체로 만든 후에 분별 증류해서 산소를 추출할 겁니다. 지금 대학에 있는 설비로는 내압 문제 때문에 곤란하군요."

팔마가 물질 합성한 액체 산소를 탱크에 담으면 되지만 그 탱크가 없다.

"공기를 액체로…. 그런 말도 안 되는 일이."

"압력을 가하면 공기는 액체로 변합니다."

물질의 세 가지 상태에 대해 팔마는 짧게 설명했다. 이런 때에도 설명을 하고 마는 것은 학자로서의 성질일까. 그런 잡담을 나눠가며 팔레의 용태를 빈틈없이 확인했다.

"멜로디에게 그 탱크인지 뭔지를 만들게 하면 어떠냐?"

"저도 같은 생각을 하고 있었습니다."

그날 중에 팔마와 브루노는 연명(連名)으로 멜로디에게 탱크를 발주했다.

팔레는 조금 증상이 진정되었기에 링거에 의한 마취량을 줄여갔다. 마취량이 최소한이 되자 팔레의 의식이 서서히 돌아왔다.

"정신을 차렸느냐? 팔레."

브루노가 침대 옆에서 부르자 그제야 눈을 뜬다.

"무슨 일이 일어난 거죠…? 갑자기 호흡을 할 수 없게 되어서… 큭."

팔레의 입 앞에는 팔마의 손이 있다. 무의식적으로 뿌리치자 곧바로 숨이 막혀왔다.

"산소를 공급하는 거니까 손을 치우지 마. 숨쉬기가 편해지니까."

팔마가 원래 상태로 되돌리자 팔레는 크게 폐에 공기를 불어 넣었다.

"숨이 막히지 않아…. 어떻게 된 거지?"

팔마는 팔레에게 무엇을 주사하고 있는지 가르쳐주고 지금까지의 경과를 이야기했다.

"폐출혈이라고…? 용케 살아 있네."

팔레는 이야기를 듣고 등골이 오싹해진 듯했다. 팔레의 상식으로는 중도의 폐출혈을 일으키면 질식해서 도저히 살릴 수 없었다. 팔레와 브루노가 가지고 있는 여러 가지 약으로도 치료할 수 없고 그 치료법도 확립되지 않았다. 심한 부작용이 생길지도 모른다는 설명은 팔마에게서 들었지만 설마 자신의 몸에 생길 줄이야. 팔레는 중얼거렸다. 이 병의 무서움을 새삼 깨달은 듯하다.

"팔마 덕분이야. 네가 없었다면 살 수 없었어."

팔레가 솔직하게 동생에 대한 감사의 말을 했다. 하지만 팔마는,

"스테로이드가 들어서 다행이야. 약의 효과가 컸지. 내가 할 수 있었던 일은 미미한 거였어."

"겸손을 부리는 것도 적당히 해, 팔마. 너는 위대한 약사야…. 그리고 좋은 녀석이고."

팔레는 팔마를 인정했는지 직설적으로 그렇게 말했다.

"힘내자, 형. 지금이 고비야. 이번만 넘기면 편해져."

"그래, 힘낼게. 앞으로 나아갈 수밖에 없으니 말야."

팔레는 온몸이 너덜너덜해졌으면서도 힘차게 고개를 끄덕였다.

치료에 긍정적인 환자는 살아난다. 살았으면 좋겠다고 팔마는 팔레의 쾌유를 믿고 싶었다.

다음 날 오전이었다.

"이거 혹시 맘에 드신다면 팔레 님의 방에 장식해주겠어요?"

로테가 브루노와 교대해서 오늘도 병실로 들어가려는 팔마를 불러 세우고 액자에 든 그림을 건넸다. 천을 벗겨보니 꿩이 놀고 있는 냇가의 풍경화였다. 문외한인 팔마가 보기에도 밝고 정취가 있어 훌륭한 그림이었다.

"놀랐어. 좋은 그림이네. 어째서 이런 소재를?"

"팔레 님이 좋아하시는 플루브 개울과 물레방앗간, 꿩을 그린 유채화예요. 팔레 님은 자주 그곳으로 외출하셨으니까 반가울 것 같아서."

직접 스케치하러 갔었어요. 로테는 많은 것을 이야기하지 않고 쑥스러운 듯 보고했다.

"고마워. 형의 방은 살풍경하니까 장식해줄 거라 생각해."

맘에 들면 좋겠는데요, 이렇게 겸손을 떠는 로테에게 팔마는 감사의 말을 건넸다. 병실 안에 들어가지는 못하지만 로테도 팔레를 걱정하는 것이다.

"그리고 모두가 쓴 격려 편지예요."

하인들, 그리고 베아트리스와 블랑슈 등이 쓴 메시지, 산 플루브 제도 등의 사진이 들어 있었고 표지 그림은 로테가 그린 것이었다.

"그런데 이 표지에 있는 여자아이 그림은?"

"예. 팔레 님의 수호신인 약신님을 이미지로 그린 일러스트예요. 가호가 있다면 해서."

표지에 그려진 우아한 소녀신의 일러스트를 보고 팔마의 시선이 흔들렸다. 로테에게 약신의 이미지는 신전에 있는 전설대로 미소녀 여신인 듯하다.

"약신은 이런 이미지였구나."

팔마는 로테가 상상한 이미지에 곤혹스러워졌다.

"예. 자상하고 청렴하며 그러면서도 기품 있는 소녀 여신님 아닌가 싶어요! 팔레 님의 수호신이니까 얼굴에 신경을 많이 썼답니다."

"저기… 응, 좋네!"

역시 로테에게는 실토할 수 없다. 그렇게 생각하면서 얼버무리는 팔마였다.

"팔마 님도 심신 모두 무리하지 마시고 팔레 님의 치료를 잘 부탁 드릴게요. 제가 수발을 들 수 없다는 건 알지만 제가 할 수 있는 일 이라면 뭐든 말씀하시길."

로테는 마음을 전한 후 종종걸음으로 떠나갔다. 팔마는 그녀의 심성에 이끌렸다.

팔레에게 보여주자 반응은 괜찮았다.

"아, 이 그림은 훌륭하군. 기운이 나. 그리고 이 정교한 흑백 그림은 뭐지?"

"사진이야. 제도의 거리 풍경과 가족사진."

팔레의 얼굴에 오랜만에 미소가 떠올랐다. 이리도 고독한 싸움일 줄 몰랐던 팔레에게 그의 쾌차를 바라고 있는 사람이 많다고 알려 준 로테의 선물은 안성맞춤인 위문품이었다.

"다들 형을 응원하고 있으니까 조금만 더 힘내자."

팔마도 팔레가 기뻐하는 얼굴을 보고 웃었다.

그렇게 로테와 하인들이 보낸 선물은 팔레의 눈을 종종 즐겁게 하고 용기를 주었다.

 # 10화 관해를 위한 팔레의 힘든 싸움

그로부터 며칠이 지났을 무렵, 팔레의 폐출혈은 진정되었다.

팔마의 헌신적인 간병과 약신장의 신기 효과 덕분에 팔레는 팔마의 보조 없이도 호흡할 수 있게 되었다. 준비해둔 수혈 팩도 일단 필요가 없어졌다.

하지만 빈혈 때문에 조금 걷기만 해도 숨이 차고 청결을 유지하기 위해 목욕을 하는 것만으로도 팔레에게는 힘든 일이었다.

팔마는 전보다 더 팔레의 곁에 딱 붙어 있기로 마음먹었다. 허나 팔레에게 붙어 있는 동안에도 팔마는 약국 문을 닫지 않고 엘렌과 1급 약사에게 조제 등을 맡겼다. 이세계 약국에서는 약의 처방을 기록하고 있기에 만성 질환으로 전과 같은 상황의 환자에게는 같은 약을 주고, 새로운 질환과 상태가 안 좋은 급환은 드 메디시스 가문 으로 보내게 했다. 저택으로 오게 된 환자는 감염증을 배려해서 격리된 방에서 진료했다.

팔마의 발주를 받은 멜로디 존작은 곧바로 산소 탱크를 납품했다. 인디케이터는 없지만 팔마의 물질 창조 능력에 의해 산소 탱크 안의 절대압과 게이지압은 계산할 수 있었고, 유속도 실제로 산소를 튜브에 주입해 수중에서 비커에 산소가 고이는 속도를 보고 유체 역학 방정식으로 간단히 계산할 수 있기에 문제없었다.

멜로디는 밸브도 지정한 대로 만들어주었다. 팔마가 액체 산소를 충전하자 훌륭하게 산소 탱크 기능을 했다. 이로써 팔레는 호흡이 힘들 때 스스로 산소 마스크를 쓸 수 있게 되어 팔마가 밤낮없이 붙어 있을 필요성이 사라졌다.

또한 팔레의 병실로 찾아오는 면회인의 숫자도 제한했다.

하루 한 번 가족에게만.

역멸 성역으로 저택 전체를 정화하고 있다고는 해도 하인들은 저택 안팎을 자주 출입하기에 무균 상태가 깨진다. 그래서 기본적으로 팔레가 방에서 나가지 않도록 했다. 창문 개폐도 제한하는 엄격한 관리 체제였다.

팔레는 팔마의 합리적인 설명에 납득하고 제한된 생활을 받아들였다.

블랑슈와 베아트리스는 매일 한 번 한 명씩 교대로 면회를 왔다. 마스크와 보호복 등 완전한 대책을 갖추고서. 팔레는 베아트리스와 여동생 앞에서는 "별것 아니야"라며 병을 가벼운 것으로 위장하기도 하고, 허세를 부리기도 하고, 농담을 하기도 하는 등 겉으로는 여유를 보였다.

◆

약국 문을 닫은 후 엘렌이 팔레의 상태를 보러 드 메디시스 가문에 문병을 왔다.

"팔레 군. 몸은 어때?"

큰 꽃다발과 파티스리에서 주문한 호화로운 케이크를 들고 온 엘렌이었지만 생화는 감염 위험 때문에 병실로 들이지 못하고 현관에 장식하게 되었다. 케이크도 생과일을 쓴 것이기에 엘렌과 팔마 등이 먹었다. 결국 빈손으로 온 꼴이 되어 미안해하면서 엘렌은 병실로 들어갔다. 말을 타고 왔기에 감염을 막기 위해 옷을 전부 갈아입었고 손을 소독했으며 신발도 갈아 신었다.

"아아, 순조로워. 팔마를 독점해서 미안하군. 약국에 출근하라고 말하고는 있는데."

팔레는 팔마에게 자신은 괜찮으니까 출근하라고 몇 번씩 말했다. 하지만 팔마는 완강하게 저택에 있었다. 용태가 급변하면 달려와도 늦을지 모른다고 생각해서였다. 이 세계의 통신 수단은 어느 것이든 늦다. 전서구를 날리거나 파발마를 보내는 게 최선이기 때문이다.

"으응, 괜찮아. 팔마 군은 팔레 군 곁에 있고 싶을 테고 이쪽도 어찌어찌 잘 꾸려나가고 있으니까. 치료는 얼마나 힘든 거야?"

상상도 되지 않는 백혈병 치료의 고통.

링거를 맞고 있는 팔레의 모습은 안쓰러웠고 근육도 빠져나간 것으로 보였기에 엘렌은 팔레의 몸을 걱정했다.

"뭐 생각했던 것보다는 별것 아니야. 아직 여유롭다고."

팔레는 천연덕스럽게 말했다. 어딘지 자신만만한 미소를 짓고서.

"어서 쾌차해서 너와 결판을 내야 할 텐데 말야. 찍소리도 못 하게 이겨줄게, 핫핫핫!"

"그렇게 크게 웃을 기력이 있다면 괜찮은 것 같네."

허세인 것은 엘렌도 잘 알고 있는 듯했지만 그렇게 말할 수밖에 없었다.

"저기, 팔레 군. 체스라도 한 판 둘까? 좋아했잖아."

엘렌은 체스말과 체스판이 병실에 있는 것을 보고 대국을 신청했다. 조금 용태가 좋을 때 기분 전환을 위해 팔마나 브루노를 상대로 체스를 두었던 것이다. 드 메디시스 가문의 남자 세 사람 중에서는 팔레가 가장 체스를 잘 둔다. 신술 전투를 할 수 없기에 체스로 승부하자고 엘렌이 아이디어를 낸 것이다.

"좋아. 핸디캡은 필요해?"

"필요 없어. 나도 잘 두니까. 경기용 체스 살롱에도 다니고 있다고."

두 사람은 마주 앉아 체스를 두기 시작했다. 팔마는 책상에서 무언가를 적으면서 구경했다.

체스는 지적 스포츠이기에 머리가 좋은 엘렌과 팔레는 상당한 실력자였지만 이 두 사람의 대국은 특히 볼 만한 가치가 있었다. 팔마도 엘렌과 가끔 대국하곤 하지만 엘렌은 빠른 공격이 특기라서 멍하니 있다간 눈 깜짝할 사이에 꼼짝할 수 없게 되고 만다. 하지만 팔레에 따르면 그런 엘렌도 아직 멀었다고 한다.

"엘레오노르, 그런 곳에 두다니 넌 정말 거친 여자구나."

팔레가 엘렌의 기발한 수를 나무랐다. 팔레는 정석을 철저히 연구했기에 여러 가지 수에 대응할 수 있었다.

"어머, 뭐가 잘못인데? 설마 팔레 군, 대응할 수가 없다고 말하는 건 아니겠지?"

"이런이런. 아마추어는 이래서 곤란하다니까."

"어, 졌네? 방금 무슨 일이 일어난 거야?"

팔레의 다음 한 수로 승패가 갈린 것을 보고 엘렌이 아연실색했다.

"한 판 더 둘래?"

"무, 물론이야. 이대로는 돌아갈 수 없어."

얼마간 팔레는 투병 생활을 잊은 것처럼 활기찬 미소를 보였다.

세 판쯤 두었을 때 옆에서 지켜보고 있던 팔마가 시합을 중단시켰다. 팔레의 압승이었던 탓에 엘렌도 분해서 멈출 수 없는 것이다.

"이제 다음 판은 다음 기회로 미루지그래? 형도 너무 무리하면 안 되니까."

"잠깐만, 팔마 군. 지금 좋은 대목이니까."

"투약 시간이야."

팔레의 기분 전환이 되는 것은 좋지만 이리도 시합이 장기전이 되면 엘렌을 돌려보낼 수밖에 없었다.

엘렌은 팔레의 방에 걸린 시계를 보고 코트를 걸쳤다.

"어머, 이런. 그럼 난 이만 가볼게. 힘내. 건강해지면 결판을 내자. 체스든 신술 시합이든 말야. 어느 쪽이든 중단된 상태니까."

"결판이라니, 정말 패배를 인정하지 않는 녀석이군…. 언제든 역습하러 오라고."

엘렌이 문을 닫음과 동시에 팔레는 침대 위로 쓰러졌다. 오랜 시간 이야기를 나누면서 체력이 소모된 모양이다. 엘렌과 팔레가 옥신각신하는 모습을 보고 있던 팔마는 너무 무리하게 만들었다고 느꼈다.

"형, 숨쉬기 힘들지? 무리하니까 그래."

"아, 그런 소리 하지 마. 체스에서도 전력을 다하지 않을 순 없잖아."

자신이 생각해도 난처한 성격이라고 팔레는 말했다.

"너무 허세를 부리는 것도 상대를 걱정시키는 법이야."

"드 메디시스 가문의 남자가 여자들 앞에서 약한 소리를 할 순 없으니 말야."

팔레는 병상에서도 뜨겁고 자존심 센 남자였다.

◆

어느 날 아침 팔레는 병실 겸 자신의 방에서 걸쭉하게 끓인 수프를 억지로 목으로 넘기고 있었다. 팔마는 여전히 옆에 붙어 있었다. 팔레에게 제공된 것은 날것, 향신료, 유지, 유제품을 뺀 맹맹한 음식이지만 그것은 감염증과 소화관에 대한 부담을 줄이기 위해서였다.

"항암제 투여 중에는 식사까지 신경을 써야 하는군."

길어지는 치료에 팔레는 조금씩 기력을 빼앗겨 초췌해졌다. 음료수도 생과일로 짠 주스가 아니라 끓여서 식힌 물, 혹은 생성수였다. 식사도 제한되고 있기에 매일매일의 즐거움도 제한되었다. 침대에서 지내는 생활이 계속된 탓에 다리의 근력도 약해졌다.

"감염되기 쉬워졌으니 조심할 수밖에 없어."

팔마도 팔레와 같은 식사를 같은 병실에서 들었다. 그것은 팔레에 대한 배려였다. 현재 항암제에 의한 백혈구 감소와 함께 거의 백 퍼센트 일어난다 해도 좋을 팔레의 세균 감염은 일어나지 않고 있었다. 팔마의 성역 안에 들어와 있으면 세균 감염 위험은 극도로 저하된다.

"너까지 같은 식사를 할 필요는 없어. 고기와 생선도 먹으라고. 그러다 쓰러지니까."

그런 것에까지 신경을 쓰지 말라며 팔레는 쓰게 웃었다.

"그리고 피곤할 테니까 낮에는 푹 자도록 해."

"그게, 의외로 안 피곤해. 아버지의 포션이 잘 듣거든."

브루노의 영양 드링크는 마약이라도 든 게 아닐까 싶을 만큼 효과가 엄청났다. 그 말을 들은 팔레는 무슨 당연한 소리를 하느냐며 묘한 표정을 지었다.

"아, 아버지의 약은 잘 들으니 말야. 대륙에서 가장 잘 듣는다고 일컬어지고 있어. 나는 아버지 같은 약사가 되는 게 목표였어. 하지만 목표가 바뀌었군."

그렇게 말하고 그는 우물우물, 맹맹한 식사를 계속 들었다.

"목표가 바뀌었다고?"

"뭐, 저기… 말실수니까 듣지 않은 걸로 해줘."

"알았어. 듣지 않은 걸로 할게."

"하지만! 이대로 끝날 거라 생각하지 마. 약신의 지식을 흡수해서 언젠가 너를 뛰어넘어 보일 테니까 말야! 하~핫핫! 콜록콜록."

허세를 부리는 팔레의 모습에 팔마는 애절함을 느꼈다. 하지만 팔레의 밝고 드센 성격은 팔마의 스트레스를 덜어주었다. 그는 팔마 앞에서는 거의 약한 소리를 하지 않고 강한 형다운 연기를 계속했다.

"기침이 나오니까 그만둬, 형. 폐출혈 증상이 사라졌으니 ATRA를 재개할 생각이야."

팔마는 관해 도입 요법, ATRA를 재개할 시기를 가늠하고 있었다.

어서 재개하지 않으면 백혈병 세포가 다시 증식을 시작하는데다 부작용과는 별개로 백혈병 특유의 증상인 장기 출혈이 우려되는 것이다. 특히 가장 걱정되는 것은 뇌출혈이었다.

"또 똑같은 일이 벌어지는 것 아냐…?"

방금 전까지 크게 웃던 팔레는 마른침을 삼키며 경계했다.

"그럴 위험성도 있어. 그래서 다음은 75퍼센트 분량부터 주의해가며 조금씩 늘려갈 생각이야."

팔레의 뇌리에 다시 그 괴로움이 되살아났을 것이다.

"알았어. 하자."

팔레는 결연하게 말했다.

"사실 처음부터 화학 요법을 하는 게 좋았는데 내 판단 착오였어. 다음은 ATRA와 함께 화학 요법을 동시에 할게. 부작용이 심할지도 모르니까 각오해주었으면 해."

팔마는 후회의 말과 함께 앞으로의 방침을 이야기했다.

화학 요법은 환자의 부담이 크기에 ATRA와 동시에 투여하는 대신 하루 정도 ATRA의 효과를 보고 나서 실시하려고 한 팔마의 판단은 결과적으로는 잘못이었던 셈이다. 허나 상황에 따라서는

ATRA 단독 요법이라는 치료법도 있기에 판단이 어렵다.

약제사였던 까닭에, 부족했던 임상 경험이 현재 팔마의 발목을 잡고 있었다.

"네가 최선이라고 생각하는 방법을 쓰도록 해. 내 몸이 힘든 것은 일절 고려하지 않아도 되니까."

"그럼 그렇게 할게. 구역질이 심해지면 항구토제를 쓸 거야. 열이 날지도 모르고 구내염도 생기겠지. 권태감도 심해질지 모르지만 할 거야. 괜찮지?"

"응!"

약사와 약사, 그리고 약사와 환자로서 서로의 입장을 명확히 해 둔다.

어디까지 치료를 하고 어디까지 견딜지, 그것을 결정하는 것은 환자 자신이라고 팔마는 생각한다.

"살고 싶어. 살아서 의학회에 이 사례와 네 치료법이 옳다는 것을 알릴 거야."

팔레는 강한 의지를 가슴에 품고 있었다.

그날 오후부터 ATRA의 복약을 재개함과 동시에 항암제 이다루비신을 링거로 투여하기 시작했다.

"시작할게, 형."

링거 병에 이다루비신을 충전한 후 공기를 위한 바늘을 꽂아 링거의 통로를 만드는 팔마를 팔레는 그저 지켜만 보았다.

"그 링거와 주사라는 것도 본 적이 없어. 여러 가지 사용법이 가능한 거겠지. 과연 약신의 계시야. 네 손놀림도 능숙하고 말이지."

"링거 경험은 동물 실험 외엔 없었어."

"흠… 방금 은근슬쩍 무서운 말을 들은 것 같은데, 주사에 이어 이것도인가."

전생에서의 이야기지만 팔레에겐 말하지 않는 편이 좋을 것이다.

"사람과 동물의 구조는 거의 똑같으니까 문제는 없을 거라 생각하는데."

"그렇군. 실제로 잘 투여되고 있어. 그나저나 항암제인지 뭔지는 독처럼 불길한 색깔이로군. 오줌도 붉어지고 말야."

적갈색 링거가 자신의 몸에 들어오는 것을 팔레는 받아들일 수밖에 없는 것 같다.

"지난번과 다른 곳에 놓았는데 일부러 그렇게 한 거야?"

"같은 혈관은 쓰지 않는 편이 좋아. 항암제는 혈관을 다치게 하니까."

"그러고 보니 세포 독성이 있다고 했던가? 항암제에 닿으면 혈관까지 너덜너덜해지는 거군. 흠….'

투여한 지 여섯 시간 정도 지나자 맹렬한 욕지기가 팔레를 엄습했다. 처음엔 아직 농담을 할 여유가 있었던 팔레도 몇 번인가 토하는 사이에 위가 텅 비어버려 위산이 식도를 자극한 듯했다. 여러 번의 구토는 팔레의 체력을 현저하게 소모시켰다.

"형, 항구토제를 바꾸자. 다른 것을 시험해볼게."

욕지기는 환자의 QOL(Quality of Life)을 현저하게 낮추기 때문에 개선을 꾀해야 했다. 허나 팔레의 몸에 맞는 항구토제가 어떤 것일지는 진안으로 알 수 없다. 팔마는 어느 것이 좋을지 추측한 후여러 개 있는 항구토제 중에서 조합을 바꾸어 그에게 내밀었다.

"알았어. 먹을게."

항구토제를 먹어도 팔레는 그것까지 토하고 말았다. 입으로 먹게 하지 않고 링거에 섞자 구역질은 일단 진정되었다.

"옷도 갈아입는 편이 좋겠어."

조이는 부분이 덜한 헐렁한 옷으로 갈아입게 했다.

"후우…. 산 넘어 산이라 정신이 없군. 애초에 어째서 구역질이 생기는 거지?"

"항암제가 뇌의 구토를 관장하는 부분을 자극하기 때문이야. 토하고 싶은 생각이 들 뿐인 거지."

"체내에서 복잡한 반응이 일어나고 있다는 건가. 항구토제라면 나도 조합할 수 있는데."

팔레는 한가한 나머지 항구토제를 조합하려고 했지만 팔마는 제지했다.

"약의 조합에는 궁합이 있으니까 내가 만든 걸 쓰도록 해. 단순하게 해두지 않으면 약리를 파악할 수 없거든. 형의 실력을 의심하는 건 아니지만 이번만은 참아줘."

"으, 응… 그렇게."

치료에 들어갈 때 팔레는 완전히 환자로서 임한다는 약속을 한 바 있었다.

"대신 내가 병에 걸리면 형한테 맡길게."

"말은 잘하는구나. 나한테 의지할 생각 따윈 없으면서."

치료를 개시한 지 12일째, 백혈병 세포의 숫자는 순조롭게 줄어들었다.

허나 팔레의 기력을 저하시키는 사건이 일어났다. 자랑하던 긴 은발이 항암제의 영향으로 빠지기 시작한 것이다. 손으로 빗을 때마다 쑥쑥 빠져서 머리카락이 베개를 수북하게 덮을 정도였다.

"머리카락이 빠지기 시작했네. 형, 너무 개의치 않아도 돼. 일시적인 거니까."

묵묵히 쓰레기통에 머리카락을 버리는 팔레를 팔마가 위로했다.

"이게 정상인 거지?"

"예상대로야. 정상이라고."

팔레는 알았다며 고개를 끄덕이고 약한 소리를 하지 않았다.

"전부 다 빠지는 건가? 만약 그렇다면 전부 뽑아버리고 싶어."

"다 빠지지는 않겠지만 듬성듬성해질 수는 있을 거라 생각해. 뽑지 않고 일단 전부 밀어버리는 게 좋아. 세포 분열이 빠른 모근 세포는 분열이 멈추기 쉬우니까 빠지는 거거든."

"평생 대머리로 지내야 하는 거야? 18세부터 평생 대머리는 좀 괴로운데."

팔레는 아쉬운 듯 머리를 만졌다.

"항암제를 중단하면 다시 나니까 지금만 좀 참아."

"그래? 어쩔 수 없다고는 해도 치료 중에는 누구와도 만나고 싶지 않네…."

팔레는 약한 소리 한 마디를 흘렸다.

"꺅!"

그런 대화를 나눈 지 얼마 후 로테의 것으로 생각되는 비명이 저택 안에 울려 퍼졌다.

"블랑슈 님, 뭘 하고 계시는 건가요?!"

팔마가 방을 나와 곧장 달려가보니 블랑슈가 그녀의 긴 금발을 모아서 나이프로 싹둑 잘라버린 상태였다.

"어째서 이런 짓을…. 아름다운 머리카락이었는데!"

로테는 블랑슈의 손에서 나이프를 빼앗고 더 이상 자르지 못하도록 아이를 껴안았다.

"블랑슈… 뭘 하는 거야!"

팔마는 자신의 머리카락 다발을 움켜쥐고 망연자실해 있는 블랑슈에게 할 말이 떠오르지 않았다. 귀족 자녀에게 아름답고 긴 머리카락은 재산이다. 멋대로 잘라도 되는 게 아니기에 어머니인 베아트리스가 호되게 꾸짖을 것이다.

"저기 말야, 작은오라버니, 나 아까 이야기 들었어. 이걸로 큰오라버니의 가발을 만들어주고 싶어서…. 큰오라버니의 머리카락은 은색이고 나는 금색이라 색깔은 다르지만… 그래도 필요할 것 같아서…."

블랑슈는 입을 삐죽이며 고개를 숙이고 눈물을 머금은 채 자신의 머리카락 다발을 내밀었다.

"…안 될까?"

앞으로 팔레의 머리카락은 항암제의 영향으로 빠지기에 그에 대비해 머리카락을 짧게 깎을 것이다. 그동안 블랑슈의 머리카락으로 만든 가발을 쓰면 팔레도 외출하거나 사람을 만나는 데 거부감이 없을지도 모른다. 블랑슈가 한 일은 허사가 되지 않을 것 같았다.

"자르기 전에 의논해주었으면 하는데 말야."

나이프는 위험하고 다치기라도 하면 어땠을까 싶어 팔마는 안타

까웠다.

"하지만 큰오라버니도, 작은오라버니도 최선을 다하고 있는걸……. 나도 무언가 해주고 싶었어."

무언가 할 수 있는 일이 없을까 해서 나름대로 생각한 결과였다고 블랑슈는 실토했다.

"응, 형도 기뻐해줄 거야. 나중에 깔끔하게 다듬어달라고 해."

"응…."

팔마는 짧아진 블랑슈의 머리카락을 바라보며 울먹거리는 그녀의 머리를 쓰다듬었다.

블랑슈의 마음이 깃든 머리카락은 곧바로 가발 장인에게 전달되었다. 장인은 질이 좋은 머리카락이기에 훌륭한 금색 가발이 될 거라고 자신감을 내비쳤다.

나중에 사정을 들은 베아트리스와 브루노도 딸을 꾸짖지 않았다.

그렇게 치료를 시작한 지 18일째.

"결과가 나왔어. 기뻐해줘, 형."

팔레의 혈액을 채취해 검사를 한 팔마가 경쾌한 걸음걸이로 방에 들어섰다.

"좋은 소식이야? 그렇다면 좋겠는데."

부작용인 심한 빈혈과 권태감으로 팔레는 완전히 뻗어 있었다. 머리를 빡빡 밀어버린 탓에 더욱 기력이 쇠퇴한 상태였다. 팔마는 데이터를 보여주면서 팔레에게 설명했다.

"형의 백혈병 세포는 치료를 시작한 지 16일 만에 두 자릿수를 끊었어. 지금 혈액 중의 백혈병 세포는 고작 3퍼센트야."

"…그건 무슨 의미지? 하지만 아직 남아 있잖아."

그래도 문제없다며 팔마는 팔레의 용기를 북돋워주었다.

"혈구 중의 백혈병 세포는 금방 제로가 되지 않아. 그래도 ATRA 와 항암제 병용 요법으로 조금씩 감소해서 5퍼센트 미만으로 떨어 지면 허용치 안에 들어가."

팔마는 팔레에게 몸을 돌렸다.

"다시 말해 혈액학적으로 완전 관해라는 말이야. 기뻐해도 돼."

"축하해, 큰오라버니."

팔마의 말을 이어받아 블랑슈도 커다란 상자를 안고 싱글벙글 웃 으며 병실로 들어왔다.

"뭘 안고 있는 거야? 네가 나한테 무언가를 주다니 별일도 다 있 네."

팔레는 그 상자와 블랑슈의 얼굴을 번갈아 보았다.

"저기 말야~, 이건, 큰오라버니가 열심히 했으니까 내가 주는 선 물."

"열어봐도 돼?"

"응!"

블랑슈의 선물은 가발이었다. 그는 짧아진 블랑슈의 머리카락을 아쉬워하며 복잡한 표정을 지었다. 하지만 그녀의 마음을 받아들여 "다들 고마워"라며 감사의 말을 했다.

치료 18일 만에 관해 도입 요법은 성공했다.

팔레는 팔마와 가족의 도움으로 첫 번째 난관을 뛰어넘은 것이었 다.

"이로써 죽음의 늪에서 생환한 거야. 다음은 사회 복귀라고, 형."

팔마의 말과 블랑슈의 격려에 팔레는 힘차게 고개를 끄덕였다.

◆

드 메디시스 가문 2층에 있는 방에서.

"흠…… 나는 뭘 해도 어울리는군. 대머리가 되어도 미남일 줄이야. 아름다운 것도 죄라니까, 핫~핫핫!"

블랑슈의 머리카락으로 만든 금색 가발을 쓰고 머리를 다듬는 팔레는 거울 앞에서 포즈를 취하며 기쁨에 빠져 있었다.

블랑슈의 머리카락은 윤기가 흐르고 흠잡을 데가 없었다.

"큰오라버니~, 블랑슈와 똑같은 색깔이야~."

블랑슈는 짧아진 머리카락을 양손으로 잡아당기며 같은 머리 색깔이라는 것을 강조했다.

"핫핫핫, 어때? 똑같은 색깔이야! 네 머리카락이니 그야 그렇지. 아~핫핫!"

팔레도 머리카락을 양손으로 잡고 위로 잡아당기자 가발이 붕 떴다.

"풉. 너무 웃기지 말아줘, 형."

자신의 것이 아닌 머리카락을 보고 울적하게 여길까 걱정한 것과는 달리 팔레는 팔마가 웃음을 터뜨릴 만큼 쾌활했다.

전에는 차가운 인상의 은발 미청년이었던 팔레는 금방 웨이브로 변신해서 달달한 인상이 되었다. 힘든 백혈병 치료를 견디고 탈모에 대비해서 머리를 빡빡 민 것치고는 비관하지도 않고 생각보다 긍정적인 형이라 다행이었다.

"형은 언제나 그렇게 쾌활하다고 할까, 공격적인 자세구나."

배우고 싶지는 않지만 그렇게 생각하는 팔마였다.

"너는 어째서 그렇게 소극적인 거야? 그런 남자는 인기가 없다고."

적극적인 남자가 여자에게 인기가 좋다는 충고에 팔마는 할 말이 없었다. 실제로 팔레는 인기가 많았다.

"저기 말야~, 나 알고 있어. 작은오라버니도 인기가 많다고 어머니가 그러셨는걸."

"뭐야? 그게. 처음 듣는 이야기인데. 자세히 들려줘봐. 구체적으로 말야."

"음, 저기, 안 돼!"

장난치며 달려가는 블랑슈를 팔마는 뒤쫓는 시늉을 했다.

팔레는 갑자기 진지한 표정을 짓더니 가발을 쓴 채 팔마에게 질문했다.

"완전 관해라고 해도 백혈병 세포는 아직 남아 있는 거지? 정말 그래도 괜찮은 거야?"

"그래. 형의 상태는 '혈액학적' 완전 관해, 다시 말해 현미경으로 관찰해도 거의 세포가 남지 않은 상태야. 하지만 체내에는 계산상 10억 개 정도의 백혈병 세포가 있어."

팔마는 슥슥 그래프를 그려 팔레에게 보여주었다.

"뭣?! 그렇게나 많이 남은 거야?! 전혀 안심할 수 없잖아. 오히려 뭐가 관해인 거지?"

"그렇긴 해도 1조 개에서 줄어든 거니까 좋은 경과라고."

"음…… 아직 멀었군. 이러고 있을 수 없어. 다음은 어떻게 해야 돼?"

팔레는 진지한 표정을 지었다. 치료를 서두르고 싶은 것이리라.

"100만 개 차원까지 줄어드는 걸 목표로 하자. 그게 '분자적' 완전 관해니까."

"음, 또 같은 약을 쓰는 건가?"

팔레는 침을 꿀꺽 삼켰다. 블랑슈도 그런 팔레를 걱정스럽게 보고 있다.

"응, 같은 약을 앞으로 3쿨간 투여할 거야. ATRA의 복용과 항암제 치료는 계속 해야 돼. 3년간 재발하지 않으면 일단 안심이고 5년간 재발하지 않으면 더 이상 재발하지 않는다고 생각해도 돼."

백혈병 세포가 0개가 되는 경우는 없지만 치유되었다고 해도 좋은 상태라고 팔마는 말했다.

"여기서 일단 쉬자. 골수에서 정상적인 세포가 회복될 때까지 휴식이야, 형."

이곳이 병원이라면 일시적으로 귀가가 가능한 상태였다.

지금 여기는 팔레의 집이기에 휴식인 셈이 된다.

"좋았어⋯."

안 그래도 쾌활한 팔레의 표정이 더욱 밝아졌다. 블랑슈도 함께 기뻐한다.

"잘됐어, 큰오라버니! 들어 올려줘!"

"블랑슈, 형은 아직 몸이 회복되지 않았으니까 무리시키면 안 돼."

팔레는 팔마의 충고를 듣지 않고 블랑슈를 높이 들어 올렸다.

"있잖아, 작은오라버니. 밖에는 언제부터 나갈 수 있어?"

"외출해도 돼. 내가 따라가도 된다면 오늘이라도."

팔레는 잠옷을 벗어 던지고 마을로 나가기 위해 옷을 갈아입기 시작했다. 감염 위험을 감안해서 팔마가 동반했고 블랑슈도 한가하기에 함께 나갔다.

그런 이유로 남매 셋이서 제도 산책에 나섰다. 팔레는 오랜만의 거리 공기를 즐기고 있었다. 한 달 가까이 치료를 하고 있었기에 2월이 되려 하고 있었다.

"아~, 거리의 공기가 맛있구나."

"있잖아~, 큰오라버니~, 어디로 가고 싶어? 특별히 함께 가줄게!"

"그야 물론 신전이지."

블랑슈가 행선지를 묻자 팔레가 맨 먼저 향한 곳은 신전이었다.

"에이~, 또~? 맛있는 거 먹으러 가자!"

팔레는 신전의 예배당에 들어가자 무릎을 꿇고 약신상 앞에서 기도하기 시작했다. 블랑슈는 수신이 있는 쪽으로 어슬렁어슬렁 걸어간다.

"덕분에 시련을 극복할 수 있었습니다."

팔레는 그의 수호신인 약신에게 보고했다. '잘했다'고 말해주고 싶은 팔마였지만 이번엔 약신인 척 복화술로 형을 속이는 건 그만두었다. 어차피 살로몬이 기둥 뒤에서 엿보고 있는 게 다 보였다.

"동생의 손을 통해 구원해주셔서 감사드립니다."

그때 작은 해프닝이 일어났다. 팔레가 엎드려 있었던 탓에 가발이 좀 어긋난 것이다. 팔마는 뒤에서 가발을 고쳐 씌워주고 싶었지만 참았다.

"중증 환자의 입장이 될 수 있어서 더할 나위 없는 경험이 가능했습니다. 이것은 저의 성장을 위해 약신님이 부과하신 시련이었군요!"

기세 좋게 고개를 든 순간, 가발이 미끄러져 떨어졌다. 팔레는 주위를 돌아보고 아무도 보지 않은 것을 확인한 뒤 아무 일도 없었다는 듯 다시 장착했다. 팔마도 못 본 척하기로 했다.

"큰오라버니, 작은오라버니~. 수호신님에게 기도하고 왔어~."

"벌써 끝난 거야? 블랑슈, 너는 언제나 기도가 너무 건성이야! 팔마는 약신님에게 기도했어?"

"음? 아, 응….."

팔마 주위의 바닥이 빛나고 있었지만 팔레는 눈치채지 못한 듯했다.

"건강해지셨군요."

살로몬이 신전을 나가려는 팔마에게 말을 걸었다.

"예. 덕분에요. 살로몬 씨도 오랜만입니다."

"약국을 방문했을 때 약국 직원분께서 형님이 아프시다고 하더군요. 미력하나마 매일 쾌차하시기를 기도하고 있었습니다만 이렇게 되어서 다행입니다."

살로몬의 입장에선 팔마와 매일 만날 수 있는 환경으로 돌아와주었으면 한 거겠지. 팔마는 생각했다.

시내 산책을 마치고 팔레를 블랑슈와 함께 저택에 바래다준 후 팔마는 정말 오랜만에 이세계 약국으로 돌아갔다.

"오랜만의 직장이야. 어쩌다 보니 모두에게 다 맡기고 말았네."

직원들의 점심시간이었기에 뒷문으로 2층으로 올라갔다.

팔마가 방으로 들어가자 직원들이 일제히 돌아보았다.

"앗, 팔마 님!"

로테가 달려왔다. 로테는 매일 빠짐없이 출근했다.

"복귀했어. 자, 이거, 맛있는 홍차를 사 왔으니까 다 함께 마시자."

팔마가 선물을 건네자 로테는 기쁜 나머지 홍차 캔을 끌어안고 기쁨을 표현했다.

"좋은 냄새가 나요! 홍차에 맞는 맛있는 과자도 준비할게요!"

"어서 와, 팔마 군."

엘렌이 안도한 표정으로 팔마를 쳐다보았다.

"지금까지 수고했어. 엘렌, 로테, 세드릭 씨."

"후우, 네가 없으니 진짜 불안했어. 정말 묘하기도 하지. 어린이 점장이 주 전력인 약국이라니."

엘렌은 안경을 닦으면서 팔마의 출근을 환영했다.

약을 조합하는 일 같은 것은 아르바이트생인 1급 약사도 가능했지만 팔마가 쉬는 동안은 진단을 할 수 있는 게 엘렌뿐이었다. 그래서 진료를 제대로 할 수 있을지 매일이 긴장의 연속이었다고 한다. 환자들이 약국에 오는 것은 확실히 듣는 약을 짓기 위해서이다. 어린이 점장 이외의 약사는 글러먹었다는 악평이 도는 건 엘렌이 바라는 바가 아니었을 것이다.

"엘렌, 조금 야위었네."

"야위었어! 매일 속이 쓰려서."

258 |

스트레스로 야윈 듯했다. 미안한 짓을 한 것 같아 팔마는 엘렌을 배려했다.

"위장약을 꺼내줄까?"

"그게 아니라 돌아와주어서 정말 다행이야."

"엘렌이 있어서 가게를 맡길 수 있었던 거야."

"거봐, 금방 그렇게 팔마 군이 과대평가를 하니까~."

엘렌은 기쁜 듯했다. 하지만 팔마와 함께 일해온 엘렌은 많은 증상을 봐왔기에 특별히 어려운 증상이 아닌 한은 팔마가 준 질환 감별 플로 차트를 이용해서 이제는 팔마의 빈자리를 메울 수 있었다.

"로테도 잘 도와주었고, 세드릭 씨의 도움도 받았어."

"팔마 님과 팔레 님은 투병을 계속하고 계셨으니 말이죠. 엘레오노르 님도 건투하고 계셨고."

팔마가 오지 않는 동안 저택과 약국을 오가는 로테가 팔마와 엘렌 사이의 연락책 같은 역할을 맡아주었다.

"자, 여러분! 완성됐어요. 과일 갈레트예요! 팔마 님이 사 오신 고급 홍차와 함께 먹기로 해요."

로테는 갈레트라는 크레이프같이 생긴 과자를 잽싸게 구워 속에 과일을 넣어 말아서 홍차와 함께 팔마 일동 앞에 내놓았다. 로테의 과자 제작 실력도 점점 좋아지고 있었다.

"팔마 님의 복귀 환영회네요! 우와, 좋은 향기예요."

로테가 올바른 테이블 매너로 직원들에게 홍차를 따랐다.

"그래서 팔레 군은 완전히 좋아진 거야?"

"완전히는 아니지만 생사의 경계를 헤맬 일은 이제 없을 거야."

생사의 경계라는 말에 엘렌은 놀란 듯했다.

"뭐?? 그렇게 심각한 상태였어?! 본인은 별것 아니라고 했었는데."

"형은 허세를 부리는 구석이 있어서 말야."

상상 이상으로 심각했다는 말을 듣고 엘렌은 동요를 보였다.

"정말… 팔레 군도 참. 건강해지지 않으면 싸울 수도 없잖아. 그런데 그 팔레 군은 집에서 뭘 하고 있어? 저택 안에서 요양?"

"내가 지금까지 쓴 교과서를 읽고 오탈자와 표현 등을 체크해주고 있어. 그리고 아직 안 쓴 부분의 대필."

팔마가 쓴 교과서는 지구의 의학 약학 지식을 바탕으로 한 오리지널 어휘로 가득한 교과서이므로 그것을 이 세계에서 익숙한 단어로 바꾸는 작업을 팔레가 해주고 있었다.

팔마도 이 세계 언어는 문제없이 쓸 수 있다고 생각하고 있지만 역시 이세계어라서 그런지 조금 구어적이거나 완곡하거나, 의학적으로 봐서 일반적이지 않은 표현이 여기저기 있다고 했다. 그런 부분은 팔레가 보기에 어색하다는 평이었다.

그래서 팔레는 그 부분을 다듬어서 보다 학술적이고 격식 있는 교과서로 마무리하는 퇴고를 해주고 있었다. 이것은 팔마에게 커다란 도움이 되었다. 게다가 팔레는 팔마가 쓴 부분을 전부 읽어버렸기에 다음 내용은 아직이냐고 재촉까지 하고 있었다.

팔마가 구두로 약학 지식을 전하면 팔레가 교과서를 쓰고, 쓴 것을 팔마가 확인하고 가필하는 작업 과정은 효율적이었다.

팔레는 노바르트 의약 대학에서 화학의 기초를 습득한 상태였기에 화학식과 구조식도 이해할 수 있었다. 이쯤 되면 팔레에게 새로운 섹션을 설명하고 대필시키는 편이 더 빨랐다.

팔마의 작업량이 훨씬 줄어든데다 팔레도 "후하하, 이게 최신 지식인가!" 라며 기뻐했다. 게다가 팔레는 등사기를 쓰는 작업도 즐기고 있었다.

 "뭐? 대필? 어째서 팔레 군이 교과서 같은 걸 쓸 수 있는 거야?"

 엘렌은 팔레가 약학 지식을 배워 교과서를 쓰고 있다는 말을 듣고서 놀란 듯했다.

 "내가 구두로 가르쳐준 부분을 대신 써주고 있는 거야. 그래서 대필."

 "드 메디시스 가문의 형제 약사님은 정말 대단하시네요."

 로테가 두 사람을 칭송했다.

 "…스승님까지 넣으면 드 메디시스 가문 세 사람이네. 과연 명문 약사 일족이야. 그래서 그 교과서는 약학교에서 쓸 거야?"

 "그럴 생각이야. 이번에 형을 치료할 때 느낀 건데 새로 개설하는 종합 의약학부의 필수 과정으로 약학에 더해 주사와 채혈, 기타 다른 처치도 빼놓을 수 없다 생각했어. 백혈병 같은 병의 치료는 그저 약만으로 어떻게 할 수 있는 게 아니니까."

 "팔마 군이 말하는 처치는 보통 의사가 하는 것 아냐?"

 "약을 쓰는 이상, 약사도 할 수 있는 편이 좋아. 물론 의사와의 연계도 강화해야 하겠지. 각종 검사부서와 기사의 양성도 언젠가는 필요할 거야."

 약사를 교육하는 것만이 아니라 의사와 기사와 연계도 해야 한다는 것은 팔마가 항상 생각하고 있었던 점이다. 약학이 아무리 진보해도 의학이 구태의연한 상태로 발전이 없다면 뒤죽박죽인 상태가 될 뿐이다.

"산 플루브 제도에도 의학교는 있지만 사실 좀 평범하긴 해. 명성으로 봐도."

제도에도 사를레노 의학교라는 학교가 있긴 하지만 교육 수준이 별로 높지 않고 존재감도 약해서 결국 우수한 학생은 노바르트 의약 대학으로 유출되는 형편이었다. 명문 노바르트 의약 대학이 너무 강한 것이다. 참고로 산 플루브 제국 약학교와 사를레노 의학교는 입장상 상당히 비슷했다.

"스승님에게 부탁해서 종합 의약학부에서 그런 교육을 할 수 있도록 해달라고 하는 게 어때?"

엘렌이 과감한 제안을 했다. 브루노는 총장이다.

"그게 좋을지도."

그날 저녁 식사 자리에서 팔마는 마음먹고 브루노와 의논해보았다.

"확실히 약학교의 한계를 느낄 때가 많긴 했군."

"예. 약을 처방하는 것만으로는 한계가 있습니다. 주사와 링거 등의 처치를 할 수 있는 약사를 양성할 필요가 있다고 생각합니다."

브루노는 까다로운 문제라는 듯 수염을 어루만졌다. 새로운 개념의 치료법에는 새로운 틀이 필요하다고 팔마는 호소했다. 팔레가 거들기도 해서 브루노는 찬성으로 돌아섰다.

"바로 교수회에서 이야기해보기로 하마."

그 뒤 교수회와 사를레노 의학교의 협의에 의해 사를레노 의학교와 산 플루브 제국 약학교는 통합되었다.

구 사를레노 의학교는 의학부가 되었다.

약학부는 브루노가 학부장을 맡고 신술과 약초를 기초로 한 종래의 약학을 가르치는 학부로 개편되었다.

임상 검사 학부는 임상 검사 기사를 양성하는 학부로 신설.

그리고 종합 의약학부는 팔마가 학부장을 맡아 신약을 다루는 학부로 신설되었다.

전 학부에 공통된 교양 과정 2년간의 커리큘럼은 교수회의 의향으로 팔마가 담당하게 되었다. 의학과 약학의 기초 지식을 종래의 것에서 쇄신하여 모든 학생이 공유한 후 그 뒤엔 학부 고유의 커리큘럼으로 전문화하는 것이다. 의학과 약학의 기초를 제대로 배우면 여태까지는 악령 탓으로 돌리곤 했던 이 세계의 의학과 약학 중 무엇이 옳고 그른지 학생들이 독자적으로 검증해서 취사선택할 수 있을 것이다. 신술과의 조합을 시도해보는 것도 좋다고 팔마는 기대했다.

몇 년 후에는 많은 전문가가 배출될 것이다.

"생각했던 것보다 규모가 큰 이야기가 되었네."

뚜껑을 열어보니 그렇게 되었다고 팔마는 솔직한 감상을 엘렌에게 전했다.

"그만큼 넌 교수회의 기대를 짊어지고 있는 거야."

"대륙 전체에서, 그리고 이 세계 모든 곳에서 제도와 같은 수준의 의료 서비스를 제공할 수 있게 되면 좋겠어."

그런 큰 희망을 품은 팔마였다.

천천히 해도 된다는 엘렌에게 대답한다.

"최대한 노력해볼게."

그런 경위로 약사 육성 학교였던 산 플루브 제국 약학교는 산 플루브 제국 의약 대학교로 명칭을 바꾸어 산 플루브 제국의 일대 의학과 약학 거점으로 다시 태어나게끔 결정되었다.

11화 「드 메디시스의 신 기초 의약 생물학」의 발행에 부쳐

세월이 지나 1147년 2월 중순이 되었다.

제도에는 추위가 닥쳤고 그날 역시 눈이 왔다.

백혈병에서 살아 돌아와 목숨을 건진 팔레는 백혈병의 혈액학적 완전 관해 후의 재발 예방을 위해 화학 요법을 받고 있었다. 경과는 순조로워서 백혈병 세포도 현미경으로 보이지 않을 정도가 되었다.

감염증 예방을 위해 외출을 삼가고 있는 팔레가 투병 중에 경이적인 속도로 대필을 해준 덕분에 팔마는「드 메디시스의 신 기초 의약 생물학」이라는 시리즈 교과서를 완성했다. 팔마의 손가락 첫 마디 정도 두께의 책이었다.

브루노의 조치로 교과서는 제본되어 각지의 의학계와 약학계 대학에 판매되게 되었다.

'내가 쓴 책이 출판된 건 오랜만이네.'

전생에서는 몇 권 정도 약학 교과서를 출판한 팔마였지만 등사기로 대량으로 인쇄한 훌륭한 장정의 서적을 들고서 종이와 잉크 냄새를 맡으니 감회가 새로웠다.

팔마는 약국에 출근하자마자 인쇄된 교과서를 엘렌에게 보여주었다. 엘렌은 포장된 책을 받자 새삼 안경을 고쳐 썼다.

"잘 읽겠습니다. 앞으로도 지도 편달 부탁드려요, 팔마 교수님."

"가, 갑자기 왜 그래? 이상한 거라도 먹은 거야?"

엘렌의 장난이 시작되었기에 팔마는 쓰게 웃었다.

"하지만 엄청난 위업이라고. 팔마 군과 팔레 군 둘이서 이만한 분량을 쓴 거잖아."

"각각 절반 정도야. 그리고 로테도 인체도를 그려주었고."

궁정 화가인 로테의 인체 일러스트는 교과서를 전문적인 것으로 만들어주었다.

"에헤헤. 잘 그릴 수 없었던 부분은 다른 궁정 화가분들이 고쳐주셨어요."

"그랬구나. 그럼 그 화가에게도 감사를 해야겠네."

"로테도 큰일을 했네. 학기가 시작되기 전에 여러 번 읽어서 공부해둬야겠어."

"그래. 엘렌도 강좌를 맡게 될 테니까 읽어두라고. …이게 완성되었으니 이제 절반 정도는 인생에 여한이 없게 되었어."

형제 둘이서 심혈을 기울여 썼다고 해도 과언은 아니었다. 팔마가 가지고 있는 약학 지식 중 최소한의 것들과 사고방식은 팔레에게 전했다. 그런 방대한 지식을 단숨에 전수한 탓에 팔레에게는 큰 부담을 줬지만 팔레의 머리가 좋아서 다행이었다고 팔마는 새삼 생각했다.

팔레가 범재였다면 팔마가 전부 교과서를 써야 했을 테니 두 번째의 과로사 코스였을 것이다. 노바르트에서 반년에 한 번씩 돌아와 여러모로 성가시게 했던 팔레였지만 지금은 완전히 믿음직한 형이 되었다.

"아직 젊은데 그런 말 하지 마."

이미 인생을 달관해버린 팔마를 엘렌이 나무랐다.

"맞아요. 인생은 지금부터라고요!"

로테가 팔마의 용기를 북돋웠다.

만약 지금 자신이 이 세상에서 사라져버린다 해도 최소한의 지식은 남길 수 있을 것 같았다.

그리고 원컨대, 팔마가 알고 있는 현시점까지의 '지구의 현대 약학'을 뛰어넘어 새로운 한 페이지를 써주길 바랐다.

"로테 것도 있어. 세드릭 씨도 괜찮다면 봐주세요."

팔마는 로테와 세드릭에게도 같은 것을 건넸다.

"고맙습니다. 팔마 님."

세드릭도 공손하게 받아 들었다.

"네? 그런 귀중한 걸 저에게 주셔도 괜찮은 건가요? 아마 내용을 전혀 이해 못 할 테고, 저에게는 아까울 텐데! 이렇게 두꺼운 책을 선물받은 건 처음이에요. 소중히 할게요!"

로테는 설마 자신이 받을 수 있을 거라고는 생각하지 않았는지 활짝 미소를 지었다.

"로테도 삽화를 담당했잖아. 당연히 받을 권리가 있지. 그리고 로테가 읽었으면 하는 항목도 있어. 응급 처치 부분 같은 거. 책갈피를 꽂아두었으니까 읽어보라고."

세 사람이 포장을 뜯어보니 각각 다른 색깔의 보석이 달린 가죽 책갈피가 꽂혀 있었다. 팔마가 주는 선물이다.

"팔마 군은 이런 부분에서 정말 성실하다니까."

"유능한 남자라고 해줬으면 해."

"유능한 남자로군요."

세드릭이 익살스럽게 팔마를 칭찬했다.

"어머, 유능한 남자인 팔마 씨. 앙플루아즈 씨에게 줘야 할 약을 깜빡했어."

앙플루아즈는 만성 위염을 앓고 있는 상인이다.

"이런! 주고 올게."

팔마가 검정 코트를 걸치고 밖으로 나가려고 하자 그 약봉지를 잽싸게 로테가 받아 들었다.

"제가 다녀올게요! 앙플루아즈 씨의 저택이라면 알고 있어요."

"그래? 그럼 고마워. 부탁할게."

로테는 바람처럼 약국에서 나갔다.

팔마는 1층으로 내려가서 아르바이트 약사들에게도 교과서를 건네기로 했다.

지금 이세계 약국에서는 아르바이트 약사를 세 명 채용 중이었다. 전에는 엘렌의 제자를 고용했지만 이제는 전속 아르바이트 약사를 고용해서 팔마와 엘렌의 형편에 맞춰 시간제로 오게 하고 있었다.

팔마의 모습을 발견하자 휴식 시간에 즐겁게 잡담을 나누고 있던 세 사람은 벌떡 일어났다.

"교과서… 라고요?"

"나와 형이 쓴 거야. 조금씩이라도 좋으니까 읽어두도록 해."

"고맙습니다. 기꺼이 읽도록 하죠."

그렇게 말하고 받아 든 호리호리하고 키가 큰 남자는 1급 약사 로제.

그는 실업 중이었을 때 네델 국에서 팔마가 스카우트해온 청년 약사다. 산 플루브 제국 말을 구사하는 것은 조금 어색하지만 실력은 좋다.

"고, 고, 고맙습니다, 점주님. 반드시 암기해둘게요!"

대학을 갓 졸업한 신입, 여성 2급 약사 레베카도 기쁜 듯했다.

그녀는 내성적인 성격으로, 특히 팔마를 보면 긴장이 되는지 제대로 이야기를 하지 못했다.

"이건 좀 어려워 보이는군요. 아이를 재우고 나서 조금씩 공부하기로 하죠."

아이가 많아서 아르바이트를 몇 개씩 동시에 하고 있는 엄마 약사 셀레스트. 그녀도 2급 약사로 조제 속도가 빨랐다. 게다가 노바르트 의약 대학 출신이기도 했다.

"조금씩이라도 괜찮아. 다들 한가할 때 읽는 정도면 되니까."

"팔마 군, 약사는 충분하지? 나 잠깐 진료하러 가볼게."

엘렌이 손을 흔들어 보이더니 코트를 걸쳐 입고 진료 팩을 챙겨 밖으로 나갔다.

"조심해서 다녀와, 엘렌."

엘렌 자신도 맡고 있는 환자가 있다. 그녀가 보는 환자는 유력한 귀족들로 1주일에 한 번, 한나절씩 진료를 보고 있다.

"그럼 식사를 하고 나서 오후에도 열심히 해볼까."

◆

엘렌은 제도 중심부의 어느 커다란 저택 문을 말을 탄 채로 통과했다.

마중을 나온 집사에 의해 귀부인이 기다리는 방으로 안내되었다.

"1급 약사 엘레오노르 본푸아입니다. 사모님, 진료하러 왔어요."

"엘레오노르 선생, 기다리고 있었습니다. 겨우 만날 수 있게 되었네요."

그녀는 이미 몇 년 전부터 엘렌이 주치 약사를 맡고 있는 나이 든 후작부인이었다. 이 귀부인뿐 아니라 보수적인 귀족 여성은 진료 시에 남성 의사나 약사 앞에 피부를 드러내지 않는 것을 정숙함의 미덕으로 여기고 있었다. 그래서 이 귀부인을 제도에서 가장 고명한 여성 약사인 엘렌이 맡은 것이다.

"죄송합니다, 사모님. 진료일을 변경해서."

"아뇨, 괜찮아요. 당신은 인기 있는 1급 약사인걸요. 그리고 약국 일도 바쁘죠?"

귀부인은 처방된 약이 다 떨어졌음에도 다른 약사를 부르지 않고 끈기 있게 엘렌의 왕진을 기다리고 있었다고 한다. 엘렌은 그만큼 그녀의 신뢰를 받고 있었다.

"예. 정말 죄송합니다. 점주가 진료할 수 없는 상태였지만 이번에 복귀했기에 겨우 왕진 시간을 낼 수 있었네요."

"당신의 제자가 시작한 가게였던가요? 이세계 약국의 평판은 들었어요. 제자가 잘하고 있는 모양인데, 그것도 다 당신의 지도 덕분이겠죠."

"이제 제자라고 하기에도 어색해졌지만요. 오히려 배우는 게 더 많아요."

 굳이 따지자면 점주는 자신보다 한참 먼 곳까지 가버려서 지금은 사제 관계가 역전되었지만, 엘렌을 전폭적으로 신뢰하는 귀부인에게 그런 말을 할 수는 없었다. 실망하는 얼굴을 보고 싶지 않았기 때문이다.

 "그런 우수한 제자분이라면 한번 만나보고 싶네요. 하지만 저 같은 사람은 평민도 있는 약국에서 진료를 받는 게 꺼려집니다. 지병이 있다는 걸 알리고 싶지 않으니까요. 그러니까 비밀을 지켜주시는 당신이 정기적으로 왕진해주셔서 감사하고 있답니다."

 귀부인은 온화한 표정으로 엘렌을 바라보았다. 그런 시선을 견디지 못하고 엘렌은 제안했다.

 "다른 약사의 진료를 받아보는 것도 한번 생각해보시면 좋을 것 같아요. 사모님 위장병의 원인을 제 능력으로는 알아낼 수 없거든요."

 엘렌은 귀부인이 아마도 역류성 위장염을 앓고 있는 것으로 추측했다. 허나 엘렌은 진안이나 확고한 병리 지식이 없기에 위가 안 좋다는 것밖에 알 수 없었다. 그나마 몇 년간 처방한 전통약 포션이 현재까지 귀부인에게 잘 들어서 다행이었다.

 운 좋게 통증을 완화하는 포션을 처방할 수 있었지만 어쩌면 위통 뒤에 중대한 병이 숨어 있는 건 아닐까 하는 생각이 들어 불안하기 짝이 없었다. 엘렌은 자기 혼자서 진단하지 못하고 팔마에게 의지해야 하는 것을 한심하게 생각했다. 팔마는 엘렌보다 어린데도 무슨 까닭인지 엘렌보다 연상인 것 같다는 생각이 들곤 했다.

 "다른 약사라는 건 남성 약사인가요?"

"그렇습니다. 팔마 선생에게도 한 번…."

"그건 안 됩니다. 그런 식으로 말씀하지 마시길. 당신은 저에게 유일무이한 약사랍니다. 당신의 물약이 제 위장을 치료해주고 있으니까요. 자, 잘 듣는 약을 주세요, 엘레오노르 선생."

"예, 사모님…."

엘렌은 포션을 조합하면서 자신감을 상실했다.

팔마가 팔레에게, 그것도 팔레의 투병 중에 팔마의 지식 대부분을 전수하고 그것을 교과서로 만들었다는 이야기를 들었을 때에는 평정을 유지하고 있긴 했지만 조바심과 당혹감을 억누를 수 없었다.

어째서 팔마와 가장 가까운 곳에 있는 자신에게 전수해주지 않았는지. 자신이 그럴 만한 그릇이 아니었기 때문이리라. 그래서 자신의 무능함을 그저 책망할 뿐이다.

여러 가지 공적으로 제국 의약 대학교의 교수로 추대되고 초빙된 팔마. 그의 한쪽 팔로서 엘렌도 초빙되긴 했지만 대학교 측에서 보면 완전히 팔마의 덕이다.

'나는 그의 조수 정도밖에 할 수 없는 걸까…? 하지만 팔마 군은 그것을 바라고 있지 않아.'

팔마는 엘렌을 어엿하게 대등한 약사로 간주하고 있다.

팔마의 활약에 비해 자신의 기량과 지식 부족이 안타깝다. 시간을 허비하는 사이에 나중에 온 팔레에게 순식간에 추월당했을지 모른다는 조바심도 난다.

"자, 사모님. 포션이 완성되었습니다. 이것을 여느 때와 똑같은 분량만큼 드세요."

엘렌은 겨우 미소를 지으면서 귀부인에게 포션을 내밀었다. 엘렌의 복잡한 심경을 간파했는지 귀부인은 포션을 옆에 놓아두고 엘렌의 손을 잡았다.

"엘레오노르 선생."

귀부인은 엘렌을 타이르듯 기품 있는 얼굴로 미소 지었다.

"당신과 동격인 라이벌과 존경하는 스승이 동시에 나타난 거군요. 그래서 당혹스러워하고 있어요. 틀린가요?"

"아… 예. 그렇다고 생각해요. 신기하군요."

"지금 부족한 것을 탄식하기보다 그 존재가 나타나서 자신이 얼마나 변했는지, 얼마나 성장했는지를 생각해보시길."

"성장… 한 걸까요? 저는."

"당신은 자신을 비하할 만큼 무능력하다고 생각할지 모르지만, 궁정 약사의 수제자임을 자랑스럽게 내세우던 이전의 당신과는 이미 달라요. 앞만 보고 걷고 있을 때에는 뒤에 있는 것들은 잊는 법이죠. 하지만 때때로 뒤를 돌아보시길. 뒤에는 당신이 왔던 길이 있으니까."

엘렌은 서서히 그녀의 환자에 의해 치유되는 것을 느꼈다. 약이 아니라 말의 힘으로.

"길을 알고 있는 사람이 당신 앞에서 걷고 있다면 따라가면 되는 거예요."

엘렌은 잠시 말문이 막혔다가 곧 개운한 미소를 되찾았다.

"놓쳐버리지 않도록 따라가겠습니다!"

엘렌은 망설임 없이 대답하고 귀부인의 말을 소중히 가슴에 담았다. 그리고 가끔은 이렇게 자신의 손으로 전통적인 포션을 만드는 것도 좋은 것 같다고 생각했다.

◆

이세계 약국 앞에서 마차 한 대가 멎었다. 로테가 심부름을 간 직후의 일이었다. 문지기 기사가 부르러 왔기에 대귀족이 찾아왔다는 것을 팔마는 알 수 있었다.

팔마는 평소 중환자가 아닌 한, 상대가 대귀족이라고 해서 마중을 나가거나 하지 않지만 은인에 대해서는 신분에 상관없이 마중을 나가곤 했다.

"죄송해요. 아직 쉬는 시간이었나요?"

"멜로디 님 아니신가요. 괜찮습니다. 잘 오셨어요. 언제나 신세를 지고 있습니다."

마차에서 내린 멜로디에게 팔마는 인사를 했다.

멜로디는 화장과 몸단장을 착실히 해서 한층 더 아름다웠다. 오늘은 항간에 유행하는, 허리를 가늘게 조여 허리 뒷부분만 볼륨이 있는, 이른바 버슬 스타일의 드레스를 입고 있었다. 멜로디 존작이 외출을 하고 드레스를 차려입는 것은 병세가 안정되어 있다는 증거였다. 푹신푹신한 깃털 모자를 벗고 멜로디는 인사를 했다.

"팔마 님, 평안하신가요? 이번에도 편지와 선물을 보내주셔서 고맙습니다."

팔마는 여러 가지 기구의 제작을 의뢰할 때 멜로디에게 감사장을 보내는 것을 잊지 않았다.

"저야말로 산소 탱크 건으로 신세를 졌습니다. 그렇게 복잡하고 커다란 물건을 겨우 하루 만에 만들어주시다니…. 덕분에 형의 목숨을 구할 수 있었군요. 형도 매우 감사하고 있습니다."

멜로디의 빠른 작업 속도에 팔마와 팔레는 큰 도움을 받았다.

"그렇습니까. 그 말을 듣고 안심했습니다."

팔마로서는 마세일 제약 공장에서 쓸 수많은 기구들을 요구대로 만들어주고 여러 가지 무리한 요구도 거절하지 않고 들어주는 멜로디에게는 감사의 마음뿐이었다.

"그럼 다른 손님에게 폐가 되니 이만 실례하겠습니다."

생긋 미소 지으며 자리에서 일어나기 전에 멜로디기 미리를 끌어 올리는 모습을 보고서 팔마는 뭔가 이상한 것을 느꼈다.

"잠깐만요. 멜로디 님, 손을 좀 봐도 되겠습니까?"

"어머, 어째서죠? 창피하네요."

멜로디는 손을 뒤로 빼려 했다.

"어째서 창피한 거죠?"

"장인의 손이에요. 도구를 쓰기에 굳은살이 잔뜩 잡혀버려서."

부끄러워하면서 머뭇머뭇 양손을 팔마 앞에 내민다.

"혹시 최근 굳은살이 늘어나지 않았습니까?"

"납기가 빠른 발주가 계속되어서 그러려나요?"

멜로디도 짚이는 구석이 없는 건 아닌 듯했다. 허나 팔마는 싱긋 미소 지었다.

"아뇨. 굳은살도 있습니다만 절반 정도는 사마귀입니다. 그리고 이곳은 깎으셨나요?"

사마귀가 평평해진 부분이 있었다. 멜로디는 실토했다.

"예. 상태가 안 좋았기에 나이프로 깎았습니다…."

"'심상성 사마귀.'"

만약을 위해 진안으로 확인해본다. 팔마는 멜로디의 손을 잡고 얼굴을 바싹 갖다대서 사마귀 밑에 있는 혈관을 확인했다.

"이것은 바이러스에 의해 생긴 사마귀입니다."

바이러스가 어떤 존재인지 팔마는 멜로디에게 설명했다. 이 사마귀는 피부가 손상되기 쉬운 부위에 곧잘 생긴다. 장인인 멜로디는 손을 다치는 일도 많았을 터이다.

"이 바이러스를 죽이는 약은 현재 없습니다."

멜로디의 손바닥에 있는 파필로마 바이러스는 피부의 비교적 깊은 곳까지 침투한 상태였다.

"그런… 치료할 수 없나요? 더 이상 늘어나면 곤란합니다."

"약으로 치료할 수 있는 경우도 있긴 합니다만…. 잠깐만 기다려 주십시오."

액체 질소를 쓰는 치료가 효과가 있는지 진안으로는 판정할 수 없었다. 아니, 액체 질소 요법같이 투약이 아니라 술사의 기술에 좌우되는 것은 애초에 판정할 수 없는 것 같았다. 혹시나 해서 팔마는 약제명을 말해보았다.

"'살리실산.'"

"'글루타르알데하이드.'"

사마귀가 생긴 부분의 각질을 연하게 만드는 방법도 있지만 꼭 효과가 있는 것은 아니고 멜로디 존작에게는 이들 약이 듣지 않는 듯했다.

"당신에게는 약이 잘 안 듣는 것 같군요."

팔마는 사마귀에 얼굴을 바싹 대고 어느 정도의 깊이가 있는지,

모세 혈관까지 잠식되지는 않았는지 자세히 관찰했다.

◆

 그때 심부름을 마치고 약국으로 돌아온 로테는 팔마가 멜로디의 손을 잡고서 손바닥에 얼굴을 바싹 대고 있는 것을 목격했다.
 그녀는 흠칫 놀라 무심코 약국 그늘에 숨고 말았다.
 "어…? 방금 그건… 혹시… 키…?"
 키스?
 얼핏 그렇게 보였던 것이다. 남성이 여성에게, 손등이 아니라 손바닥에 하는 키스. 그것은 프러포즈를 의미했다. 팔마와 멜로디는 그런 사이였던가 하고 로테는 혼란에 빠졌다. 그러고 보니 치료를 위해 몇 번인가 멜로디의 저택에 팔마가 드나들던 시기가 있었다.
 "그때 조금씩 친밀해진 걸까…? 전혀 몰랐네."
 하지만 팔마가 이성의 몸을 만지는 것은 드문 일이었다. 진찰 때문에 필요할 경우 외엔 거의 만지지 않는다. 그리고 멜로디가 손에 병이 있는 것도 아닐 터였다. 로테의 경우도 팔마 쪽에서 만진 적은 거의 없다고 해도 좋다.
 그런데 저렇게 친한 모습으로….
 생각해보면 팔마와 멜로디는 모두 대귀족. 게다가 멜로디는 존작이기도 해서 나이 차가 있어도 팔마의 혼인 상대로는 부족함이 없을 것이다.
 "그랬구나…."
 팔마에게 로테는 그저 시녀에 지나지 않는다. 알고는 있었지만 그렇게 생각하니 비참한 기분이 들었다. 로테는 조용히 자신의 손에 시선을 떨구었다. 팔마가 정기적으로 만들어주는 로션 덕분에 물을 만지는 일을 해도 언제나 손은 매끈매끈하다. 팔마 곁에서 봉사하고 그의 총애를 받고 있기에 더 많은 것은 바랄 수 없다고 생각했는데….

"결혼하시면 팔마 님은 저택을 떠나시려나? 약국에서밖에 만날 수 없으려나…? 어떻게 하지? 팔마 님…."

로테의 눈앞이 캄캄해졌다. 혼란에 빠질 듯한 마음을 진정시키기 위해 그녀는 주위에 있는 눈을 모아 뭉치기 시작했다.

◆

멜로디의 손을 다 관찰하고 나서 팔마는 치료 방침을 설명했다.

"어쩔 수 없이 액체 질소로 사마귀를 태우도록 하죠. 그리고 저택에 돌아가시면 특별한 차를 드시도록."

이 심상성 사마귀에는 반드시 낫는다고 보장할 수 있는 치료법이 없었다. 액체 질소로 피부와 함께 바이러스를 태우고 피부 조직이 괴사하기를 기다렸다가 바이러스를 조금씩 깎아가는 것이 표준 치료법이었다. 액체 질소로 처치할 때에는 마취 없이 하는 것이 일반적이었다. 심한 통증을 수반하지만 그렇다고 흥분해서 화염을 분출시키면 안 된다. 상대는 화염 기술사이기에 액체 질소를 증발시켜 버리면 치료가 불가능했다.

"횟수는 적지만 아픈 치료와, 아프지 않지만 횟수가 많은 치료 중 어느 쪽이 더 좋습니까?"

"저는 아픈 게 싫으니 아프지 않은 쪽이 좋군요."

멜로디는 겁을 먹었다.

"알겠습니다. 오늘은 아프지 않은 치료로 하죠. 마취를 하겠습니다."

팔마는 리도카인이 포함된 연고를 멜로디의 손가락에 발랐다.

"손의 감각이 사라질 때까지 기다렸다가 마취가 되면 알려주십시오. 자, 그럼 다음 분."

그동안 팔마는 조금씩 늘기 시작한 다른 환자의 진찰을 했다. 멜로디는 다른 환자에게 방해가 되지 않도록 약국 카운슬링 코너에 앉아 기다리게 했다. 팔마는 환자들을 계속 진찰하면서 때때로 멜로디의 마취 상태를 확인했다.

"마취가 다 된 것 같아요."

멜로디가 팔마 앞에 손을 보여주러 왔다.

"알겠습니다. 그럼 준비하고 오죠."

팔마는 조제실로 들어갔다.

"'액체 질소.'"

그리고 물질 창조로 마이너스 196도의 액체 질소를 만들어내서 내저온 용기에 넣은 후 솜을 감은 봉 끝부분을 담갔다. 면봉 끝이 얼어붙으며 초저온을 유지한다.

"그럼, 태우겠습니다."

점포로 돌아온 팔마는 멜로디의 손을 잡고 모든 사마귀에 액체 질소가 묻은 면봉을 갖다댔다. 액체 질소에 닿으면 심한 통증이 따르지만 닿는 시간이 짧으면 통증은 그리 심하지 않을 것이다. 그리고 마취도 된 상태다. 멜로디는 거의 통증을 느끼지 않는다고 했다.

"벌써 끝났나요?"

"예. 이거면 됩니다. 닷새 후에 다시 와주십시오. 바이러스의 기세가 되살아나기 전에 다시 태울 겁니다. 단숨에 제거하도록 하죠."

처치가 바로 끝났으므로 팔마는 율무차를 건넸다. 파필로마 바이러스의 사마귀에는 율무차가 듣는 경우가 있다. 전에 마세일령에서 재배했던 것을 약국에 납품받아 저장해두고 있었다. 안도한 멜로디는 대금을 치른 후 공손하게 감사를 표했다.

"고맙습니다. 이제 안심이네요."

"몸조리 잘하시길."

◆

엘렌이 후작부인의 진료를 마치고 돌아와보니 로테가 약국 앞 계단에 앉아 어찌할 바 모르고 있었다.

"로테, 이 작품들은 뭐야? 귀여운데."

약국 앞에 쌓인 눈으로 만든 듯한 눈사람이 잔뜩 세워져 있었다. 로테가 어느 틈엔가 가게 앞에 잔뜩 만들어버린 것이다. 어찌나 예술적인지 지금이라도 움직일 것 같은 훌륭한 솜씨였다.

그에 반해 로테의 손은 빨갛게 부어 있었다.

"어머, 물 속성 신술사도 아닌데 맨손으로 그런 짓을 하니까…. 로테, 무슨 일이 있었던 거야?"

"정신없이 만들고 말았네요. 손이 아프고 근질거려요."

코를 훌쩍거리며 눈꼬리에 눈물을 머금고 있는 로테. 만드는 사이에 왠지 애절해진 모양이다. 그것을 본 엘렌은 무슨 일이 있었냐며 다시 한번 물었지만 로테는 대답하려고 하지 않았다.

"당연하잖아. 동상에 걸렸어. 나 참…. 어쩔 수 없네. 메디크의 크림을 발라줄게. 1주일이면 나을 거야. 자, 안으로 들어가자."

엘렌이 약을 가지러 약국에 들어가려고 하자 로테가 엘렌의 코트를 잡아당겼다.

"아아, 안으로 들어가면 안 돼요, 엘레오노르 님!"

"어머, 어째서?"

"저기… 지금, 멜로디 님이 와 계셔서… 팔마 님과…."

"멜로디 님이? 팔마 군이 진료 중인 거지? 그게 어째서?"

로테는 허둥댔다.

"팔마 님은 지금 프러포즈 중이라… 두 사람을 방해하면 안 된다고 생각해요."

"뭐?! 프러포즈?"

생각지 못한 말에 엘렌의 목소리가 뒤집어지며 힘이 빠졌다.

"팔마 군이 프러포즈라고…? 좋아하는 사람이 있었던 거야?! 겉으로만 무뚝뚝했던 건가."

팔마를 아직 어린애로 생각하는 것은 엘렌뿐으로, 12세의 팔마라고 해도 결혼 상대를 생각하는 게 이상하지 않을 시기이긴 했다. 결혼 문제에 관해서는 엘렌도 아버지인 백작이 조금씩 맞선을 권해오기 시작했기에 겨우 의식하기 시작한 참이었다.

"팔마 군도 참 조숙하네……. 하지만 멜로디 님이라면 어울리긴 해."

호랑이도 제 말 하면 온다고 멜로디가 어딘지 기쁜 표정으로 약국에서 가령과 함께 나왔다. 그리고 로테와 엘렌에게 "평안하세요.

신세를 졌네요"라며 들뜬 목소리로 인사를 한 후 마차를 타고 저택으로 돌아갔다.

"어떻게 생각해?"

엘렌이 로테에게 귓속말을 했다.

"기뻐 보이시네요. 그게 당연할 거예요. 아아, 멜로디 님은 팔마 님의 프러포즈를 받아들이신 걸까요. 팔마 님은 멋진 분이시니 멜로디 님도…."

로테는 허둥대고 팔랑팔랑 양손을 휘저으며 횡설수설했다. 그런 두 사람의 뒤에서 안 좋은 타이밍에 팔마가 말을 걸었다.

"로테, 심부름 수고했어. 늦었는데 무슨 일 있었어? 아, 엘렌도 어서 와."

"아무것도 아니에요. 눈사람을 만들고 있었을 뿐이라."

"어째서 눈사람을 만들고 있었던 거야? 우와, 이렇게나 많이."

"약국에 온 아이들이 좋아할 것 같아서요!"

로테는 갈팡질팡하며 변명을 시작했다.

"팔마 군, 로테도 못 말리는 게, 눈사람을 너무 많이 만들다 동상에 걸려버렸어."

"뭐…?! 잠깐 보여줘봐. 어째서 장갑을 안 낀 거야?"

팔마가 어이없어하면서 양손을 붙잡자 로테는 굳어버렸다.

"안 돼요. 팔마 님에게는 멜로디 님이라는 분이 계신데…."

로테는 팔마의 손을 뿌리쳤다.

"맞아, 맞아, 팔마 군. 마음에 정한 상대가 있다면 양다리는 안 된다고."

엘렌도 무책임한 태도로 가세했다.

"두 사람 모두 무슨 소리를 하는 거야?"

로테의 이야기를 듣고 팔마는 겸연쩍게 웃었다.

"손을 진찰하고 있었을 뿐이야. 멜로디 님에게 사마귀가 생겼거든. 표면을 관찰하다 보니 얼굴이 가까웠던 것 아닐까? 설마 그런식으로 착각할 줄이야."

"정말인가요! 정말이죠?"

로테는 몇 번이고 확인했다.

"하지만 어째서 그렇게 생각한 거야?"

"아무것도 아니에요! 경솔해서 죄송해요!"

그날 기분이 좋아진 로테는 다 먹을 수 없을 만큼 호화로운 간식을 약국 직원들에게 제공했다.

◆

"그러고 보니 교과서를 폐하께 헌상했느냐? 네 성격상 아직이겠지…."

며칠 뒤, 이번에도 브루노의 지적이 있었다.

"설마 헌상식 절차가 번잡하다는 이유로 일부러 잊고 있는 건 아니겠지?"

'번잡하다니, 브루노 씨도 은근히 말이 좀 심하네. 확실히 매번 정장을 하고 헌상식을 하는 게 성가시긴 하지만.'

헌상식 날짜 결정과 신청 서류 등은 세드릭에게 사무 처리를 맡기고 있었다.

"오, 오해입니다. 그보다 교과서는 폐하께 헌상할 만한 것이려나요? 흥미 없으실 거라 생각하는데."

"헌상식이라는 것은 평생에 한 번 할까 말까 하는 자리란다. 1년에 몇 번씩 하는 네가 이상한 거지. 유서 깊은 전통이니 소홀히 하면 안 된다. 그리고 폐하께 필요한가보다는 제국에 필요한가, 아닌가를 고려해야 돼."

솔직히 여제에게 헌상해도 본인은 뭔지 모를 테고 재밌는 것도 아니다. 교과서는 의료 관계자에게 전달하면 충분하다고 생각하던 팔마도 브루노의 말에는 말문이 막혔다.

"알겠습니다. 형도 들었지?"

팔마는 식당에서 자습을 하고 있던 팔레 쪽으로 몸을 돌렸다.

"왜?"

"헌상식에 가자. 형도 공동 집필자니까 둘이서 헌상해야 돼."

"헌상식이 뭔데? 어디서 무엇을 헌상하러 가는 거지?"

팔레는 모르는 듯했다. 발명이나 발견을 하지 않는 한, 인연이 없는 법이다.

"폐하께 교과서를 헌상하는 거야."

팔레는 눈을 크게 떴다.

"폐, 폐하라면 황제 폐하 말야?!"

"그 폐하 맞아."

드 메디시스 가문의 장남인 팔레는 노바르트 의약 대학에 조기 입학한 탓에 어린 시절의 팔마처럼 브루노를 따라 궁정을 출입한 적이 없었던 듯했다. 엘리자베트의 모습을 본 것도 멀리서 한두 번 정도라고 했다. 그 이야기를 듣고 있던 블랑슈는 시원하게 폭로를 시작했다.

"저기 말야, 작은오라버니는 자주 헌상식에 가~."

블랑슈의 악의 없는 보고에 팔마는 식은땀을 흘렸다.

"어떻게 된 거야? 팔마. 뭘 그렇게 마구 헌상하는 거지?"

"뭐, 뭐, 어찌 됐건 이번엔 함께 가자고. 여느 때와 같다면 아마 폐하와 회식을 하게 될 거라 생각해."

"헌상식에 입고 갈 옷을 장만해야 되잖아…. 큰일이야!"

팔레는 어울리지 않게 허둥대기 시작했다.

◆

그리고 산 플루브 제국 궁전, 황제 집무실.

「드 메디시스의 신 기초 의약 생물학」이라고 표지에 쓰인 두꺼운 교과서를 황제 엘리자베트 2세는 팔랑팔랑 넘기고 있었다. 페이지가 넘어가면서 생긴 바람이 여제의 청초하게 정리한 머리카락을 사뿐히 날린다. 가까이서 보기도 하고 멀리서 보기도 하면서 흠흠, 짐짓 감탄하기도 하던 여제는,

"그렇군."

텅 하고 교과서를 덮었다. 팔마와 팔레는 꿀꺽 침을 삼켰다.

"모르겠다. 등사기로 인쇄한 의학서이자 약학서라 했나. 짐은 전혀 모르겠지만…."

일생일대의 무대를 맞이한 팔레의 긴장감이 팔마에게도 전해졌다.

"드 메디시스 형제, 그대들의 훌륭한 공적이다."

"예!"

"영광입니다."

팔마와 팔레는 공손하게 머리를 숙였다.

'아, 그러고 보니! 머리!'

깊이 고개를 숙인 팔레의 머리에 무심코 주목한 팔마였지만 팔레는 가발이 벗겨지지 않도록 고정한 모양이라 그것은 팔마의 쓸데없는 걱정이었다.

"클로드."

"예, 폐하."

여제는 헌상식에 입회해 있던 시종장 클로드를 손짓한 후 교과서를 건넸다. 클로드는 여전히 러프(ruff)가 달린 새카만 코트를 입고 있었다.

"시의장으로서 이 서적의 가치를 평가하라."

"예. 바로 읽어보도록 하겠습니다."

클로드가 엄격한 시선으로 교과서를 살펴보기 시작했다. 엉터리로 쓰이지는 않았는지, 학술적으로 올바른지, 꼼꼼히 읽지 않고 흘려 읽고 평가하라는 무리한 요구였다.

"두 사람은 이쪽으로 오시죠."

시종이 팔마와 팔레에게 집무실 구석 의자에 앉도록 권했다. 클로드가 책을 읽고 있는 동안 여제는 국무경을 불러 척척 집무를 보았다. 클로드의 검사는 얼마간의 시간을 필요로 했다. 태연한 얼굴로 기다리는 팔마와는 대조적으로, 팔마의 대필이라고는 해도 시의장이라는 제국 제일의 의사에게서 저서를 심사받는 것에 완전히 위축된 팔레는 지금이라도 쓰러질 것 같았다. 그런 팔레를 보다 못해 팔마는 귓속말을 했다.

"기분이 안 좋은 것 같은데 괜찮아?"

"아, 응…. 넌 용케 태연하구나. 심장에 털이라도 난 것 아냐?"

황제와 시의장 앞에서도 당당한 팔마의 모습에 팔레는 압도된 듯했다.

"안 났어."

"누가 대머리라는 거야?"

"그런 말 안 했잖아."

어흠 하고 클로드의 헛기침 소리가 들려왔기에 팔마와 팔레는 잡담을 멈추었다. 황제 앞에서 잡담은 엄금이다.

국무경과의 직무를 마친 여제는 책상에 놓여 있던 홍차를 우아하게 마시고 배를 쓰다듬었다.

"점심시간이 되니 출출하군. 자, 그대들도 배가 고플 테니 짐과 식사라도 하지 않겠나?"

팔마와 팔레, 클로드는 점심 식사에 초대되었다.

"영광입니다."

황제 옆에 앉는 것을 허락받고 식사를 함께 하는 것은 최고의 영예였기에 팔레는 평생의 자랑으로 삼겠다며 흥분했다. 팔마는 진찰 후 언제나 여제와 함께 식사를 했지만 그런 말은 굳이 않기로 했다.

황제의 식사는 궁정인들에게 공개되는 법이다.

황제는 준비가 끝난 비공식 식당의 원탁 창가 자리에 앉았고 창문은 활짝 열렸다. 황제가 앉은 것을 확인한 후 팔마와 팔레도 자리에 앉았다. 젖은 냅킨을 급사들이 건네자 두 형제는 손을 닦았다. 핑거볼에 신술로 만든 생성수를 채우고 마찬가지로 컵도 채웠다.

여제는 불 속성 신술사이기에 전속 물 속성 신술사가 물을 채웠다. 여제 주위에는 많은 궁정인들이 대기하고 있었다. 많은 사람들이 보는 가운데 식사를 하는 모습은 프랑스 루이 14세의 궁정 생활과 어딘가 비슷하다 싶었다.

"팔마가 왔군! 어머니를 진찰하기 위해 온 건가?"

루이 왕자가 들어와서 팔마의 방문을 환영했다.

"식사가 끝나면 토끼 사냥이라도 하러 가자고."

"오랜만입니다, 전하. 토끼 사냥 전에 진찰을 하게 해주십시오."

팔레의 표정은 어째서 왕자가 너를 알고 있고 어째서 무자격인 네가 황족을 진찰할 수 있는 거냐! 라고 말하고 싶은 듯했다.

'…여기까지인가.'

팔마는 자연스럽게 코트를 벗었다. 코트 밑에 입고 있는 팔마의 조끼에는 왕관형 배지가 달려 있었다. 궁정 약사의 배지이다. 제국에서 네 번째 궁정 약사의 증표다.

"힉?!"

처음으로 그것을 본 팔레는 망연자실했다. 팔마가 궁정 약사라는 사실을 팔레가 안 것도 지금이 처음이었다. 팔마는 자신의 입장과 보유 자격을 팔레에게 말할 타이밍을 완전히 놓쳤던 것이다.

"왜? 요리가 입에 안 맞나?"

기성을 내지른 것을 보고 여제가 말을 걸어왔기에 팔레는 황송해했다.

"아, 아뇨. 굉장히 맛있습니다."

"그거 다행이군. 맘껏 맛보도록 해."

"고맙습니다."

궁정에서의 팔마의 지위를 이해한데다 로열패밀리가 팔마를 중용하며 친하게 지내고 있다는 것을 안 팔레는 완전히 말문이 막힌 모양이다.

오르되브르 열 접시, 고기 세 접시, 생선 두 접시, 앙트르메(디저트) 네 접시가 독이 들지 않았다는 것이 확인된 후 훌륭한 세공이 된 은식기에 담겨 운반되어 왔다. 이것이 바로 궁정 요리라고 할 만큼 드 메디시스 가문의 식탁보다 호화롭고 사치스러운 요리였다. 천천히 식사를 하면서 간간이 왕자, 여제와 재치 있는 대화를 나눈 팔마 일동이 식사를 마쳤을 무렵에는 별실에서 검사를 하고 있던 클로드가 교과서를 대충 읽은 상태였다.

"수고했다. 그대도 식사를 하도록 해라."

"예, 감사합니다. 대충이나마 읽어보았습니다. 한 가지 의문인 것은 팔마 선생은 어디서 이 지식을 익히셨습니까?"

팔마와 클로드의 시선이 마주쳤다. 팔마는 잠시 대답을 망설였다.

"…가르쳐주실 수는 없습니까?"

공세로 들어간 클로드. 그것을 본 여제는 팔마를 돕고 나섰다.

"아~, 클로드. 팔마를 너무 난처하게 하지 마라."

"그렇군요. 이것은 교과서라기보다 현시점에서는 제 망상의 편찬물에 지나지 않습니다."

팔마는 순순히 클로드의 체면을 세워주었다.

"팔마?!"

무슨 말을 하는 거냐며 팔레는 허둥지둥 팔마를 나무라려고 했다. 하지만 팔마의 말은 이어졌다.

"사례를 모아 많은 의학자와 약학자들의 의학적 수법에 기반한 통계 해석을 거치고, 이 치료법이 유효하다는 걸 평가해서 이 지식을 계속 새롭게 발전시킬 수 있게 되었을 때…."

거기서 팔마는 클로드에게서 여제에게로 시선을 돌렸다.

"이것은 비로소 진정한 교과서가 될 겁니다."

"호오…."

여제는 믿음직하다는 듯 눈을 가늘게 떴다.

"예. 백혈병 항목은 제가 실제 사례로 직접 검증했습니다."

팔레는 곧바로 팔마를 변호했다. 그 말을 들은 클로드는 미소를 짓고서 공손하게 교과서를 여제에게 바쳤다. 그 모습을 보고 팔마는 문득 떠올렸다.

"그러고 보니 시의장님께도 한 권 챙겨두었습니다. 부디 읽어보시길."

"용의주도하군. 감사하네."

클로드는 교과서를 팔마에게서 건네받았다.

"가능하면 좀 더 시간을 들여 정독하도록 하죠. 의학적인 검증을 필요로 합니다만 이것은 미지의 지식의 보고입니다. 이것들이 엉터리가 아니라 모두 옳다고 하면 기존 의학과 약학은 과거의 것이 되고 일부는 불필요한 것이 될지도 모르겠군요."

클로드는 그렇게 단언한 후 쓰고 있던 안경을 주머니 속에 넣었다.

"검증에는 100년 이상, 아니, 200년은 걸릴 것 같습니다."

클로드의 생각이 옳다고 팔마도 여겼다. 학문을 대하는 클로드의 진지한 태도는 대단하다고 생각했다.

여제는 클로드의 이야기를 듣고 잠시 생각에 잠겼다가,

"그럼 그대와 궁정 시의단에게 이 의약학서의 검증을 맡기겠다. 객관성을 중시해서 오류는 곧바로 정정하라. 200년 걸린다면 당장이라도 시작해야겠지."

"분부대로 하겠습니다. 저도 이 책과는 무관하지 않으니 말이죠."

클로드는 진지한 표정으로 고개를 숙였다.

'무관하지 않다고?'

무슨 의도인지 모르겠다는 팔마와 애당초 의미를 전혀 모르는 팔레가 눈을 깜빡거렸다.

"재편되는 제국 의약 대학교의 의학부장이 되지 않겠느냐고 자네 아버지가 권유를 해와서 말이지."

'그랬구나. 몰랐다….'

브루노도 물밑에서 이것저것 조정을 하는 듯했다. 최근에는 대학에 틀어박혀서 거의 집에 돌아오지 않는다. 참고로 클로드와 브루노는 둘 다 존작이고 시의장과 필두 궁정 약사로 좋은 라이벌 관계였지만 이번 일을 계기로 손을 잡게 된 듯하다. 의사와 약사, 의학부와 약학부의 연계는 더할 나위 없이 강력한 한 팀이었다.

"그렇다면 정말 든든하군요. 고맙습니다."

"자네도 종합 의약학부장과 교수가 되지 않나?"

그 말을 들은 팔레가 성대하게 콜록거렸다. 궁정에 온 이상, 이제 팔레에게 감출 수 있는 건 없었다.

"예. 외람되지만요."

"그래서 이야기를 받아들인 거라네. 자네가 학생들에게 무엇을 이야기할까 기대가 되어서 말이지."

참고로 클로드는 수술에 능하다고 하는데, 다른 시의와 브루노에게서 들은 바로는 사실인 모양이었다. 잡균투성이의 맨손으로 수술을 하는 탓에 이 세계에서는 거의 반드시 일어난다고 해도 좋을 수술 후 감염증으로 사망하는 확률이 높을 뿐이지, 가는 혈관을 봉합하는 것은 물론이요 수술 중에도 거의 피를 흘리지 않고 신술을 쓰면서 세밀한 작업을 한다고 했다.

이 세계의 평균적인 외과 수술보다 그의 수술 성공률 쪽이 더 높았다.

청결이라는 개념을 가르쳐주고 수술 후에 항생 물질 등을 이용해서 클로드의 수술을 지원하는 것만으로도 환자의 생존율이 부쩍 늘어나 보다 명의가 될 수 있을 거라고 팔마는 예상했다.

"자네 아버지는 제도와 제국 의약 대학교를 세계 제일의 의료 거점으로 만들고 싶은 모양이더군. 그런 거창한 일을 생각하고 있는데… 재밌지 않나."

클로드는 자신만만한 미소를 지었다. 그 말을 들은 여제는 냅킨으로 입을 닦으며 식사를 마치고 그에게 물었다.

"클로드, 그대는 팔마를 지원하려는 건가?"

"저는 의사이지만 의학자이기도 합니다. 언제나 진리 앞에서는 무릎을 꿇는 존재지요. 올바른 학설은 받아들입니다."

과거의 상식에는 사로잡히지 않고 과거에도 구애받지 않는다고 클로드는 말했다.

"백사병뿐 아니라 흑사병을 물리친 학문 체계가 존재한다면 환자와 의학을 위해 받아들이는 게 마땅하지 않겠습니까?"

"음, 그대의 말이 맞다."

팔마가 처방한 약 덕분에 목숨을 건진 여제도 크게 고개를 끄덕였다.

"폐하. 한 가지 허락해주셨으면 하는 게 있습니다."

전원이 식사를 마친 후 클로드는 여제에게 한 가지 제안을 했다.

"제국에서 처형된 죄인의 시체 해부를 허락해주실 수 있겠습니까?"

지금까지 의학생의 해부학 실습은 동물 해부로 끝마치거나 교사의 해부를 보고 배웠다.

허나 이래선 해부학의 이해와는 거리가 멀다고 클로드는 항상 생각했다고 한다.

"의학생은 한 명당 하나의 인체를 해부해야 한다고 생각하고 있습니다. 약학생도 그것을 봐야 하고요. 그리고 팔마 선생의 교과서를 보고 지금까지의 해부학 교과서는 쓸 수 없다는 걸 알았기에 좀 더 자세하고 정확한 해부학 교과서를 교수와 학생이 다시 만들 필요가 있습니다."

"시의장님…."

팔마는 뜻밖의 인물로부터 든든한 지원을 받게 되어 감동했다. 브루노가 제국 약학교를 재편하게 됨으로써 클로드와는 적이 될 수도 있겠다고 생각했던 것이다.

"음, 허락하겠다."

총살형이 아니라 교수형으로 처형해주었으면 한다는 요망도 클로드에게서 나왔다.

시신이 깨끗한 상태라면 실습 교재로 더 유용하기 때문이다.

"잘 부탁드립니다, 시의장님."

클로드는 믿음직스럽다고 팔마는 기대했다.

◆

후일 팔마는 해부학과 수술 방법 쇄신을 위한 기술 상담 요청을 받고 브루노와 함께 클로드를 찾았다.

존작이기도 한 클로드의 저택은 궁정 부지 안에 있는 호화로운 건축이었다. 그는 언제나 여제와 동반하는 상근의였다. 팔마는 선물을 들고 저택 문을 통과했다.

"초대해주셔서 감사합니다."

"신세를 지는 것은 이쪽일세. 드 메디시스 존작도 바쁜데 미안하군."

팔마가 오기 꽤 전부터 정원 산책을 하면서 느긋하게 기다리고 있었던 듯한 클로드는 브루노와 악수를 했다.

'이 두 사람도 생각해보면 꽤 친해졌네.'

시의장과 필두 궁정 약사. 과거엔 두 사람 사이에 불꽃이 튀는 게 보였지만 최근엔 화해 분위기가 된 것 같아서 반가웠다.

"아들이 실례를 범하면 안 되기에 동반하게 됐습니다."

응접실로 안내된 드 메디시스 부자에게 클로드가 차를 권했다. 장식장에는 말 장식물이 다수 놓여 있었다.

경마가 클로드의 취미라는 사전 정보는 브루노에게서 들은 바 있다. 대화가 무르익지 않는 세 사람이지만 팔마는 경마 이야기 등으로 겨우 화제를 이어갔다.

잡담이 일단락되었을 무렵 슬슬 괜찮겠지 하고 팔마는 이야기를 꺼냈다.

"시의장님, 수술용 기구의 샘플을 여기 가져왔습니다."

팔마는 외과 수술과 해부학에는 별로 해박하지 않지만 기구에 관해서는 동물 실험 등의 경험으로 알고 있는 것도 좀 있었다. 이번에는 멜로디에게 제작을 의뢰한 수술 기구의 견본을 가져왔다.

"흠, 본 적 없는 도구들뿐이군. 전혀 용도를 모르겠어. 설명해주게. 일단 이 구부러진 낚싯바늘 같은 바늘은 뭔가? 왜 구부러져 있지?"

"봉합용 바늘입니다. 일반 바늘도 괜찮지만 구부러져 있으면 조직과 피부 등을 꿰매기 쉽거든요. 그리고 이것은 지침기인데 이걸로 바늘을 든 채 봉합을 합니다."

팔마는 실제로 해 보이면서 연습용으로 두꺼운 동물 가죽을 꿰매 보였고 클로드도 해보게 했다.

"잘 알았네. 손이 아니라 기계를 써서 상처를 꿰매는 건가. 그럼 이 안 드는 가위처럼 생긴 몇 개의 기구는 어디에 쓰는 건가? 여러 가지 종류가 있는데 말이지. 똑바로 된 것, 구부러진 것, 직각으로 꺾인 것도 있군. 끝부분의 두께도 각각 다른 것 같고."

"예. 이것은 겸자라고 합니다. 조직을 붙잡을 때 씁니다. 그 외에도 이것으로 출혈 부분을 잡으면 지혈을 할 수 있군요. 혈관을 집어서 지혈을 한 채 혈관을 묶을 수도 있고요."

클로드는 겸자를 들어서 자신의 옷자락을 집어보거나 했다.

"그리고 겸자로 개복 후 근육층과 지방층을 가위로 자르지 않고 구부러진 겸자로 조직의 틈새를 가르면서 장까지 나아갈 수도 있습니다."

브루노도 묵묵히 기구를 만져보는가 하면 지침기와 바늘로 꿰매는 연습 등을 했다.

　"호오, 그러면 수술 시간이 줄어들겠군. 음, 이 여러 가지 형태를 한 가위는?"

　"우선 반듯한 것은 직전도인데 장기를 앞으로 꺼내서 자릅니다. 복부 안쪽의 근육과 지방을 자르는 데 쓰는 조금 구부러진 반전도도 있습니다. 이것은 직각전도라고 합니다. 이 가위로는 깊은 곳에 있는 장기를 직선적으로 자를 수 있습니다."

　팔마가 건네자 클로드는 싹둑싹둑 시험 삼아 갈라보고 놀랐다.

　"확실히 이건 획기적이군. 용도별로 사용하면 많은 도움이 되겠어."

　그리고 클로드는 핀셋 하나의 끝 부분이 거칠거칠한 것을 발견했다. 가공 불량이냐는 질문에 팔마는 그렇지 않다고 웃으며 설명했다.

　"다이아몬드 입자를 끝부분에 붙인 겁니다. 다이아몬드는 마모가 잘 안 되기에 조직을 다치게 하지 않도록 끝부분이 평평한 것도 있고, 조직을 확실히 붙잡을 수 있도록 갈고리가 달린 것도 있습니다."

　"그렇군. 훌륭해. 그리고 바이스 같은 형태의 것도 있는데…."

　가장 용도를 알기 힘들 것 같은 기구를 들고 클로드는 고민했다. 팔마가 정답을 말했다.

　"개창기라고 합니다. 수술 중에 절개부가 닫히지 않도록 하는, 다시 말해 환부를 계속 열어두는 기구입니다. 개창기를 걸 수 있는 곳까지 잡아당기기 위해서는 이 괭이 모양 도구를 쓰면 편리하죠."

이게 있으면 조수의 숫자를 줄일 수 있다고 팔마는 설명했다.

"듣고 보니 이해가 되지 않는 것도 아니군. 이렇게 종류가 많은데 용도별로 잘 쓸 수 있겠나?"

"수술에 따라 필요한 것이 다릅니다. 제가 제안할 수 있는 기구는 이 정도군요."

클로드는 모든 기구가 맘에 들었는지 대량의 발주 의뢰서를 썼다. 멜로디가 바빠질 것 같다.

"이 도구들을 시험해보기 위해 어서 수술을 해보고 싶군."

클로드는 몸이 근질근질한 모양이었지만 갑자기 임상에서 쓰지는 말았으면 하고 팔마는 생각했다.

"이 기구들을 자신의 손가락처럼 쓸 수 있게 되는 게 중요합니다. 시의장님도 부디."

충분히 연습을 하고 나서 실전에 임해주었으면 한다고 팔마는 덧붙였다.

"자네들 같은 젊은이들이 혁신적인 성과를 발휘하고 있는데 우리들도 존작으로 서임받은 이상, 손가락만 빨면서 보고 있을 수만은 없겠지. 안 그런가? 드 메디시스 존작."

클로드는 브루노의 분기를 촉구하는 듯한 표현을 썼다.

"음, 우리들도 상응하는 활약을 해야겠지. 정치 면에서든, 금전 면에서든, 인재 면에서든 말야."

브루노는 태연한 얼굴로 동의했다. 좀처럼 앞에서는 내색하지 않지만 팔마를 지원하기 위해 이미 여러 가지 수단을 동원하고 있다는 것을 은연중에 드러내는 말이었다.

'의학계와 약학계에서 암약하고 있는 거구나, 브루노 씨.'

얼마 전부터 브루노가 자신의 연구를 일부 중단하고 팔마의 약학 보급을 위해 어떤 때에는 비난을 대신 받아주고, 어떤 때에는 후원을 한다는 것을 팔마는 알고 있었다. 브루노의 유능함과 자신에 대한 이해심에 감사해야 한다고 새삼 마음에 새겼다. 팔마와 팔레가 병상에서 집필하고 고심 끝에 일단 완성을 본 교과서는 많은 약사와 의사의 손에 넘어가 그들을 계발해갈 것이다.

야쿠타니 칸지라는 지구인의 기억이 이 세계에서 처음 깨어났을 때 그가 가져온 지구의 약학은 금방이라도 꺼져버릴 듯 힘없는 점 같은 것이었다고 팔마는 회고했다.

'하지만 지금 그 지식이 하나씩 하나씩 새로운 물결을 형성해서 네트워크를 이루기 시작하고 있어.'

이제 최초의 점이 사라진다 해도 지식의 네트워크는 와해되지 않을 것이다. 그 효과를 실증하는 것으로 강화되어갈 뿐.

엘렌, 팔레, 브루노, 클로드, 제국 의약 대학교의 교수와 학생들, 그리고 미래의 교과서 독자들은 축적되고 세련된 지구의 의학, 약학과 만나게 될 것이다.

사람들을 치료하고 구원하는 지구의 의료 정신과 그 기술이 끊임없이 최적화되고 새로운 지식과 기술이 되어 이 세계 사람들과 융합해서 대대로 이어지기를 팔마는 절실히 바랐다.

 에필로그

1147년 2월 말 겨울.
산 플루브 제국에서 멀리 떨어진 신전의 총본산 '신성국'.

예배당에서 신관들의 노랫소리가 울려 퍼지는 가운데 신관과 견습 신관, 무녀들이 분주하게 광장을 오가고 있고, 크고 작은 성당의 지붕에는 눈이 쌓여 있다. 현관 앞과 회랑에 장엄하게 늘어선 신상에도 서리가 끼어 있고 같은 간격으로 배치된 성기사들은 경계의 눈을 빛내고 있었다.

신전 조직은 지상이 아니라 지하에 중추가 있다. 지상의 장엄한 건축은 주로 관광객과 신자들을 위한 장식이다. 대신전 지하에는 강력한 파사 결계가 쳐진 미궁이 있는데 그것은 전 세계 악령들의 습격에도 견딜 수 있는 지하 요새였다.

"지금부터 수호신전 총회를 거행한다."

대신전 지상부의 대회의장에서 1년에 한 번 개최되는 전 세계 수호신전 신관장이 모인 추기 회의가 열리고 있었다. 신전 조직은 최고 지도자인 대신관을 정점으로 10명의 추기 신관장, 그 감시하에 각지에 있는 수호신전 신관장이 각 신관들을 지휘하는 형태이다.

그곳에는 세계 각지에서 모인 100명이 넘는 신관장들이 앉아 있었다. 절구 모양의 대회의장으로 중앙에 제단, 그리고 추기 신관장과 대신관의 자리가 마련되어 있었다.

매년 추기 회의에서는 대신관 피우스가 인사와 기도를 한 후 각국 교구의 근황과 신도들의 동향, 악령의 활동 상황 등을 보고했다. 허나 이번 회의는 이상한 분위기로 시작되었다.

"경들에게 전해두어야 할 게 있다."

회의 초반에 사회를 맡은 추기 신관장 한 명이 엄격하게 말했다.

"놀랍게도 몇 년 전부터 수호신이 현세에 강림해 있다고 한다."

"아니… 그게 사실입니까?"

각지의 신관장들이 일제히 술렁댔다.

"어느 수호신이 강림하신 겁니까?"

"그것은 분명치 않다."

신관장들이 술렁대는 가운데 산 플루브 제도 교구 신관장 살로몬은 묵묵히 의석에 앉아 있었다. 현재 어느 수호신이 지상에 강림해 있는지 알고 있는 것은 살로몬뿐이다.

살로몬은 꿈쩍도 하지 않고 평정을 가장했다. 하지만 추기 신관장은 그런 그의 마음을 꿰뚫어 보기라도 한 듯 제단 위에 걸린 세계 지도의 한 곳을 지팡이로 가리켰다.

"아마도 산 플루브 제국에 강림했을 것이다. 지난 2년간 산 플루브 제국에서는 악령 활동이 현저히 억제되어 목격 정보가 전무하다. 악령이 편재하는 일은 있어도 완전히 사라지는 일은 없기에 이는 무슨 일인가가 일어나고 있다는 거다. 각지의 악령 출현 상황을 관찰해보면 이변이 일어난 것을 알 수 있다."

산 플루브 제국에서 쫓겨난 악령들은 변경과 이웃 나라로 이동한 상태였다.

"그리고 산 플루브 제국의 제도에서는 흑사병을 물리쳤다는 보고가 들어와 있다. 신의 가호가 있었다고밖에는 생각할 수 없다."

그렇게 추기 신관장은 설명했다.

"살로몬 신관장은 앞으로."

"예."

추기 신관장에게 불린 살로몬은 자리에서 일어나 어떻게 대답해야 할지 생각하면서 중앙 단상으로 올라갔다. 살로몬은 주목을 받으면서 정해진 절차에 따라 대신관 앞에 무릎을 꿇었다.

"산 플루브 제국 제도에서 악령의 목격 사례는 전무하다. 수호신이 제도를 지키고 계시는 건 아닌가? 사정을 알고 있다면 이야기하라, 살로몬."

대신관 피우스가 거짓을 용인치 않겠다는 위압감을 풍기며 조용히 입을 열었다. 피우스는 세계 각국의 국왕, 황제조차 굴복시킬 수 있다고 일컬어지는 신전의 최고 종교 지도자이다. 이단 심문관 출신으로 두려움을 모르는 살로몬조차 이 남자의 시선에는 본능적으로 몸을 움츠렸다.

"아뇨, 견문이 좁다 보니…."

"수호신께 맹세코 그렇게 말할 수 있나? 선서하라."

살로몬은 성전에 손을 얹는 선서를 강요받았다.

전 세계 신관장이 지켜보는 앞에서 신앙을 시험받는 것은 신을 받드는 사람에게 더할 나위 없는 굴욕이기에 살로몬은 경직되었다. 거짓 선서를 한 사람은 신의 분노를 사는 것으로 알려져 있다.

"뭐 하는 건가? 할 수 없는 거냐? 선서해보라."

피우스는 냉철하게 살로몬의 선서를 다시 촉구했다. 살로몬은 자신의 신앙을 따르기 위해서는 침묵하는 게 최선이라고 생각했다. 피우스의 눈빛이 예리해지며 의장의 공기도 차갑게 식었다.

"알고 있는 거군…. 제도 어디에 강림해 계신가."

"천상으로 돌아가시면 곤란하니 어서 대신전에 맞이해야 해."

신전 추기부는 수호신을 구속하려 하고 있다. 거기다 무사히 제도로 돌려보낼 생각은 없는 것 같다고 추측한 살로몬은 당당하게 대답했다.

"설령 제도에 계신다고 해도 불간섭이 최선이라고 생각합니다.

신전은 수호신님이 하시는 일을 방해하는 것 말고 대체 뭘 할 수 있는 겁니까?"

"무슨 소리냐! 세속의 오염된 장소가 아니라 청정한 대신전에서 지내시도록 배려하는 게 신관의 의무, 당장이라도 대신전에 맞이해야 하는 거다!"

추기 신관장은 격앙했다. 허나 그것은 그저 명분일 뿐이다. 과거부터 대신전이 해온 일이라고 하면 수호신을 구속해서 신력을 착취해서 금지된 의식에 쓰려고 하거나 수호신을 보유하고 있다는 대의명분을 손에 넣어 세계 각국에 대한 지배력을 키웠을 뿐이다.

그러면 수호신은 그런 인간들에게 정나미가 떨어져서 천상으로 돌아가버린다. 몇 번을 되풀이해도 대신전은 학습 능력이라는 것이 없는 모양이다.

살로몬은 몇 번이고 되풀이된 역사를 떠올리고 한숨을 쉬었다. 그에게는 신앙이 있었다.

"수호신님은 체재 중이신 곳을 맘에 들어 하고 계십니다. 신은 이유가 있어 그곳에 계신 것이니 신이 있을 곳을 인간이 결정해선 안 됩니다."

지금 이 세계에 강림해 있는 수호신은 한 명뿐이라는 것을 살로몬은 알고 있다.

소년 팔마 드 메디시스의 몸에 빙의한 약신이다. 그는 지금까지의 수호신들과는 달리 세계 각지를 떠돌아다니거나 신앙을 강요하는 일 없이 적어도 2년 이상 현세에 머무르며 약국 등을 열어서 서민과 교류하고 있다. 수호신의 지상 체류로선 이례적일 만큼 오랜 기간이었다. 그리고 지상에 강림한 그는 지금까지의 수호신과 달리

신이라는 것을 자각하고 있지 않았고, 그렇게 불리는 것을 받아들이지 않는 조금 별난 신격이었다.

이단 심문관이었던 살로몬이 그를 비열한 방법으로 습격했음에도 용서했을 뿐 아니라 치료까지 해준 온화한 성격, 그리고 약신으로서 사람을 구하는 중책에 대해 고민 상담을 하러 오는 소박한 일면도 있어서 살로몬은 친근감을 느끼고 있었다.

최근에는 팔마의 신뢰를 얻어 보다 좋은 관계를 쌓고 있는 게 아닐까 하고 살로몬은 생각했다.

사람들은 팔마에게 갚을 수 없을 만큼 많은 은혜를 받았지만, 신전이 그에게 할 수 있는 일은 아무것도 없다. 그저 그의 발자취를 기록하며 그가 하고 싶은 대로 하게 하고, 그가 편안하게 생각하는 장소를 지키면서 최대한 오래 그곳에 있도록 하는 게 최선이다.

그런 사정을 이야기한다고 대신관이 팔마의 인품을 이해할 수 있으리라고는 생각하지 않았다. 그들은 팔마의 인격과 마음을 무시하고 신력 덩어리로밖에 보지 않을 테니까.

"실토할 생각은 없는 건가."

피우스의 말에서 분노가 배어나왔다.

"그렇다면 반역으로 간주하겠다."

살로몬을 추궁하는 추기 신관장들. 살로몬의 사실 은폐 행위는 대신전에 대한 반역죄에 해당한다.

성전에 손을 얹고 선서도 하지 않고, 팔마에 대해 이야기도 하지 않는 살로몬. 그에게는 이단 심문관에 의한 고문이나 신맥의 폐쇄가 기다리고 있을 것이 명백했다.

"조사는 이미 끝났다. 신전의 비보 몇 개를 중간에 끼워서 교활하게 공작을 꾀하면서 비보 약신장과 월신의 성검을 교환한 모양이 더군. 또한 제도에서는 약학 분야와 기타 분야에서 눈부신 발견이 잇따르고 있다고 각지에서 보고가 올라오는 중이다. 제도에 강림해 있는 것은 약신인가? 대답하라."

"예하….."

살로몬은 피우스에게 경직된 시선을 돌리고 할 말을 잃었다.

"그런 듯하군."

피우스가 살로몬의 변명을 기다리지 않고 단정했다.

"하긴. 제도에 최근 '등장한' 약사를 찾으면 되는 거다. 너에게 물을 것까지도 없지."

제도에서 2년 이내에 명성을 떨친 약사라고 하면 팔마 외에 없다.

내일이라도 발견되고 말 가능성은 있었다.

"흑사병을 물리친 우수한 약사가 있을 것이다. 당장이라도 찾아내라."

피우스는 살로몬을 내려다보면서 무자비하게도 신관들에게 수색 명령을 내렸다.

— 다음 권에 계속 —

Special Thanks

【감수 · 교정】

츠다 호우코우
(의사 · 작가)

타마키
(약학 연구직)

나카자키 미노루
(의사)

이자이 요시
(약제사)

에치야 노마
(약제사)

키린
(의학박사)

슈우
(간호사)

히토에
(간호사)

키타하라
(임상공학기사)

※경칭 생략

이세계 약국 3

2021년 11월 8일 초판 인쇄
2021년 11월 15일 초판 발행

저자 · Takayama Liz
일러스트 · Keepout
역자 · 김영종
발행인 · 황민호
콘텐츠4사업본부장 · 박정훈
마케팅 · 조안나 이유진 이나경
국제업무 · 이주은 김준혜
제작 · 심상운 최택순 성시원
한국판 디자인 · 디자인 우리
발행처 · 대원씨아이(주)

서울 특별시 용산구 한강로3가 40-456
편집부 : 02-2071-2104 FAX : 02-794-2105
영업부 : 02-2071-2061 FAX : 02-794-7771
1992년 5월 11일 등록 3-563호

http://www.dwci.co.kr/

ISEKAI YAKKYOKU Volume 3
©Takayama Liz 2016
First published in Japan in 2016 by KADOKAWA CORPORATION, Tokyo.
Korean translation rights arranged with KADOKAWA CORPORATION, Tokyo.

ISBN 979-11-362-7546-2
ISBN 979-11-362-0574-2(세트) 04830